U0054643

THE DEMON SINGS WITH WRATH

狂魔戰歌

預 言 之 子

S O N　O F　P R O P H E C Y

言雨——著

目次

開場

彼時，虛空之末，青鱗女神初開眼，宇宙一片虛無。

女神的萬千思緒化成蛇髮騷動，在她耳邊嚶嚶探詢，是什麼擾動了她平靜無波的心？是什麼引動她和宇宙同在，廣袤無垠的思緒？

寂寞。

明明有無盡的世界，但是纏繞在女神心中的卻只有寂寞。她輕嘆一口氣，一股蒼藍氣息因此佚失。她的思緒、她的蛇髮、她的鱗甲因此躁動不安，突然間宇宙間有了波動，在空無中震盪，靈感因而萌生。

女神汲取虛空中的精靈，在蛇髮中孕育兩枚靈胎。一瞬之間，億萬年後，她的女兒蜘蛛和白魚誕生了。蜘蛛轉動她的複眼，開始擴張自己，編織屬於女神的大地。溫柔的白魚游動之處形成水流與色彩，她游入姊姊的世界，網中的黑白色調頓時化作五彩繽紛。

陰陽定位，女神把斷裂的髮絲扯下，和女兒們的胎盤一起焚燒。她呼出第二口氣鼓動火勢，朱鳥自青炎中誕生。他的尖鳴震撼了整個宇宙，驚破萬古洪荒的平靜，混亂與死亡隨他降臨。

有誕生便有毀滅，因而珍貴。女神感嘆，把么子送進蜘蛛網中。

擁有青色蛇髮的女神遠離她三個子女，閉著眼睛透過滿天星辰，傾聽轉瞬便要終結的旋律。剎那亦復永恆，光陰對神祇而言毫無意義。

等時間往後一點，世界的一端王朝殞落，帝國興起，無數的名聲與功業被強人的手築起，又被英雄的劍擊毀。朱鳥滅世的預言遠播到世界各地，青炎之子的日月雙眼卻不曾黯淡過一日。又千百年過去，在世界的另外一端，荒涼山崑崙海的山腳下，有一個有點瘦的男孩開始了一連串的故事。

或者說，一隻羔羊，一隻踏著蜘蛛的絲線，隨著朱鳥的歌聲走向未來的羔羊。

他的名字是葛笠法，而他該死了，沒有其他的選擇。白色的徽斑點點散佈在他的毛皮上，灰色的瞳孔像濕透的灰燼一般黯淡。

「把他拉出來。」

呂翁夫人一聲令下，四雙大手將他拖出鐵籠，關節在欄杆上敲出噹噹響。他不懂為什麼明明心都死，肉體還能不斷抵抗，像隻毫無尊嚴的狗一樣大聲哀嚎，掙扎著想躲過屠宰場的命運。也許求生的本能是另外一個心靈，正用尖叫懇求主人清醒。

脖子上的套索拉緊，直到叫不出聲音為止。

「快把東西烙上去，我們急著趕路呢。」

看不清臉孔的呂翁夫人從葛笠法眼中消失，一塊燒得通紅的鐵片逼近。

在心中某個遠方，他聽見一聲慘不忍睹的尖叫，嚇得拱起脊背。好幾隻手抓著角、手、腿，壓著臉迎向熾紅的惡魔。惡魔發出嘶嘶笑聲，痛得臉猛然一甩頭，熱鐵往下刮出一道傷口，嘴邊好不容易乾掉的裂縫滲出鮮血。

痛覺擊敗了求生本能，葛笠法的心冷眼旁觀，等肉體昏倒了才拍拍屁股躺下來加入行列。

總該要死了吧？

他幾天沒吃東西？忘了。多久前看見陽光？忘了。有誰還曾看著他灰色的瞳孔，說出一句溫柔的話？忘了。

不過他還記得自己的瞳孔是灰色的，像濕透的灰燼。他還記得這一點東西。也許他該忘掉，等他忘記了所有的東西，就能死了。

可是亞儕，他怎能忘了……

等他的肉體稍微清醒一點的時候，他又被丟在某個不知名的馬廄旁，身上的雨絲、腳上的鏈條、空洞的胸腹一如往常，臉上多了一片燒，和背部的悶熱正好遙相呼應。

還有多久？到底還有多久，他才看得到盡頭？他早已放棄掙扎，身心靈都準備好了。

「醒醒。」

誰？

「你這樣我們沒辦法談，先喝點水。」

是誰？

「這裡沒有別人，骯髒的人類又在馬廄的另外一邊，你覺得還會是誰？」

葛笠法睜開眼睛。沒人，只有濕淋淋的天空、馬廄、糞坑、稻草，腐爛的酸臭。他又閉上眼睛。

他瘋了，不然就是遇上瘋子，沒別的解釋了。他應該要死一死，不是在這裡聽自己瘋言瘋語。

「我有幾句話要說，說完你再死也不遲。」有人拍拍他的鼻子。

你要做什麼？

「我嗎……」有人笑了一下。「想不想知道我怎麼不動一根指頭，殺光所有折磨我們的人？」

葛笠法睜開眼睛。

「我就知道你有興趣。」

那一夜，死灰復燃，然後延燒整個奧特蘭提斯。

第一章　黑暗的長牙

在荒涼山崑崙海的西南山腳下，曾有個被喚作山泉村的小地方。

有人會說，把山泉村稱為村子是件很奇怪的事，因為所有路過的行商都表示從來沒看過這麼漫不經心，毫無規劃的村子。但對生活在其中的居民而言，山泉村泛黃的畫面永遠美得令人神傷。

在山泉村村口，擺著足以讓一打的羊人居民在上面跳舞的大石頭——事實上，三月迎春舞會時他們的確這麼做——大嘴巴艾媽媽的店就在跳舞石旁，方便各路人馬採買大餅乾糧。如果吃了之後腸胃不適，艾媽媽店後三碼遠，老巫婆常在這裡等著外地人上門買藥。

在村子東方有木栗家曬栗子的圍場，再過去是長薄耳家的挑夫們和髒手指一家互相喊價的修羅場。和村裡其他地方一樣，你能用銅鈕扣，或是金子做的戒指換到這些服務，沒這些東西的時候，鍍銀的小手鏡也能勉強接受。木栗老爹總是帶著一根足以撂倒人類大漢的粗大手杖在圍場上翻栗子，一邊不忘警告調皮的羔仔遠離他的寶貝栗子。

如果你要找鐵匠灰頭，要先從地下酒窖裡把他挖出來。再來等他三天，讓酒精造成的嘿嘿傻笑退去，或許他就會看在一瓶好酒的份上，帶著口臭和你談妥維修馬蹄鐵和車輪的價錢。

羊人的生活總是少不了這些，酒、音樂，還有諸多兒童不宜，只屬於成人的享樂。有些人罵他們是惡魔，其實不然。他們並不邪惡，只是覺得無知比想太多來得好過。比如葛笠法，他可稱得上是同輩羊人之中，把這條生活哲學活得最徹底的羔仔。

那天午後，葛笠法漫步踏上村北的小山坡，這是一條對人類男孩來說到處都是燧石，窒礙難行的山路。不過對羊人而言，這只是一條山崖邊，滿是青草與涼風的小徑。

山丘上的泉水旁有塊模糊不清的石像，能依稀分辨出一條魚的形象。這是山泉村的魚仙白鱗大士，羊人們從來沒動過歪腦筋，像人類一樣把自己的形像強加在大士身上。就像葛笠法，他以自己的偶蹄和斑雜的褐色皮毛為傲，不屑人類那小鼻子小眼睛的怪長相，但也不會閒著沒事想說如果魚長角是什麼樣子。

「啊哈！」葛笠法越過一個落差，涼風吹動他蓬鬆的小捲髮，他忍不住發出一聲嘆息。

他小小的角才剛冒出頭，褐色的胸膛也還沒像成年的羊人一樣滿是胸毛。黛琪司的角比他長得快，現在已經看得出捲曲的弧度。她以後一定會有一雙美麗的螺旋角，還有奶油色的金頭髮，就像他們的媽媽一樣。也許再過幾個月，村裡的羊女們就會紅著臉送他手工織的纏腰布，希望能與他分享夜裡的情歌。

「葛笠法——」是亞儕又尖又細的聲音，毛茸茸的鼻子探出來東聞西嗅，身體卻垂在山崖邊，怎樣也爬不上去。他藍灰色的毛皮黏滿了草枝和瘋女人的籽，尖耳朵貼在腦後。他長得比黛琪司還瘦小，也沒有蹄，村裡的羔仔總喜歡追著他，比賽誰今天第一個拉到狼崽的耳朵。被弄到煩的亞儕會露出尖牙恫嚇，不過大家都很清楚他的尖牙只咬得動大麥餅。

這是一個詛咒，流傳在山泉村好多年了。拉過亞儕耳朵的羔仔，通常會因為不明原因發生意外，摔進蒺藜堆或是吃到酸臭的蘋果糖。上述事件葛笠法通常是第一目擊者，偶爾也會看見黛琪司唉聲嘆氣的身影。葛家的么崽得天獨厚。

「葛笠法，拜託一下。」亞儕兩手攀在石頭上，雙腿踢著濕滑的爛泥。

「撐著。」他伸出手抓住亞儕。

「謝謝。」葛笠法咧嘴笑開，亞儕感激的笑容馬上滑下嘴角。

「別——」

話還沒說完，葛笠法用力把他抬起，雙蹄把他頂到半空中。亞儕張大嘴巴飛過石像面前，不偏不倚落入水塘中。

「你這混帳！豬生狗養的人渣！你明知道我最討厭——等我爬出去……」剛剛聲音微弱的亞儕，現在中氣十足尖聲痛罵，在水塘中瘋狂打滾，各種難聽的字眼和著水花爆出來。

葛笠法抱著肚子狂笑，樂得滿地打滾。

「我要殺了你。」亞儕手腳並用爬出水塘，用力把身上的水抖到葛笠法身上。葛笠法舔著空氣中的水氣，看弟弟不停踢腿搖頭，弄得全身的毛皮像隻鬆獅犬一樣蓬開。他們的口鼻這幾年都在變長，但黛琪司總說一隻長鼻子的狗還是狗。

「你研究出來了嗎？」葛笠法躺在地上，兩隻蹄舉在半空中，上下顛倒看著亞儕。

「當然。」亞儕忙著檢查腳趾間裡有沒有碎石頭。

「快點秀給我看！」

亞儕舔舔尾巴，再抓抓耳朵，偷偷挑起眉毛觀察葛笠法。沒有耐性的羊人急得直跳腳，後腳把草葉踢得到處飛。

等把葛笠法急夠了，亞儕才掏出他的笛子。

「你知道我們會因此惹上大麻煩吧？」

「我親愛的亞儕，你如果怕的話，當初就不應該幫我把風。」葛笠法翻過身，兩隻眼睛閃閃發光。「要是艾媽媽知道我們從她客人的馬車裡拿走了什麼，我看她連死後都要不得安穩。」

「還不是多虧你的好主意。」亞儕咕噥道。有時候他真懷疑到底他是弟弟，還是四處搗蛋的葛笠法才是長不大的那個幼崽。時時刻刻跟在他背後很累，但也從來不會無聊。

他掏出他們的戰利品，兩支精緻優雅的竹笛。笛子出自相同的植物，深金色、骨節般的堅硬枝條，鑿上完美的正圓音孔。葛笠法的那支較細也較長，口吻比所有的羔羊都大的亞儕則拿了粗短的那枝。

他把笛子橫舉到嘴邊，噘起嘴唇對準吹孔，一陣低沉柔和的聲音從笛子裡傳出來，在山嶺間激起陣陣回音。亞儕手指按上音孔，試了幾個音符，然後又吹出一小段山歌。葛笠法摒住呼吸聽完，連大氣都不敢喘一下。

「怎麼樣？」亞儕紅著臉放下笛子。「我才剛摸而已，還不大熟悉。」

「如果山嶺和泉水願意為我們唱歌，那絕對就是這種聲音。我從來沒聽過這麼棒的笛聲！」亞儕的臉紅得像火燒，葛笠法呵呵笑。

「為什麼要臉紅？得了別人稱讚讓你羞愧？還是來自鄉野的小調，配不上你高貴的心靈？」

「少在那邊裝模做樣像個傻瓜。你的東西呢？」

「別提了。」葛笠法搖頭晃腦說：「她像長年歉收的母羊般拒絕我，把我靈活敏捷、能為天神演奏的手指阻——」

「我說夠了。」

「好啦，你聽。」

他翻身跳起來，舉起胸前的笛子放進嘴唇間，一道樂音立刻穿破雲霄，刺得亞儕趕忙壓緊耳朵，遮掉過熱的音頻。葛笠法吐吐舌頭，像抓著毒蛇一樣和吹嘴保持距離。

「送給你怎樣？你以後掉進沼澤裡，只要吹一聲就能叫來整座山的羊人來救你了。」葛笠法的笑容活像準備把去年的醋當酒賣給人類的醋栗姨。

「等他們用驅魔藤把我捆起來，在七月萬靈旬的時候把我吊到河上嗎？」

「聽起來會是趟不錯的行程。我要把它送給老巫婆，以後有小羊偷東西被抓到，就罰他吹一整天當作懲罰。等到萬靈旬的時候，我們就能把整條河塞起來，到時就再也沒有人能到地底深淵去了。」

亞儕格格直笑，葛笠法把笛子掛回胸前，再圍上領巾遮住。雖然音色不好，但是笛子的做工精緻優雅，連邋遢的髒手指一家都會為它動心。

「你會破壞傳統。」亞儕把笛子舉到嘴邊，想想又塞回自己的腰包裡。「要是小羊被嚇得不敢偷東西，還稱得上是小羊嗎？」

「傳統需要大破大立。」葛笠法折了一片矮箭竹的葉子放到嘴邊，含著吹出一段口哨般的悠閒曲調。

「愛現。」亞儕用後腳抓抓耳朵，專心享受音樂，同時試著忘記肚子空蕩蕩的感覺。最近這怪病發作的次數愈來愈頻繁，只有葛笠法的音樂能讓他稍稍忘記這種痛苦。

「肚子痛？」他們的父親葛歐客總是稱這是腸胃毛病，不過葛笠法隱隱約約懷疑亞儕這個病，可能到死都沒有藥醫。

亞儕點點頭。「不知道我會不會因為這樣死掉？」

「放心，我還沒看過老巫婆治不好的病。你忘記上次的毒蔓蘿了？還有那次井水下毒事件，薩拉拉只是踢踢腳就解決了。」

「為了那片毒蔓蘿葉，她幾乎摘掉我一支耳朵。」

「誰叫你貪吃。」葛笠法對他吐舌頭，亞儕不甘示弱露出牙齒。

「葛笠法！亞儕！你們兩隻豬生狗養的羔仔，要是被我抓到了，我馬上把你們丟進十月祭的火堆裡。說好的堆肥呢？你們馬上從那該死的草堆上給我下來！」

黛琪司的聲音遠遠傳來，嚇得兩人趕忙翻身跳過一塊火山岩，壓低身體豎直耳朵。

「你沒去堆肥？」亞儕瞪著葛笠法。

「我以為你堆好了。」葛笠法替自己辯護。

「我還以為應該輪到你去了。」

「我還以為你會忘記應該是我。」

兩人面面相覷，不知道應該當場認罪，還是先溜再說。

「亞儕……」

「怎麼？」

「晚跑的是豬頭！」

葛笠法一躍而起，往和黛琪司相反的方向跳下山去。亞儕愣了一秒，才趕緊撒開腳步，跟著他用嚇死人的速度衝下山坡。

他們一路奔跑追逐，速度快快慢慢不斷交替，沒多久便一路順著山坡滾下山去。葛笠法不斷扯亞儕的後腿，想把他壓在身下。他毛皮滑順的對手一溜煙鑽出掌握，順勢推著他往下滾。

兩人哈哈大笑，不時翻個觔斗配上自創的舞蹈，和著零散的口哨與尖叫。看著他們玩樂，你會以為時間不走了，坐在草地上像個老人一樣，對年輕人的舞姿傻笑，打算看夠了再回頭做他該做的事。

山泉村的空氣如此甜美，連朱鳥的火眼，那高空中閃耀的太陽都願意為兩兄弟收斂一點毒辣的光芒。

如果不是注意到有外人，他們本來還會繼續玩到天黑。

他們一眼就看出來者是外人，因為騎馬是山的那一邊才有的習慣。在山泉村裡，有隻毛驢幫忙馱東西就算稀奇了，騎牛騎馬這種奇怪的舉動，只有住在城鎮裡的瘋子才有。

三個騎著馬的旅客，身上穿著寬大的鐵灰色長袍和披風，從頭到腳蓋得密不透風。灰馬搖晃腦，顯然不喜歡在原地停留太久。

「兩位好。」她的口音很重，當陌生人和他的隨從拿下兜帽，露出又長又皺的大鼻子時，葛笠法並不意外。

「我們似乎是迷路了。兩位小兄弟，不知道這附近有沒有村莊能讓我們歇歇腳？」豬女的聲音和她的眼睛一樣深沉，相較之下，一身皺巴巴的厚皮還有散發著金屬光芒的青色長髮，似乎就不這麼重要了。葛笠法聽說豬是凶惡的種族，可是如今看來不是這麼一回事。

「我們的村莊就在前面，越過山坡就能到了。」葛笠法替她指路，亞儕在一旁低聲哀吟。

「你的同伴似乎不怎麼喜歡我們。」為首的豬女注意到了。

「女士，您別理他，他只是不知道怎麼對女士表現禮貌而已。如果您受到冒犯，我在此向您致歉。」葛笠法有意無意擋在亞儕身前，偷偷踢了他鼻子一下。

「如果你們村莊的人都像你一樣好客，我絕不會有被冒犯的危險。」豬女微笑，露出小小的獠牙。「你的毛皮讓我想起一個人，一個老朋友。孩子，告訴我，你叫什麼名字？」

「我是葛笠法，這是亞儕。」

「葛笠法？這聽起來像羊人的名字，你是羊人嗎？」

葛笠法趕緊把草葉含在嘴巴裡，裝出傻呼呼的樣子連吹兩聲。這是什麼話，葛笠法當然是頭羊，這隻豬未免太不長眼睛了吧？

「聽這聲音，你果然是頭道地的山羊。」豬女又笑了，她似乎很愛笑，特別是那種高深莫測的笑。只可惜她的同伴嚴肅得像塊砂岩，不笑不說話無趣得很。

「希望未來還有與你們相聚的時分。」豬女對他們揮手告別，灰馬邁開腳步擠過他們身邊。葛笠法和亞儕退到小路外，目送這奇怪的三人隊伍離開。

「夫人，我還沒問您的名字呢！」葛笠法對著他們的背影大喊。豬女們轉過頭來，一瞬間好像想把他和亞儕殺了吞下肚。

「呂翁夫人。」為首的呂翁夫人說，臉上還是掛著諱莫如深的微笑。「如果你想要知道的話，那是我的名字。還有依默和垷絲拉，我兩個隨從。」

「旅窩夫人。」

葛笠法口齒不清重複，還行了一個怪模怪樣的回禮。「願火眼照耀您的虔誠，蜘蛛綁縛您的敵人。」

呂翁夫人看著他許久後，又開口說：「葛笠法，我想你該記住一件事。有些問題，如果沒人主動開口說明，不要問的話，對你的未來會好一些。」

「謝謝夫人指教。」葛笠法又行了個禮。等他抬起頭的時候，呂翁夫人已經走遠了。

「你該尿在她的布鞋上，大不了事後賠她一雙。」確定沒人會聽到的時候，亞儕才開口說：「看看她的眼睛，黑寡婦絕對在她出生時做過記號。」

「不要嘟嘟噥噥的，我怎麼知道她會這麼介意。等她住進村子裡，到時候才有好戲看呢。」

「等著看吧，黛琪司一定會把事情全怪在我頭上。」

「放心，我到時候一定會幫她追殺你到天涯海角。我們可以演一場好戲，然後一起亡命天涯。」

「說得像真的一樣。」

「放心，我會在緊要關頭放過你，這樣才有機會繼續追逐下去。」

「你只是想學斷腳的墨鹿加，在斷崖上唱你自編的悔恨之歌。」

「放心，我現在有枝好笛子，可以把那悽慘的情境演得更加逼真，保證值回票價。」葛笠法將草笛連轉三圈，再塞進嘴裡吹出一聲長長的哨音。「哈！我忘了我們已經亡命天涯，聽不見了。」

亞儕把有刺的瘋女人籽彈到他身上，兩人一路追回村子裡。山泉村平靜到昏昏欲睡，有三個豬女走進村子裡的消息，除了釀酒的醋栗姨之外幾乎沒人注意到。今天風和日麗，大部分的羊人都忙著種南瓜，好在偷閒時圍著蘋果樹乘涼。醋栗姨一點都不覺得這是好事。

「當你需要那該死的廚師煮飯時，他卻帶著母羊去摘蘋果！」

葛笠法和亞儕經過她店門的時候，聽見她和女侍帕帕亞抱怨。帕帕亞是她的得力助手，平時在酒窖裡釀醋酒，需要時再圍上圍裙充當女侍。帕帕亞傲人的胸圍會讓人類男子的下巴，和女人的眼珠掉下來；醋栗姨深諳旅店經營之道。

「醋栗姨，你那裡有什麼新東西嗎？」葛笠法大聲問。

「等你光顧一遍就沒有了。」醋栗姨神情複雜地瞪了兩兄弟一眼，從裙子裡掏出一小顆甜菜丟向他的鼻子。葛笠法張嘴一咬，接下甜菜。

「夜夜。」他叼著甜菜，笑容又大又亮。

「醋栗姨。」亞儕對她打招呼。

「算我醋栗荷怕了你們了。你們這兩兄弟，只要微笑下半輩子就不愁吃穿了。」醋栗姨嘆了口氣。「要不是大胸脯瑪拉歇業了，只怕也要被你們喝乾了。」

「亞儕會永遠感謝她的救命之恩，當然還有瀉腹之恨。」這下換亞儕從背後踢哥哥一腳，醋栗姨笑得呵呵響。

「你們兩個小羔仔加起來，比長薄耳家那十幾副小蹄子還要胡來。奈蕙恩如果知道你們有多皮，就不會羨慕你爸爸的退休生活了。東西吃完了快回家去，我還有客人得照顧呢！」

她又丟一顆蜜棗給亞儕，拉著對葛笠法拋媚眼的帕帕亞進門。兩兄弟分完蜜棗，繞過村莊外圍抄捷徑回家。這又是葛歐客奇怪的地方，他不像其他人一樣住在村子裡，反而在自家林場裡搭小屋。這點怪習慣比收養亞儕還匪夷所思，山泉村的八卦圈為這個主題討論過好些年，始終沒個定論。

「爸！」葛笠法一邊走進樹林一邊喊，葛歐客長角的腦袋從屋後的柴堆探出來。葛歐客的鬍子又濃又密，一直是山泉村裡眾羊人欣羨的對象。只是身為羊人卻沒個大肚子彰顯好生活，這就實在說不大過去了。連少女們都要養一點肚子和屁股，好彰顯自己的魅力，葛家的孩子卻瘦巴巴的，大概就是學不像樣的老爸。

葛歐客的黃眼睛近來顏色愈來愈淡了，方形的瞳孔也愈來愈模糊，瘦巴巴的長臉帶著憂慮的笑容。

「你們跑去哪了，怎麼全身都是瘋女人草的味道，而且還——溼答答的？」

亞儕瞪了葛笠法一眼。葛歐客不用看得太仔細，也知道大概發生了什麼事。他呵呵直笑，從嘴巴裡抽出一塊嚼了一半的松樹皮塞進亞儕嘴裡。

「拔！」亞儕的聲音被樹皮塞住了聽不大清楚。葛歐客搔搔他的頭，自己折了一段嫩枝放到嘴裡。一旁的葛笠法不待吩咐，撕了一片放到嘴裡，津津有味地啃起來。亞儕皺著臉咀嚼濕軟的樹皮，老父親嗅了嗅空氣。

「天氣涼了，不曉得現在移動那三株紫杉會不會太早了？」

「爸太悲觀了啦。誰知道西風會帶來什麼奇蹟？也許不用到秋天，我們就能看到它們枝繁葉茂了。」葛笠法一邊咀嚼一邊說。

「我想也是，我們可是羊人，做事就該樂觀一點。」葛歐客笑咪咪說：「很好，一件事解決了，那接著誰要告訴我，為什麼沒人去幫黛琪司堆肥？」

葛笠法和亞儕同時壓低下巴，兩隻眼睛往兩側亂飄。老山羊話問得又快又直接，他們根本來不及想推拖之詞。

「現在，你們去幫她做完剩下的工作，再把那三顆小杉樹移到小路的另一邊。如果今天沒做完，這段枯掉的松樹就是你們的晚餐。」

「爸！」兩兄弟唉聲嘆氣只換到父親一個微笑。

「小崽子，規矩就是規矩，快點挪動你們的屁股。」老山羊吐掉樹枝，換上另外一把老葉子，繼續他憂鬱的眺望。兩兄弟走到小屋後拿工具，突然覺得腳步又沉又累。

身為長姊的黛琪司，就在林子的另一邊。她的頭髮上因為勞動沾著汙泥，看到兩兄弟馬上大發雷霆。

「我該把你們吊在村口，讓所有的羊仔知道警惕！」她挺起胸部大吼，身上除了纏腰裙之外，還有一條小母羊們最近流行，綁住胸部好方便工作的布條。這讓她看起來氣勢凌人得有些好笑。

「快點動手做事！」

比起移植小樹，曬在背上的太陽更是累人。兩兄弟沒多久就氣喘吁吁，汗流浹背詛咒燙人的太陽。葛笠法眼睛骨碌碌亂轉，想找機會偷溜，埋頭苦幹的亞儕兩隻耳朵對著他不放。山泉村的羊人都知道這兩兄弟時時刻刻膩在一起，想把他們分開來專心做事還真要花一番功夫。

不過黛琪司身為長姊，自有一套辦法。

在葛笠法挖洞挖得滿頭滿臉都是泥巴的時候，葛歐客拿著水囊走過去。另一邊的亞儕剛挖出小樹的鬚根，正小心地用濕土包覆它。

「喝一點吧，我可不希望你被曬死了。」葛歐客說。

「謝了老爸。」葛笠法接過水囊，吞下嘴裡的乾草，仰頭灌了一大口水，濺出來的水潑了滿頭滿臉。他最近拿到東西就想往嘴裡塞，無時無刻都想吃東西。

「你呀，有時候該多一點責任心才是。」葛歐客帶著微笑對他說。

「我們可是羊人耶，沒有人會認為羊人應該有責任心，更何況責任心又不能吃。爸這樣把責任心掛在嘴巴上，會被大家說你不像頭羊。」

葛歐客瞇眼睛看著大兒子，嘴角浮現高深莫測的微笑。「所以你覺得我說的話，比灰頭那老傢伙還不可靠？」

葛笠法立刻漲紅了臉。「我沒說。」

「但是你說的話聽起來和他一模一樣。」

「我只是……只是……」

「如果有一天我離開了，夜鴞的羽翼掠過我們的小屋，到時候你就是家裡力氣最大的羔仔。」葛歐客說：「我希望你能對亞儕多一點關心。」

「你一點都不擔心黛琪司？」

「喔不，當然不。」

農地另一端的黛琪司大聲喝斥亞儕，吼他別像狗一樣把鏟子咬在嘴巴裡。老羊的笑容愈發明顯。

「她會自己照顧自己，我反而比較擔心你。」

「我？」

「你呀，做事漫不經心，我當然擔心。」

「爸！」

「我說笑的，你一直是個好兒子。」

老山羊舉起手搓搓兒子的頭，葛笠法已經比父親高半個頭了，身材大到讓羊人們印象深刻。葛笠法先低下頭讓父親盡情搓個一陣子，又用鼻子在他脖子邊磨蹭一番後，才難為情地拉開距離。

「我長大了。」

「是呀，連角都快長出來了。」不知道為什麼，葛歐客的聲音聽起來非常哀傷。

「羔羊也有長角的一天。」葛笠法賣弄了一句，葛歐客拍拍他的肩，拿著水囊走向亞儕。

亞儕熱到頭昏腦脹，葛歐客的水囊成了及時雨。

「謝謝。」他一把接過水囊，大口大口往肚子裡吞。

「喝慢點。」亞儕暫停一下點點頭，然後小心喝完屬於他的份量。

「謝謝。」灌足了水，亞儕又說了一次謝謝，才紅著臉把水囊還回去。仰望父親的笑容好像仰望落日一樣，雖然有些炫目，但和煦溫暖的光線足以照亮你一天的晦暗心情。

「有時候你會讓我想起一個老朋友。他也像你一樣，吃喝都不知道節制。」

「爸？」亞儕這個字蘊含了許多問題和心情，除了葛歐客之外，連他兩個兄姐都很難猜出其中一半。

「也許有天，我該對你把事情都說一說，畢竟——」

「你永遠是我的爸爸！」亞儕知道自己說得太快，又太急了一點，但是他不忍心看葛歐客受傷的表情。他急著投入葛歐客懷中，老山羊嚇了一跳，但也沒有推開他。

「乖孩子。」葛歐客拍拍他的頭。

「如果不是你我早就死了。」亞儕在他胸膛裡悶悶地說。

「誰告訴你的？」

「薩拉拉、瑪拉、醋栗姨、髒手指百威、大角哈利柏……」

「哈利柏該管管他頭上的角，不要到處去刺傷人。你是隻健康活潑的狼崽，就算沒有我們你也會好好地活下去。」

「沒有你們在身邊，我寧可不要活。」

「小心你的願望，小心禍從口出。」

「這是我唯一的願望。」

「孩子氣。」

亞儕鬆開懷抱向後退。今天不知怎麼了，父親的聲音聽起來特別感性。

「你看看這些樹苗。」葛歐客指著亞儕剛剛挖起來的樹苗。「我們現在要把它移去適當的位置。你能給它施肥澆水，除去病蟲，或再換到更好的地方。但是等它紮根茁壯了，你能做的便只剩在樹蔭底下乘涼。你們這些孩子都一樣，有一天我會只能看著你們的背影嘆息，除了為你們的成就喝采之外什麼都做不了。」

「你什麼時候和葛笠法學了花言巧語那一套？」

「你是世界上最好的爸爸，這樣就夠了。」

亞儕聳聳肩，然後咧嘴露出笑容。

西風從山坡上吹下來，帶著潮濕的氣息，吹動小樹林裡的空氣。盤桓了一整個夏天的燥熱是秋風第一波要請走的客人，等暑意退場完畢，雨和雪便要接手裝點大地了。今年的西風晚了，但是遲鈍如亞儕，也聞得出今年的秋天不尋常。

「快做好準備，也許這三棵小樹還能撐過冬天。」葛歐客喃喃自語。亞儕抬眼望著他，不知道為什麼父親會有這種反應。

「爸，我今天和葛笠法──」

「等等。」葛歐客伸出一隻手打斷亞儕說話。亞儕訝異得睜大眼睛，這可是破天荒頭一遭。以往的葛歐客，就算人吊在半空中，被一大群憤怒的蜜蜂圍攻，也不曾打斷過孩子說話。

亞儕順著他的視線望過去，一個穿斗篷的身影出現在他們的樹林邊緣。

「您好。」客人拿下斗篷的帽子，沒有尖耳長牙或是黃眼睛，是個人類。

「您好。」葛歐客的眼睛或許不行了，但此時異常專注盯著外來客，矇朧的眼睛跳動著亞儕從來沒看過的火焰。「你是外地人？」

「在下汐得。」汐得，也就是那個人類伸出左掌，亞儕看見上面有個三葉浮萍的烙印。

「漂流之人？」葛歐客皺起眉頭。

「我從東方來，不知道這附近有沒有地方落腳？」

「你如果往溪邊去，會看見一個小村落，那就是山泉村了。那裡會有你想找的落腳處。」

葛歐客往前一步，伸出手。客人有點疑惑，接著才想起葛歐客的動作是什麼意思。

「我都忘了山的這一邊，有這種習慣了。」他自我解嘲。

「我以為這是人類的習慣。」葛歐客說：「歡迎你來到山泉村，漂流的汐得。」

「感謝你的指引，願朱鳥的火焰照耀你。」

兩人握手。如果他們之間爆出火花，亞儕也不意外。他躲在父親的陰影下，有點害怕這個陌生的汐得。不管父親口中的漂流之人是什麼意思，亞儕很確定他一點都不喜歡。

「爸，他是誰呀？」

等葛笠法的聲音打破沉默，亞儕才驚醒過來。方才他們父子比肩，緊緊抓住對方，手掌心都是冷汗。

第二章　星火

「那隻該死的羔羊。」

黛琪司指的是誰，亞儕用尾巴想也知道。養樹有很多工作要做，其中一項就是把多餘的雜草弄掉，以免影響剛栽下的小樹生長。這是一件精細的工作，羊人通常都不會使用工具，而是自己動手和動嘴。

黛琪司討厭這項工作，畢竟不是每種草都適合入口，羊人也是有口味挑剔的那一型，黛琪司便是其中之一。很不幸的，葛笠法也是，而他躲工作的速度向來比誰都快。

亞儕知道現在不是幫葛笠法辯白的好時機，特別是他對這項工作毫無貢獻，只能拿爪子撥撥根還不深的羽扇豆。只是被他踢得四散飛揚的塵土，又惹得姊姊不開心了。

「我真不知道老爸當初是存了什麼心，居然沒把你們淹死在池塘裡。那個混小子以為一朵花就能打發我。我告訴你，等我抓到他，絕對會剪掉他的尾巴，再塞進他喉嚨裡。」

黛琪司頭上別著一朵漂亮的奶油花。這花的好處是放了一天晚上之後，早上吃起來有股發酵後的甜味。奶油花漂亮的黃色花瓣，正適合黛琪司的髮色。葛笠法摘到花之後便跳到她跟前獻寶，也逮到從她面前偷跑的機會。當然，黛琪司絕對不會承認。

亞價竊笑，他知道黛琪司只有現在才會發脾氣，等葛笠法嘻皮笑臉站在他們面前的時候，沒有人不會原諒他。他低下頭繼續工作，太陽已經沉下去了，四周暗了起來。羊人照理來說都害怕黑暗，但是亞儕有驚人的夜視力，況且他們的小屋就在不遠的樹林裡，所以黛琪司一點都不擔心。

葛笠法也是。

說實話，這世界上他擔心的事還真的不多。他喜歡無憂無慮的日子，就算聞到了危險，也要閉著眼睛跳過去，這是葛笠法的生活哲學。就像那句老話說的，不入虎穴焉得虎子？其實他自己也不懂虎子是什麼，只是覺得聽起來有點帥氣的味道。但如果因此說他是個蠢貨，倒也不盡然。比如說，他認為比起啃雜草，偷偷跟蹤葛歐客才是更重要的事。

朱鳥銀色的眼睛剛升上天空，滿盈的月光尚未隨著時間漏盡。據說那是被黑寡婦刺傷的傷口，每夜朱鳥會遮起他燃燒的火眼，讓銀眼中的血液隨著時間流出，清潔染毒的傷口。葛歐客告訴過他們，銀色的月光擄有療癒的魔力，葛笠法對此深信不疑。

但是他也說過不該在入夜後走出小林場。葛笠法很疑惑，但是羊人好奇的本性催促著他，前去查探為什麼老山羊會違反自己說的話。葛歐客是個有原則的父親，想必有什麼特殊的原因，讓他非如此不可。葛笠法想知道是什麼原因，他的直覺告訴他，這和那個奇怪的人類陌生人有關。

「人類？下次難不成要和老虎打交道了？」葛笠法自言自語，接著又想起老山羊耳朵很靈，趕緊放輕腳步壓低身體。

葛歐客想必非常憂慮，才會沒發現有人跟在他身後。他趁著孩子們休息的空檔，偷偷摸摸離開樹林農場，看似漫不經心的散步，實際上是跟著陌生人離開的方向走。葛笠法通通看在眼裡，並為了滿足好奇心放棄一朵奶油花，爭取到了空檔溜出來。

葛歐客的腳步沿著樹林邊緣走過小溪。這條小溪會穿過葛家後頭的小水塘，再往東和大河匯流。平時葛家的三個孩子都在小水塘旁取水，鮮少走到源頭這一邊，葛笠法不相信老爸會為了喝水特別繞遠路離開林場。

果不其然，有個貨真價實的人等在小溪邊。

「汐得。」

「葛歐客先生。」

沒有介紹就互稱對方的名字？葛笠法興趣來了。他趴在地上，小心翼翼躲在陰影中，好教月光無法洩漏他的行蹤。溪邊到處都是他們以前栽種的灌木，調皮的葛笠法不費吹灰之力就找到那叢最適合躲藏的胡椒木。

「為什麼你會突然出現？當初說好的不是這樣。」

「有人在注意你們了。」這是汐得的聲音。「夜鴞守望者知道協議是什麼，但是情況有變。」

「我收養他十六年，不會為了你們一句情況有變就放棄。」

收養？亞儕？葛歐客聽起來很生氣，葛笠法的心不禁揪了起來。

「黑智者注意到你了。多年過去了，他們終於記起要搜索老巢的背後，你們正處於極大的危險中。」

「不管你說什麼，葛笠法是我兒子。我絕對不會交出我的兒子。」

葛笠法不懂為什麼會聽見自己的名字。

「你還有兩個孩子，請為他們想想。」

「我不知道漂流之人居然也會在意別人的孩子，看來世道果真變了。」

「潮老警告過我你非常固執。」

「你們不該反悔當初的決定。」

「你很愛他們。」

「只有人類和豬才會如此盲目，看不見他們身上的光芒。」

「諷刺於事無補。」

「我沒有要補救什麼，只希望你離我們遠遠的。」

「朱鳥已經降生了。」

溪邊突然陷入靜默，好像朱鳥本尊在汐得開口時降臨兩人眼前。

「朱鳥不是第一次降生了。」葛歐客啞著喉嚨說。

「也不是第一次引起大災難。我們很幸運，這次他只有燒乾了幾個人的心智。」

「只有？」

「比起過去的災禍，這次已經算是非常輕微的事件。漂流之人及時找到他了。」

「這是好消息。」

「你知道這代表什麼。」汐得的聲音變得有些焦躁。「朱鳥降生與狂魔預言重疊了，這很可能……」

「可能、可能、可能——可能你們總是假裝了解白鱗大士的智慧，才會害你們在最後關頭出糗。」

「漂流之人是大士選定的人，我們肩負她的任務，千百年不曾動搖。」

「又來了！你難道真的不懂嗎？重點不是預言，重點是逼著預言實現的人。對，我說的不只你們，還有其他的萬有萬物，牽涉在這則預言中的所有角色。執著於預言，連你們都有可能變成促成預言的兇手。」

「大士自有旨意。你不能擋在命運面前，卻又對祂視而不見。」

「我只希望我的孩子能夠離那些鬼扯遠遠的。獠牙戰爭已經結束，一切早該跟著那場該死的會議一起埋進塵土了。」

溪邊又陷入沉默。

「潮老說要尊重你的決定。」汐得說：「我相信你比我們清楚自己的位置，我們之中沒有人希望狂魔預言成真。當他的戰歌響徹奧特蘭提斯，連最好戰的瘋子都要驚怕那滔天血海。」

「願那一日永遠不要來臨。」

「但願。」

一陣沉默。

「我不想顯得拒人於千里之外，只是——你會留宿嗎？」

「這裡很平靜，和我來的地方大相逕庭。我可能會留下一晚。」

「原諒我不招待你了。」

「你請自便。」

葛笠法剛剛聽到什麼？是不是有什麼不得了的事，在他摒住呼吸的時候偷偷發生？朱鳥？狂魔？黑智者和人類？這些用來嚇小羊入睡的故事，居然是真的？還有，為什麼剛剛老爸說到白鱗大士和漂流之人的口氣，好像提到某個老朋友一樣？這到底是怎麼一回事？

無數的問號在葛笠法腦中盤旋，讓他一時間忘記注意錯亂的風向。季節交替時風向總是飄忽不定，等葛笠法察覺不對勁時，葛歐客的蹄聲已經在他身邊了。

「葛笠法嗎？」

他知道自己身上的汗臭味一定像座烽火一樣顯眼。他糗兮兮地爬起來，壓低脖子不敢直視老山羊的眼睛。幸好四周夠暗，否則老山羊就會看見他紅得發燙的臉。

「你聽見多少？」

「不多，就什麼預言狂魔朱鳥之類的……」葛笠法愈說愈小聲。

「偷聽是很不禮貌的事。」

「偷偷養小孩也是。」

葛歐客猛然瞪大眼睛，葛笠法縮起肩膀。

「我不是故意要……」他恨死自己了。「我只是……」

葛歐客沒有說話，只是靜靜把頭垂下。葛笠法從來沒看過他這種軟弱的樣子。

「我以為這對你來說比較好。」

「我不是那個意思。」葛笠法垂下肩膀。

「我知道這對你來說很不公平，但是我自有我的考量。總有一天，我會向你和亞儕把一切通通解釋清楚。」

「為什麼不是現在？」葛笠法還來不及阻止自己，話已經從嘴裡衝出來了。

「現在還不是時機。」

「那什麼時候才是？」

葛歐客望著他，黑暗中的老山羊好瘦小。葛笠法此時才注意到，他們之間有多少的差異，這些差異又如何從細微的分別，擴張成深刻的鴻溝。

「我是隻山羊，不管你說什麼，這件事永遠不會變。」他突然覺得有股怒氣衝進胸膛。「我不會因為一個陌生人就隨便改變我自己！」

「我希望如此。」

「我要回去了，黛琪司一定準備搜山找人了。」

葛笠法匆匆跑掉，留半瞎的老山羊站在黑暗中。

是呀，一隻瞎眼的老山羊！目送兒子匆匆離去的腳步，葛歐客第一次感覺自己老了。霎時間，黑暗不再是安眠的簾幕，而是像過去一樣，潛伏著未知的恐怖。

要走得多遠，才能把過去遠遠拋在腦後？葛歐客已經走了十六年了，卻在此時發現，自己其實連一小步都沒跨出去。

雖然說黛琪司是隻兇悍的母羊，但是羊到底還是隻羊，當完成一天的工作之後，沒有羊人不會因為音樂和舞蹈大笑。如果不是因為如此，她或許會發現葛笠法舉著笛子衝到火堆旁的時候，情緒高昂得過頭了。

「亞儕、黛琪司一起來跳舞！」葛笠法大聲喊道：「快點，不要像隻跛腳的老羊一樣，你這遲鈍的狗崽子！」

「敢說我是跛腳狗？我會讓你看看什麼才是高手。」黛琪司撩起裙子跟上葛笠法的舞步。

亞儕掏出短笛吹出一段滑順的音階，加入葛笠法的樂曲。豎笛的聲音相當尖銳，好幾次聽得亞儕全身發毛，差點中斷演奏。黛琪司哼著輕快的行板，沒有注意到任何異狀。

「我覺得我可以跳上一整個秋天。」黛琪司翻了個跟斗，把整個下午的怒氣當成汗水甩掉。「這兩枝笛子還真是極品。不，不要炫耀，我猜得出來你們從哪弄到的。」

葛笠法露出笑容，亞儕聞到他身上有股奇怪的味道。那股味道混著狂熱、放縱、激情，亞儕絕不會把那味道稱為快樂。

「亞儕？」葛笠法伸出一隻手，看來他今天的精力多到用不完。

「明天吧。」亞儕一想到他又要吹那枝尖銳的哨笛便興趣缺缺。「爸說留一支舞給明天，才有更多活下去的動力。」

「老爸知道最多了不是嗎？」葛笠法臉上掃過一個扭曲的笑容，獨自跳到火堆旁獨舞。

「他今天是怎麼啦？」黛琪司順順頭髮，把黏在前額的頭髮撥開。「看看他跳舞的樣子，真不知該說他精力過剩，還是說他想用蹄破壞草皮。」

「我也不知道。」亞儕聳聳肩。

「說不定他跑去偷喝了醋栗姨的醋。你們這些小公羊，長一點角就想學做壞事。」

「我才沒有。」亞儕對她吐舌頭。「如果我要學做壞事，也不會去和木栗家的哈耐巴學，他的角大得像他爸一樣蠢。」

這番意有所指的話立刻見效，黛琪司臉上飛出一片和炎熱無關的潮紅。

「你怎麼知道的？」

亞儕用鼻子指了指火邊的葛笠法。

「我要拿他的蹄泡酒。還有誰知道這件事？」

「老爸可能也知道一點。」

「你就是沒辦法相信這些山羊是吧？」

「我們是羊人，你期待什麼？」亞儕咧開嘴巴，看黛琪司生氣有時候是件很好玩的事。

黛琪司搖頭晃腦，開始長篇大論關於羔羊該怎麼學好規矩。亞儕一邊聽，一邊覺得昏昏欲睡。他肚子裡裝滿了果汁和麥餅，加上剛剛揮汗吹笛跳舞，疲累隨著黛琪司的長篇大論襲來。他打了一個好大的哈欠，這似乎讓黛琪司更不開心，愈說愈起勁，只是他連一個字都沒聽進去。

想想那是多好玩的事。哈耐巴和黛琪司在二月春宴上共舞，然後三月舞會宣布好消息，等明年秋天小羊就會在草原上活蹦亂跳。葛笠法不知道跳舞跳去哪了，葛歐客倒是出現了。亞儕好想睡覺，但還是舉起一隻手對爸爸揮了一下，老山羊眼裡燃燒著火焰，整座小樹林似乎燒了起來，瘋狂的火焰襲捲他身邊的每個人……

等亞儕驚覺發生異狀的時候，老山羊已經衝上前來，猛然用頭頂著他。亞儕感覺自己不能呼吸了，老山羊的手愈收愈緊，眼睛裡閃動著地獄深淵的火焰，亮出滿口尖牙就要把他吞噬。

「亞儕！」

瞬間惡夢消逝，四周又恢復平靜。老山羊抓著他的肩膀，眉頭鎖成一個雜亂的死結。黛琪司正緩緩伸出手，打算掐死自己。

「黛琪司。」老山羊轉換目標，亞儕能感覺到一陣若有似無的顫慄感，滑過他的毛皮。黛琪司硬生生從惡夢中被嚇醒。

「我在……這是怎麼……你們……」她語無倫次，兩隻眼睛在父親和弟弟身上亂跳。

「心靈魔法。」葛歐客重重噴了一口鼻息。「有人對你們使用心靈魔法。」

突然間，一聲尖叫從村子的方向傳來，他們不約而同轉過頭去。如果不是距離夠近，亞儕會以為他看錯了——葛歐客在顫抖！

「你們快去避難，記得我怎麼教你們的嗎？」

「村子裡有危險了。」黛琪司說。

「我會去救援，但是答應我，你們會躲在地窖裡。」

亞儕呆了三秒，從草地上跳起來。「葛笠法不見了！」

黛琪司倒抽一口氣。「他會跑去哪裡？他該不會跑進村子了吧？」

「我要去找他，他可能遇上危險了。」

「不行！」葛歐客斷然說：「我不能讓你們冒險。」

「我們不能自己躲起來，你自己說過不能把家人丟下的。我去追葛笠法，你們能跟著我的味道追來。我們沒有時間了！」

黛琪司皺著臉，亞儕知道她不喜歡這個主意，但又沒辦法說出個所以然說服弟弟改變主意。葛歐客現在進退兩難。村子裡有危險，葛笠法下落不明，他沒辦法兼顧兩方。

「好吧！」葛歐客放開亞儕的手。「答應我，一找到葛笠法，就算用拖的也要把他拖進地窖。」

「我們得把他拖進去？」黛琪司問。

「有可能。」葛歐客臉上閃過痛心的表情。「他今天不大好……」

這倒是說明了他剛剛的怪樣子。有一股可怕的感覺在亞儕的胃裡騷動，有不好的事要發生了。

「小心安全，如果再遇上恐怖的幻象，記住你們自己的樣子。只要你們否認它，心靈魔法就沒辦法傷害你們。」

「我們知道了。」黛琪司和亞儕點點頭，用力把父親的話記在心裡。

「行動！」

葛歐客用他們都沒看過的速度直奔山泉村，姊弟倆握住彼此的手，抖得像秋天的落葉。

「我們要從哪裡開始？」黛琪司問，亞儕緩緩趴到地上。他其實也不大確定，但他記得葛笠法的味道，平時他都是這麼做。

有一股混雜著恐懼與好奇的氣味橫過熄滅的火堆旁，亞儕的眼睛在夜裡閃閃發亮。

「往這邊。」他說。

撒腿狂奔的葛歐客騙了他兩個孩子。

他聞到火焰的味道，有人在村子裡放火，但是他沒有聞到恐懼。或許混亂，或許有人被惡夢和火焰干擾了睡眠，但是村子裡的氣味並不如他預期的混亂。

調虎離山之計，有人打算擾亂他的判斷。心靈魔法向來不適合大規模施展，專注單一才是這種魔法的訣竅，讓一整個村子陷入混亂要大批人力才辦得到。敵人如果不想引人注意，聚焦一點攻擊才是正確。大士呀！他又開始用以前的思維思考了。

他在黑夜中幾近全盲的眼睛毫無用處，只能仰賴自己的聽力和嗅覺，還有過去可怕的經歷。他剛剛使用逆神術強迫亞儕和黛琪司清醒的時候，遇上非常大的反彈。不管動手的人是誰，他們都很清楚自己的目標。

葛笠法，他的羔羊！

恐懼吞沒葛歐客，炎熱的夏夜突然變得寒冷，殺戮的景象闖入他自以為鏡海無波的心中。

「不……」

大士、魚仙、娘娘、通達的覺者……不管你是什麼，拜託，不要是葛笠法，不要是他……

葛歐客一邊祈求，一邊狂奔。他聞到了，那股撕扯的恐慌，他的羔羊正在受苦，他的耳邊迴盪著揮之不去的慘叫。

事情發生的前一分鐘，葛笠法還在跳舞，氣憤地試圖把草地踩死。他氣老爸、氣亞儕、氣黛琪司、氣那帶來壞消息的人類汐得。什麼叫作時機還沒到？像老爸這樣坐在原地發呆，時機一輩子都不會到來。他——

他是誰？

他不是羊人，那他又是誰？連亞儕都知道自己是什麼，可是葛笠法呢？是不是因為如此，老爸才總是對他的惡作劇睜一隻眼閉一隻眼？黛琪司知道多少？亞儕呢？莫非全世界都知道，偏生他一個人被蒙在鼓裡？

他是誰？

突然間，過去所有說他高大強壯的讚美，變得噁心又虛偽。

他到底是誰？

正當疑問止住舞步時，葛笠法的眼角突然瞄到人類的身影，在月光下穿過不遠處的草原。

為什麼人類會這麼做，急得好像有人追殺一樣？葛笠法不懂。剛剛的情緒在轉眼間被新生的好奇取代，突兀得像有人硬塞到他心中一樣。

他是如此專注，甚至沒注意到身後的黛琪司發出一聲被掐住的怪叫。他皺起眉頭集中精神，摒除雜念看著人類的腳步向前奔馳。

管他的。

葛笠法向前跑，匆匆越過草原，緊跟在人類後面。他很小心自己的蹄子，希望這次不會再被發現了。剛才實在太不小心了，居然會被發現，這對他這個追蹤大王來說真是一筆羞恥的記錄。

他似乎是往村子附近跑去。他做了什麼？為什麼要跑這麼快？前面有誰或後面有誰嗎？跟著他，會找到葛笠法想知道的答案嗎？也許，他會願意帶葛笠法離開，去找出他真正的身分。沒錯，聽他和老爸說的話，他一定知道葛笠法來自何方。

葛笠法越過今天和亞儕一起走過的小坡，刺鼻的血腥味薰得他幾乎要昏倒了。月光灑落，喉嚨被割開的汐得躺在地上，鮮血濺滿整個坡頂。

震驚讓葛笠法清醒過來。

發生什麼事了？為什麼他會站在這裡，為什麼……

呂翁夫人的笑容出現在他眼前。

「我還以為你會小心一點呢。小心呀，孩子，愚蠢可不是長命的訣竅。拿下他！」

豬女伸出手，兩個套索立刻捆上葛笠法的脖子。他嚇得尖叫，雙手試圖拉開堅韌的繩索，但是收緊的繩索沒有留下半點空隙。

「不——放開我，爸救我！」

葛笠法不知道為什麼自己會遇上這種事，他們為什麼要抓他？豬女要他做什麼？為什麼？他用力蹬地向後跳，想逃脫或拉斷套索，但不管哪一項都是徒勞。他向依默和埧絲拉揮拳，也向呂翁夫人揮拳，但是他們都站得遠遠的，臉上帶著嘲笑看他掙扎。

「想想，當我把你交給智者的時候，我將會得到前所未見的榮耀。你，將會實現預言。」

不！葛笠法在心中吶喊，他不知道什麼預言，他只是隻小羔羊，他連走出村子都不被允許。

巨大的壓力擊中他的神智，他的腦子頓時一片空白，全身失去力氣。他在哪裡？有人牽著他，是要帶他走嗎？那個恐怖的叫聲又是怎麼回事，老爸、亞儕、黛琪司……

那是葛笠法意識消失前記得的最後一件事。

充滿野性的尖嚎破空傳來，黑暗中葛歐客的身影像團旋風，堅硬的蹄往垷絲拉臉上招呼。垷絲拉發出慘叫，一隻眼窩濺出鮮血。葛歐客順勢躍上半空，轉向攻擊依默。依默已經做好準備，壓低身體躲過踢擊，左手抓住繩子，右手抽出短刀刺出。靈敏的葛歐客毫無畏懼，退到她攻擊不到的地方，護在葛笠法身前。

「果然是你，鐵蹄歐客。」

「放開他。」葛歐客說：「他和你們毫無關係。」

「不，是和你毫無關係，特別是你死了之後。」呂翁夫人往黑暗中打了一個手勢，一個急速無倫的身影竄出來，撲向葛歐客。葛歐客先是呆了一秒，接著趕緊跳開躲過利爪。

利爪，幻影般的身法，是隻獵豹。葛歐客吃了一驚。

「獵豹？你們居然會和豬女聯手？」

「時代變了，老頭。」獵豹露出笑容和利齒，再次撲向老山羊。

「瓦棘禮，這裡交給你了。依默、垷絲拉，把他拉好。」

葛笠法抖了一下，呂翁夫人立刻皺起眉頭，發出心靈魔法壓制他的意識。失去一隻眼睛的垷絲拉站了起來，和依默一起拉著葛笠法跳上灰馬。

「葛笠法！」是亞儕的聲音。豹獵人的眼神一閃，葛歐客發出威嚇的尖鳴。

他躍入空中，鐵蹄舞成一團風，每一擊都帶著致命的破空聲。獵豹好整以暇，像個鬼影一樣纏住他，不時伸出爪子佯攻，然後又逃入黑暗中游擊。他身上穿著亞儕從沒看過的裝束，膝蓋、手肘還有背上都是銳利的短刺，一雙鐵爪上隱隱發出綠光，散出惡臭。亞儕下意識向後一步——爪子上有毒！

獵豹在暗影中伏擊，老山羊沒多久便陷入頹勢。他的視力，還有他的年紀正慢慢將他拖垮。獵豹在等他體力衰竭，接著折磨他、糾纏他、拖著他進入死亡深淵。

「你以為你救得了你兒子？前提是他還是你兒子，而不是被豬女改造過後的怪物。你有被豬女調教過嗎？智者呢？他們的手段真是一流的，你說是吧？」

獵豹一邊攻擊一邊說話，聲音透過心靈魔法一點一點侵蝕葛歐客。葛歐客滿頭大汗，腳步開始疲軟。他肩膀上又吃了一記爪子，但他沒有喊出聲音，只是機械式地對著空氣回擊。過去正湧上他的心頭，無止盡的血汙掩蓋他的感官，戰友的哀嚎此起彼落。他活下來了，他又死了……

「忘不掉對吧？有些東西，深深藏在你的骨頭裡。」獵豹獰笑，一爪穿刺老山羊的腹部。葛歐客張大嘴巴，雙耳下垂，姿勢可笑地僵在半空中。

「鐵蹄歐客，過去的傳奇，現在也不過是隻任人宰割的山羊。」獵豹抽出爪子，甩開葛歐客的身體。亞儕急忙撲上去，對著獵豹亮出尖牙。

「走開！」他把上身壓低，趴在地上對著獵豹猛吠。鮮血的氣味使他戰慄，殺人的瘋狂令他頭昏。他不知道自己哪來的勇氣，只知道亮出牙齒或許還有活命的希望。

「狗崽。」獵豹不屑地啐了一口，晶亮的雙眼閃閃發光。「我只要一擊就能殺掉你，但那有什麼好玩？」

「你們把葛笠法帶去哪裡了？」

「這對你來說不重要。你只要知道，等哪天你的兄弟名聲傳遍奧特蘭提斯的時候，乖乖躲起來避難就行了。」獵豹刻意強調兄弟兩個字，然後哈哈大笑，轉頭快步消失在夜色之中。

亞儕全身發抖，老山羊空茫的眼神望著天空。

「是亞儕嗎？」

「爸？」亞儕先是一愣，猛然轉頭撲在老山羊身上。葛歐客全身都是爪傷，傷口散出恐怖的臭氣。

「老爸，你不要動，我去找薩拉拉，等一下黛琪司就上來了，我們背你去找薩拉拉。老巫婆一定能把你的傷治好，等你好了我們再去找葛笠法。」亞儕連珠炮似地亂找話說。葛歐客的呼吸愈來愈衰弱，兩隻手在半空中不知道在摸索什麼。

「奧坎、墨路伽，不要再打了……結束了……都結束了……」

「爸？我是亞儕，你看得見我嗎？」亞儕不知道父親在說什麼，只能抓住他的手，希望他快些平靜下來。「我揹你，我揹得動你，我們一起去找老巫婆。老巫婆什麼都治得好。」

「亞儕？」葛歐客喘著氣，抓住他的手，似乎能透過他的手抓住現實。「亞儕？孩子？」

「對、是我、是亞儕，我們去找——」

「葛笠法？」

「沒關係，我們能把他追回來。就算要離開山泉村——」

「不！」

葛歐客突然瞪大眼睛，恐懼地望著亞儕。

「亞儕，看著我的眼睛……」

亞儕不知道發生了什麼事，父親的雙眼狂亂混濁，黛琪司為什麼還不……

他的思緒霎時被打斷。

一隻碩大無朋的公鹿，撲向一隻走投無路的灰狼。兩人身上都沾滿了血污，武器被他們棄置在一旁。亞儕能清楚看見、聞到、聽出他們內心的悲哀，和無可奈何。這是沒有回頭路的分歧，不是對方便是自己，戰鬥是他們唯一的歸途。

鹿角刺入狼人腹部，像獻祭一樣將她舉到半空中。鮮血從她藍色的毛皮間滲出，染紅了鹿人扭曲的長臉。鹿人仰天狂嘯，裸露的內臟從他腰間的傷口灑落。鹿人與狼人最後一起倒下，一個羊人踏過血路趕到現場，背上揹著兩個孩子。亞儕知道他遲了，悔恨就像他自己的一樣，銳利得足以將他從裡到外千刀萬剮……

畫面和氣味消失了，不絕於耳的哀嚎也是。葛歐客的哀嚎比什麼都還要真實，正如他死時空洞的雙眼。亞儕握著他的手，張著嘴巴連淚水都忘了流下。

「亞儕你在哪裡？為什麼有血的味道？發生什麼事了？你在哪？我看不到你！我討厭這味道，我什麼都看不到，你快點出來，葛笠法和老爸一定……」

是黛琪司的聲音，在黑暗中殷殷探詢父親和弟弟的下落。她還不知道自己已經永遠失去他們了。

出於本能，亞儕抬起頭發出尖銳的狼嚎。悲嚎在空氣中迴盪，從過去到現在，回音繚繞不去，隨著一聲聲加高的音調，哭訴一段不停重演的悲劇。

第三章　獠牙戰爭

老巫婆薩拉拉已經非常非常非常老了，老到灰鬍子能當披肩用，乳房直直垂到腰際，身上的皺紋多到能裁下來做件大衣。她是山泉村裡公認懂最多的巫婆，同時也是少數幾隻，老到足夠看見整個山泉村從無到有的山羊。

昨晚的火苗好不容易都撲滅了，她用防火桶裡剩下的水潑過臉後，拖著腳步走上村中大道——沒錯，就是那片雜著草地的泥巴路——檢視各地的損傷。這和公共責任無關，反而和羊人愛管鄰居閒事的本能更貼近一點。她對醉倒在地窖門口的鐵匠吐了一口口水，嚇得他四肢朝天亂揮。十足十的蠢羊。

「狗屎運的傢伙。」薩拉拉暗自忖度，灰頭八成因為醉倒在地窖裡，所以才躲過大火。同樣和酒有關，醋栗荷就沒這麼好運了。

「醋！」她對著帕帕亞發飆，聲音包管能傳到黑臉山的另外一邊。「我的酒全部被煮成醋了！」

你的酒本來就是醋。薩拉拉嚼著舌根想。

「薩拉拉！」帕帕亞的同胎姊妹帕果雅焦急地奔向老巫婆，僅次於姊姊的巨碩胸部在布條下晃蕩，褐色的長毛隨風擺盪。她的聲音非常焦慮，薩拉拉豎起耳朵。

「有誰受傷了？」她最擔心這個。羊人通常沒什麼神經，就算受了重傷，為了躲開苦藥和薩拉拉寧可閉嘴等死。她等著帕果雅報告是誰受了重傷，沒辦法親自求援。

「你看我的角，上面缺了一個洞，你能把它補好嗎？」聽她的口氣，你會以為黑寡婦從地底深淵爬出來追殺她。

「滾！」薩拉拉尖叫：「把你那愚蠢的胸部從我眼前挪開。老巫婆我忙得很，再煩我就拿糯米膠把你的乳頭黏到角上！」

帕果雅爆出粗口，剛剛哀求的態度一掃而空，粗魯地跺著蹄離去，臨走前還故意對老巫婆放了一個屁。

這些蠢羔仔，真該讓他們知道什麼叫作厲害。木栗老爹對著帕果雅的屁股格格笑，薩拉拉拿石頭丟他，然後拖著微跛的腳繼續往前走。老蹄子痛風，每次碰上濕氣就會發作。

「薩拉拉。」長薄耳家的主婦帶著兩隻小母羊走到她面前來。小羊兒抓著媽媽的纏腰裙，毛茸茸的頭髮上都是泥灰。

「怎麼了，奈蕙恩？」

奈蕙恩抓抓頭髮，似乎不知道該怎麼說話。

「你有沒有想過，這一切和那三個外來的……」

「我們不能做任何假設。」薩拉拉打斷她的話。如果那三隻豬真像她想的這麼厲害，那奈蕙恩就不該到處亂說。心靈魔法這東西她只懂些皮毛，但是她敢拿下垂的胸部打賭，昨天晚上山泉村裡出現了心靈魔法。

「我不懂，為什麼是這裡？我們已經躲了這麼久，世人早該遺忘我們了。」

「奈蕙恩，我們不能期望世人記得什麼，遺忘什麼。」薩拉拉對她搖搖頭。「照顧好你的小羊，大家現在都在忙著修房子，別讓他們踩到釘子。」

奈蕙恩點點頭。薩拉拉知道她家裡也有燒壞的木屋要修，沒心情到處探訪，只是豬人實在太嚇人了，才會急著來探詢意見。只可惜，老巫婆不認為這時候胡思亂想對事情會有什麼幫助。她走過大哭的羔羊柴德面前時，順手把一片膏藥貼在他燒傷的腿上，惹他哭得更大聲。瑪拉的外甥女蘇拉從半毀的屋子裡探頭出來，惡聲惡氣要兒子快點閉嘴，否則就拿鐵鎚對付他。

村子被燒得面目全非，但很幸運沒有什麼傷亡。這點主要是因為羊人的房子都不大牢靠，出事的時候找片牆衝出來就行了。等薩拉拉抓到了那個放火的豬頭，她一定會找一批餓三天的惡狗，再把兇手活生生吊在牠們面前。

「一團亂不是嗎？」大嘴巴艾媽媽正忙著到處宣傳她的旅店兼麵餅店有多悽慘，丈夫老艾草卻坐在跳舞石上，好整以暇抽著菸，讓清爽的微風吹吹他被薰壞的鬢角和長眉毛。他那兩對長毛，原先長得連帕果雅都要忌妒，現在尾巴燒焦了，看上去反倒有些好笑。薩拉拉從背袋裡抽出菸斗，加入他的行列。

「沒人受重傷？」老艾草問。

「沒人比你家的爐子還慘。」

艾媽媽的爐子燒成一塊廢鐵，想必失火的時候正在生爐子，才會內外交逼成這副慘樣。

「你不忙著整理家裡？」薩拉拉問。

「急什麼？整理掉了，我那小老婆就沒東西炫耀了。」老艾草吐出一個個煙圈。「況且這就是我們不是嗎？東西壞了大不了丟掉，找個新地方重來。」

薩拉拉嘀咕了幾句關於愚蠢的老山羊，還有笨小羊的俗諺。

「那三隻豬絕對要負全部的責任。」

「真感謝，我一整個早上都在叫其他人閉嘴，結果你一句話就害我破功了。」薩拉拉對他翻白眼。

「得了吧，老巫婆，這件事大家心知肚明。就像沒人說小亞儕是狗，不代表沒人懷疑過他的血統。」

「小亞儕是我見過規矩最好的一隻狗。」

「他可是匹狼。」

「他比大半的羔羊都要聽話守規矩。雖然這不是什麼值得誇耀的特質，不過小葛沒說話，我也不亂說。」

「小葛只有天塌下來的時候才會問天氣是不是不對勁。」

他們這幾隻老羊，是全山泉村唯一有資格叫葛歐客小葛的山羊。想到年少輕狂的小葛也有成熟穩重的一天，不禁使人感嘆世事多變。薩拉拉輕哼一聲，她對自己沒辦法提出人生建議的山羊，都是用這種口氣應付。

「你有時間說他的閒話，不如挪動你的羊屁股，去小樹林那邊看看他們。」

老艾草斜睨了她一眼。「你是叫我去關心他們嗎？」

「去看看有什麼八卦，拿回來給你老婆宣傳也不是壞事。」

老艾草哼哼唧唧笑了。標準的薩拉拉，刀子口豆腐心。草原的另外一邊出現兩個小小的身影，老艾草和薩拉拉不約而同瞇起眼睛，想看清楚是誰走在晨光之中。

那兩個身影小小的，像背了什麼重物一樣走得很慢。

「你不覺得，就木材來說，他們抱的東西有點多？」薩拉拉自言自語，老艾草發出一聲足以叫醒死人的氣音。

聽見麻煩的聲音，全村的羊人通通丟下手上的工具湧向跳舞石。灰頭睜開眼睛，剛好看見帕亞和帕果雅跳過他頭上，他以為自己到了天堂，又轉頭睡回去地底深淵。奈蕙恩拉著小羊，木栗老爹拄著手杖，連醋栗姨都抱著一罈醋衝出店鋪。

雙耳低垂的亞儕抱著父親的屍體，慢慢走到薩拉拉面前。老巫婆伸出手搭在他脖子上。這是多此一舉，光看他肚子上那怵目驚心的傷口，也知道他死透了。黛琪司拖著一個人類，喉嚨上的傷痕看起來和葛歐客的一模一樣。

「怎麼會……」薩拉拉抖著嘴唇，發出一串哼哼唧唧的聲音。「是誰？是誰幹的？」

「獵豹。」面無表情的亞儕說：「還有豬女。」

羊人們倒抽一口氣，紛紛往後一步。懷疑是一回事，聽見猜測被證實，心理衝擊還是無可避免。

「豬……又是豬……」老艾草臉部扭曲，薩拉拉丟給他一個警告的眼色。

「先把他放下來。」老巫婆說：「你不能一直抱著他。」

亞儕搖頭拒絕，但是老艾草走上前來抱走老山羊的屍體。「小羔羊，不要逼壞你自己了。」奈蕙恩使了個眼色，長薄耳家的大兒子槍恩趕緊跳出來接下屍體。

「我們會好好照顧他。」奈蕙恩溫柔地說，亞儕這才肯放開葛歐客的手。他張著嘴巴，一副想哭又哭不出來的悲慘模樣。薩拉拉揮掉眼淚，吼著要所有多管閒事的人退下。

「給這兩隻可憐的羔仔一點空間，你們這些豬生狗養的蠢貨！」

奈蕙恩在兒子們幫忙下，趕走大多數的羊人，然後再帶人去安頓葛歐客和人類的屍體。帕帕亞和帕果雅圍到黛琪司身邊，三隻小母羊抱在一起哭成一團。醋栗姨嘟噥了幾句，丟下醋罈子後轉身離開，打算找個沒人的地方好好哭一場。

「把事情說給我們聽。慢慢來，不要急。葛笠法人呢？」老艾草拉著亞儕，把他按到跳舞石邊，讓他靠著石頭說話。薩拉拉檢查過黛琪司，確認她身上沒有因為震撼而被遺忘的傷口，又匆匆看過人類的屍體，才踱著腳步加入他們。她一邊檢查亞儕的腳掌，一邊嚅著嘴唇聽他陳述。

亞儕一開始說得很慢，從他和葛笠法遇到三個豬女開始——依默、垷絲拉、呂翁夫人——接著，是突然出現的陌生人，然後是火堆旁的惡夢。

最後，講到葛笠法時，亞儕咿咿啞啞了好久，才發現自己早已泣不成聲。他用力吞下眼淚和鼻涕，謝絕薩拉拉的髒手帕，把獵豹和父親的決鬥說完。

「獵豹。」薩拉拉揪住胸口，老艾草臉上結出了嚴霜。

「沒錯，是隻豹人。」

「也許，該說他是豹獵人。」表情扭曲的老艾草說：「我知道他們，收銀買命的畜牲，比人和豬還不如。」

薩拉拉瞪了他一眼，要他住嘴。

「他們帶走了葛笠法？」她問道：「你知道原因嗎？」

亞儕搖頭。薩拉拉和老艾草脊背一鬆，不知道自己究竟是鬆了一口氣，還是更加憂心。黛琪司走進他們談話的圈圈，帕帕亞和帕果雅本來也要一起坐下，卻被老巫婆阻止。

「你們去找奈蕙恩，看她要幫忙什麼。」薩拉拉把手帕塞進黛琪司手上。黛琪司吞了吞口水，對兩位同伴揮了揮手帕告別。

送走帕家姊妹，薩拉拉東摸西摸了一陣，眼睛始終不肯望向等在面前的小姊弟。老艾草大聲清了清喉嚨。老山羊急什麼？難不成她會忘記小葛的話嗎？

「小葛死了，有些事情，我想我該讓你們知道。雖然現在不是好時機，但是小葛拜託過我只要他一出事……」

薩拉拉閉上嘴巴。想到葛歐客居然是他們之中第一個出事的人，她整個嘴巴裡就都是魚腥草的酸味。該死的山羊應該是他們這些老骨頭，不是還有羔羊必須照顧的他。但事到如今，再不情願她也必須把該說的說出來。她可不能辜負小葛的託付。

「如你們所見，我是隻很老很老很老的母羊，老到看過山泉村裡每個羊屁股溼答答滑出來的樣子。整個村子裡，只有三個例外。對，小亞儕，我就是在說你還有你姊姊。你是隻狼——或者是狗，我不知道——不過看黛琪司的頭毛，我一點都不會懷疑她身上是否流著金髮佳麗的血。只是佳麗第一次生產時受了傷，所以再也沒辦法懷孕。我幫她檢查過，所以我知道。」

老巫婆突然停頓下來，亞儕和黛琪司都望著她，等著她把話說完。黛琪司有些疑惑地點點頭，不大確定老巫婆的意思。亞儕側著臉，哭紅的眼睛看著薩拉拉，不知道她玩什麼花樣。比起思考，他腦袋裡的悲傷更果斷明確，容不下其他思維。現在還有比葛歐客的死更重要的事嗎？

「你們不懂嗎？」

亞儕和黛琪司搖頭，他們的確不懂。

「算了，管他的！」終於，她下定決心，挺起胸膛說：「你們的兄弟，葛笠法不是葛歐客的兒子，這一點就和亞儕你不是金髮佳麗生的一樣明確。」

如果大晴天也會打雷，那現在是最好的時機，可是亞儕面無表情，只是把頭臉對著薩拉拉，兩隻耳朵傾向前方。

「所以呢？」亞儕亮出牙齒。

「我的意思是，如果……」

「如果他不是我兄弟，就沒有救他的必要嗎？」

「我不知道你是怎麼跳到這結論的。」薩拉拉雙手抱胸，擺出防衛的姿勢。

「我爸甚至還沒有進到朱鳥的懷抱！你們這些自私自利的山羊已經想著要怎麼讓我拋棄我兄弟。對！我知道你們在想什麼——我們一家子很危險、我們都是怪胎、我們帶著異鄉的傳染病到處跑。既然這樣，我會自己走過荒涼山崑崙海，我會追到世界的盡頭，直到追上葛笠法為止！」

亞儕露出尖牙，似乎隨時準備要撲上前去撕裂某人的喉嚨。黛琪司面無血色，薩拉拉站起來後退兩步，躲開亞儕兇狠的逼視。老艾草舉著菸斗，呆望著亞儕。

「蠢羔仔。」跳舞石旁傳來一聲咕噥，接著一桶醋當頭潑在亞儕頭上。亞儕嚇得跳上半空中，鼻子上硬生生吃了一記木棍，痛得他眼睛噴出眼淚，趴在地上低聲哀鳴。

「木栗老頭，這招會不會太狠了？」老艾草問。

「怎麼會？灰頭喝醉到我圍場上鬧的時候，我都用這招對付他，每次都有用。」木栗老爹拄著手杖擠到老艾草旁邊坐下，順手把空罈子丟在亞儕鼻子前。「這些羔仔，十個有九個該被好好揍一頓，只是我沒想到小亞儕你也是其中一個。」

「小葛呢？」薩拉拉問。

「奈蕙恩把我的圍場借走了。他黑寡婦的，小母羊還真會說服人。」

「是你不會拒絕她。」

「如果你也像我一樣隨身攜帶兩根木棍，一定也拒絕不了一對——」

「嗯哼！」老艾草大聲清了清喉嚨，打斷老巫婆和木栗老爹的爭論。「我們還有事情要說不是嗎？」

「當然。」薩拉拉點點頭，把話鋒轉回全身醋味的亞儕身上。「小崽子，聽清楚了，一個字一個字聽清楚了。你們會是這一輩，第一個和第二個知道這些事的人。我不會說什麼放葛笠法去死之類的垃圾話——我知道你會去追他，就算黑寡婦擋在你面前也一樣。只是你必須要知道，有些事情連奈蕙恩和醋栗荷她們都不了解。事情和豬有關，就不會單純了知道嗎？」

亞儕蹲坐在地上，總算稍稍放下攻擊的姿態。薩拉拉滿意地點點頭。

「黛琪司你呢？」

「我想知道發生了什麼事。葛笠法也是我的兄弟，爸爸不會樂見我們丟下他。」

「很好，你們現在把耳朵洗乾淨聽好了。這件事非常重要。」

薩拉拉開始說，亞儕豎起耳朵開始聽。

亞儕坐在火堆旁，看著火焰慢慢吞食葛歐客的身體。黛琪司被奈蕙恩帶開，商量她們女人與女孩之間的話題。朱鳥遮起一隻眼睛，黑夜降臨在奧特蘭提斯之上，群星像白鱗大士的鱗片一樣閃閃發光，為迷失的旅人提供微薄的光明。

有好多人都來了，綿羊村的老顧客、下酒泉的油水家、小溪上游的茴香大嬸和小羊們、賣生桂皮的行商潔恩。當然，少不了山泉村全體，甚至是神龍見首不見尾的髒手指一家，都出席了葛歐客的葬禮。

他們圍在柴堆旁，難得沒有唱歌跳舞。羊人們不這麼做，哀傷壓得他們提不起勁。是的，沒有硬性規定，就算有人打算唱歌表達自己的哀傷也不會被阻止。可是這是葛歐客，沒有人能在得知好脾氣葛歐客死掉後，還有心情思考怎麼唱歌表達哀傷。他們靜靜坐著，安靜得像座陵墓，等著朱鳥遮起眼睛，把太陽的光輝從葛歐客身上收走。

太陽下山之後他們放火，小小的火焰開始成長，漸漸蓋過葛歐客和陌生人的屍體。沒人知道陌生人的家鄉有怎樣的習俗，羊人們也幫他搭起一個柴堆，希望自己做得夠多，夠他安心前往死者的世界。朱鳥的銀眼升起，涓滴銀光隨著時間滑落。

今天早上，老巫婆對亞儕和黛琪司說了很多，故事內容曲曲折折，讓人懷疑她是不是故意把內容說得錯綜複雜，好趁說出口前想清楚該怎麼遣詞用句。

老巫婆從象徵毀滅、時間、機運的朱鳥如何誕生，黑寡婦又如何騙走弟弟的時間魔力，並趁機謀害他開始。垂死的朱鳥創造出孔雀、夜鴞、烈火三個分身，說出滅世的詛咒，帶著怨恨轉世。魚仙為死去的弟弟打開地底深淵，滅去屍身上的惡火，成為人們口中的白鱗大士。各種傳說不斷隨著時間蔓延，來到豬人自詡為創世女神黑寡婦的正統血脈，他們建立了龐大的樓黔牙帝國，版圖從荒涼山崑崙海延伸到遙遠的東方海濱。

帝國由盛轉衰，金獅戰團和百虎部落崛起，金鵲皇朝的初代統治者自立為帝。然後，豬人捲土重來，第一個目標就是曾經背棄他們的部族，羊人也是其中之一。

「說得我們好像擁戴過他們一樣。」薩拉拉用鼻子重重噴了一口氣。

說到這，有些細節是木栗老爹和老艾草補充的，只是他們打死也不肯說為什麼自己能知道這些細節。

「活得夠久而已。」老艾草聳聳肩，木栗老爹蹬著自己像栗子殼般的雙腿，呼嚕呼嚕不知道說些什麼。薩拉拉要他們閉嘴，繼續把故事說下去。

不願回到帝國羈縻的部族發動了一場被稱為獠牙戰爭的惡仗，有些羊人選擇參加，剩下的人則躲到世界各地，期望距離能讓帝國遺忘他們的存在。後來，參戰的葛歐客和佳麗回鄉，也帶回了三姊弟。

老巫婆說了很多，最後來到一個重點。豬人很危險，如果他們打算把髒蹄子踩進羊人的村子，那也只是他們覺得放縱這個蟑螂窩太久了而已。那場戰爭毫無疑問，羊人輸了，帝國贏了。十七年匆匆過去，豬女像是突然記起帝國的勝利，前來討取她們的戰利品。

「我們還是不知道她們為什麼要帶走葛笠法。」亞儕說：「也不知道為什麼人類會死在這裡。」

「他不是普通的人類。」薩拉拉說：「他手上有三葉浮萍烙印，是肩負大士詛咒與祝福的漂流之人。」

「他們是誰？」

「我也不知道，他們神秘得像朱鳥的屁眼一樣。」

跳舞石旁陷入沉默，好在過沒多久，奈蕙恩的二兒子泊爾就來通知他們柴火堆搭好了，解除了尷尬。

長薄耳家的長子槍恩爬到樹上，對著遠方發出報喪的悲鳴，他的兄弟們在下方替他合音。合音一聲聲傳出去，詠唱出死者的姓名，希望引導死者的夜鴞能聽見。這本來應該由葛笠法來的，亞儕痛苦地想起。他希望自己能挑下這一份責任，但他已經發不出任何聲音。葛歐客死了，就算太陽依然升起，光線也沒有任何溫度。

火堆漸漸轉小，再沒多久就要熄了，亞儕的眼睛像是要跟著熄滅一樣漸漸沉下去。黛琪司坐在他身邊，亞儕可以聞到她有話要說，甚至知道她打算說什麼。

「他一直照顧我們，我很難想像沒有他的日子。」她說：「我還記得以前他總把你抱在懷中，我每次吃醋就會故意去找媽媽，然後三天不和他說話。不過他很聰明，知道該怎麼激我主動開口。」

她手抓著纏腰裙，肩頸拱了起來。「我知道他最關心你。媽媽死掉的時候，他偷偷哭了好久，卻從來不曾在你眼前掉過眼淚。他怕你難過，怕你知道他傷心，所以……」

亞儕注意到她一直忽略掉一個名字，他很確定這是故意的。

「如果可以，他會以你的安全，當作評斷天底下所有事的準則。」黛琪司望著火堆說：「如果可以，他會希望你留在安全的地方，平安生活。」

「所以我應該忘掉葛笠法嗎？」

「你也說了，他沒有反抗不是嗎？」黛琪司幾乎要把裙子撕裂了。「我們都不知道他是怎麼想的，也許他真的打算擺脫我們這群羊去找新天地了。」

「你不是真心的。」

「我希望我是，況且為什麼不能是？就像爸爸一樣，如果能說服你留在安全的地方，要把黑的說成白的我都願意。」

「他是我們的兄弟，即使要離開，我也要問到一個好理由才會讓他走。」

「我就怕你會這麼說。」黛琪司偏過頭去，兩人之間靜默了好一陣子。哀悼的群眾漸漸散去，老巫婆點起一盞夜燈。這不是他們的習慣，但是昨晚和今夜過後，沒有人還會介意打破一點傳統。

黛琪司攤開身後的大布包，裡面有兩雙長到不成比例的筷子。看到那兩雙筷子，亞儕感覺好像有人在他喉嚨裡塞了等長的鐵條。

「如果你會難受的話，我可以自己來。」

亞儕什麼都沒說，拿起其中一雙，走近熄滅的火堆開始動手。他看得比黛琪司清楚，動作也比黛琪司敏捷。他像把感情抽空一樣，迅速從灰燼裡挑出還沒燒盡的骨片，一片片放到白布上。人類骨骸由薩拉拉帶著帕家姊妹收走了，但是沒人會打擾姊弟倆為葛歐客收拾的權利。

葛歐客從沒說過自己的歸屬，但是他們知道他會想要在哪裡長眠。三棵小杉樹旁鬆軟的土地，亞儕幾乎不復記憶的佳麗墓地就在左近，那是再適合不過的地方。在星空下，他們包起骨骸，摸黑走到目的地開始挖掘。

兩人徒手挖掘墓穴，好一段時間小樹林農場裡靜得只有土石翻覆的聲音。他們將葛歐客的骨灰放入墓穴覆上墓土，灑上青草還有清水，再搬來一顆石頭擺在墳頭。石頭幾乎與兩人等重，但即使為此把手弄斷他們也不在乎。

等天空濛濛亮的時候，所有的工作才終於完成，兩人並肩站在大石頭前，望著日光漸漸照亮小樹林。老山羊可能隨時都會從哪個樹後面探出頭，嚼著松樹的嫩枝，看著他們笨拙的腳步露出微笑。亞儕蹲在原地長嚎，一聲一聲，直到再也喊不出聲音為止。

他不知道自己為什麼這麼做，也許是因為有悲傷要宣洩，也可能是希望有人能聽見他的聲音，記得回過頭把遺失的羔羊帶回群體。他更希望有人能聽見他的呼喚，在昏暗的晨光中聽見回家的路。

可是老山羊沒有出現，另外一個到處踩斷樹枝，蹦蹦跳跳的聲音也不見了。

「如果這是你的決定，我也會做我該做的事。」日上三竿後，黛琪司對亞儕說完這句話，隨手折了一枝草莖含在嘴裡，大步走回村子。

「看著我，你看見了什麼？」

葛笠法似乎聽見有人對他說話，卻抓不準說話者的聲音和模樣。他睜開眼睛，眼前一片迷濛，好像隔著雨水看東西一樣。他下意識動動嘴巴，念了一連串沒有意義的怪話。一桶冷水當頭潑下。

「再說一次，你看見什麼？」

葛笠法冷得全身發抖，平時這招總能讓他跳個半天高，但是他今天反應異常遲鈍，好像他的腿打定主意要僵在原地一樣。

「黛琪司，不要鬧了……」

「黛琪司？這是誰？」

「我會跟老爸告狀，我發誓我會。等我抓到你和亞儕……」

「真是驚人，才不到一天，他已經找回思考能力了。」第二個怪聲音聽起來不像黛琪司，甚至連第一個聽起來也不像。「仔細檢查過了嗎？他的角還沒長出來，我可不希望到黑智者面前邀功了，才發現抓錯人。」

「我們檢查過了，的確是他。毛皮、蹄印、還有剛冒出頭的茸角，他絕對是我們在找的人。」

「太好了。」

葛笠法終於認出那個聲音，那個醇厚，聽起來彷彿毒漿果的恐怖聲音。那個好字在他耳朵裡晃蕩，陣陣噁心衝上他的胃。

「他吐了！」依默發出一聲尖叫。「下流的東西，居然敢吐在我們面前。」

「挖了他的眼睛，反正智者只說要活口而已，缺眼斷手之類的事，他們根本不會在意。」

葛笠法吐光了胃裡的東西後開始乾嘔。他全身顫抖，好像被人逼著跑了幾千里遠。更恐怖的是他的腦子亂得像爆玉米粒的鍋子，各種思緒像急著投入燈焰的飛蛾往前衝，打得他頭昏腦脹。

「你們……你是旅窩……」他趴在地上，脖子上有股緊繃的感覺；他的脖子被人綁著。

呂翁夫人從椅子上站起來，依默和一隻眼睛包著布條的垷絲拉站在兩邊。兩條麻繩死死套住葛笠法的脖子，末端分別綁在兩根和水桶一樣粗的木樁上。

「小子，如果你念不清楚夫人的名字，我會很樂意用鞭子教你念，直到你的口條清晰到能登上樓摩婪的大戲台。你知道那裡嗎？像你這麼無知的人也該知道帝國的首都吧？」垷絲拉說：「老山羊從我這拿走了一點東西，不過我很樂意讓他父債子還。」

她剛剛說了什麼？葛笠法的瞳孔因恐懼而擴大，一個個畫面跳進他腦海裡。他現在應該是在一個髒屋子的後巷，到處都是屎尿糞土的味道，汗水充滿令人作嘔的辛辣。圍牆外面有人殺了動物，血腥味四處飄，和多到怕人的體味雜在一起，充滿了算計、怒氣、惡毒……

夜裡的屍體，縈繞不去的血腥味，汗水，掙扎，老山羊。葛笠法的腦子快速恢復運作。

「你們殺了人！」他驚聲尖叫。「你們怎麼能做出這麼恐怖的事？」

「醒過來了？」呂翁夫人對他露出笑容。「放心小子，我們是會殺人，但是不會殺你。」

「放我走！我什麼都不知道！」葛笠法使勁拉扯脖子上的套索。「求求你們，我爸爸還在等我，黛琪司、亞儕——拜託你們，放過我，我什麼都沒看見，我什麼都不知道！」

「後悔了？跟著陌生人走出家門前，該用腦子想一想不是嗎？」呂翁夫人說：「只可惜你誤會了。重點不是你知道什麼，而是你是什麼。老山羊以為死了就能把秘密帶進墳墓裡，只可惜偉大的黑智者無所不知。」

葛笠法的四肢凍在半空中。

「你剛說什麼？」

「你沒有問我話的權利。」

「你剛說我爸死了？怎麼會？你們做了什麼？」

這些邪惡的豬女，他們做了什麼？還有誰受害了？他手腳顫抖，但不是因為恐懼，而是憤怒。他們一定在說謊，為了對付他捏造葛歐客的死。

「你們騙人……」他大聲自言自語，接著開始吼叫：「你們騙人！你們這些下流的豬，你們騙人！」

淚水流過葛笠法的臉頰，口水向著豬女噴去。

「真可惜，原先我還以為應驗預言而生的鹿人，能有一點文雅教育的素養。現在看起來，我是要失望了。」

呂翁夫人扭了一下她的大鼻子，拍拍衣物，嚴謹得好像真的染上了什麼髒東西一樣。事實上，她的白色騎馬裝閃亮得像新做的一樣。

「垷絲拉，我把鞭子留在這了。教教這小夥子，見到黑智者的時候，有哪些禮儀要遵守。樓黔牙帝國可是禮儀之邦，斷不能因為一隻野獸壞了規矩。」

垷絲拉的臉上現出光芒，葛笠法的牙不住打顫。堅硬的馬鞭甩出破空聲，接著一鞭接著一鞭，打在受害者赤裸裸的背上、臉上、腿上，力道沒有因為時間過去稍減半分，反而隨著慘叫不斷加劇。

慘叫聲響徹雲霄，但是傳到圍牆外的街上時，變得細不可聞。這與心靈魔法無關，反倒和人類的養育之道更為貼近一點。

第四章　狼

今天早上，亞儕把家裡從裡到外搜了一遍。他在葛歐客平時睡覺的木板下聞到金屬的味道，挖開之後發現了一小袋東西，猜想老山羊是不是早就想到這一天，所以到處去蒐集這些碎銀塊。碎銀塊又髒又醜，完全不符合羊人的審美觀，但是在人類眼裡想必是一小筆財富了。

他拿著父親的水囊，沒想過有一天自己會帶著它上路。水囊的皮軟軟的，還有點青草和松脂的香氣。亞儕又忍不住掉了幾滴眼淚。葛笠法的背袋丟在屋子後的石頭旁；這是一種只有他自己了解規則的收納方式，全村也只有亞儕能循著他的氣味翻出來。

他把銀角子和水囊都丟進袋子裡，從窗外望著空蕩蕩的房子，不知道自己還要拿些什麼才對。衣服？他僅有的三條纏腰布一條在身上，兩條丟在背袋裡。他找到了一份老地圖，不知道該怎麼看才好，只能拿去向老艾草請教。

那些易腐的奶類說什麼也不能帶在身上，看來一路上只好啃草維生了。羊人們做得到，他也做得到，畢竟他是照養羊的方法養大的。至於那把刀……

一想到銀色的刀鋒，亞儕就全身雞皮疙瘩，決定繼續把它埋在後院的石頭下。葛笠法該慶幸老山羊生前沒有發現這玩意兒。

亞儕一邊走一邊搧耳朵。兩隻耳朵一前一後快速擺動，像他舉棋不定的心思。黛琪司把話說得死了，如果他要離開，遭遇到的困難一定會相當龐大。羊人不是什麼熱心公益的種族，對他們來說能吃飽飽睡好好，閒暇時來上一首山歌才是最重要的。

山泉村的羊兒們看上去都恢復日常作息了，好似慘劇從來沒有發生過。太陽東昇西落，醋栗姨一樣為了一籃又一籃的醋栗奔走，艾媽媽正徒勞地與灰頭鐵匠爭論怎麼修她的火爐，老艾草坐在跳舞石上抽菸，薩拉拉滿嘴嘀咕走過村中大道。

村裡的灰燼已經清掉了，如果不是空氣中還留著些微燒焦的味道，幾乎沒辦法想像山泉村曾經發生火災。小柴德從他面前跑過去，傷口顯然沒有影響他的活動力。

亞儕深吸一口氣，挺起胸膛，惦起後腳往前走。像是某種徵兆一樣，他一踏入村莊，所有人立刻停下手邊的工作回頭看他。

「我要離開了。」他拉一下肩膀上的背帶，背帶對他來說太長，幾乎都要拖到地上了。

他鼓起胸膛，手上緊抓著短笛，試著讓自己看起來更有決心一點。

「很謝謝你們這些年的照顧。我知道你們可能會反對，認為我會把災難帶回村子裡。我能向你們發誓，如果我遇上危險，我絕對不會回到村子裡。山泉村是我的家鄉，保全它比保全我的生命更要緊。我不求各位的幫忙，但也希望你們不要阻止我去找葛笠法。無論如何，他是我的兄弟，我有把他帶回家的義務。」

他一邊說話，一邊覺得心裡頭輕鬆多了。這些都是他的真心話，離開山泉村和羊人們讓他心如刀割，但是他有責任，不能拋下他的兄弟，即使他們毫無血緣關係。他相信如果立場互換，葛笠法也會追著豬人越過荒涼山。

「保重了，各位。」亞儕說完，拉拉背帶轉身準備離去。

「葛亞儕，你這滿腦子乾草的蠢羔仔，你再往前一步我就敲破你的腦袋。」老巫婆薩拉拉跨步走到他面前。

果然。亞儕深吸一口氣，轉身面對她。

「薩拉拉，我……」

他話都還沒說完，腦門上已經硬生生吃了一記拳頭。他嚇得縮起腦袋，趴到地上露出牙齒。

「黛琪司在村子裡到處替你說話，結果你卻只站在這裡胡說八道，干擾這些羊人，真是自私透了。」

「黛琪司？」

「當然，你以為我們會讓你一個人出門嗎？像你這種笨樣子，不用豬女動手，自己就會摔進沼澤死透了。現在，過來——你有帶小葛的地圖吧？」

「有。」亞儕從地上爬起來。

「看來你的腦子還沒被蟲蛀光。」薩拉拉嘛了嘛嘴唇。「快走呀！你要站在這裡發呆到什麼時候呀？」

對於這番話，亞儕不知道該做何感想，只好跟上她的腳步，在羊人們訕笑的視線中跟著薩拉拉走向木栗家的圍場。

圍場裡擠滿了羊人，場面幾乎和葛歐客的葬禮一樣盛大。所有與會的羊人身上都背著背袋，一副準備出門遠足一樣嘻嘻哈哈，甚至還有人已經啃起樹枝，交換起自家釀的飲料。

「讓路，你們這群白癡。」薩拉拉帶著亞儕擠過羊群，走向另外一邊的黛琪司。她身邊的木栗老爹打量了一下亞儕身上的裝備。

「袋子是葛笠法的吧？」

亞儕點頭。

「裡面有小葛的水囊？」

亞儕又點頭。

「不要告訴我裡面還有一包銀角子。」

亞儕再次點頭，不懂這些問題的意義。

「沒別的？」

亞儕舉起手上的短笛。木栗老爹惡狠狠地噴一口氣，黛琪司露出滿意的笑。

「這下好了，我得陪你這沒用的笨羔仔千里尋親，這下你滿意了吧？」木栗老爹哇哇亂叫，背過身去拒絕面對現實。

「老蠢貨。」薩拉拉嘟噥了一聲，聲音大到整個圍場都聽得一清二楚。

「這是怎麼一回事？」亞儕問。

「你以為我會讓你一個人出門嗎？」黛琪司搖搖頭，亞儕這才注意到她把長髮通通剪短了。

「你的頭髮怎麼了？」

「出門要洗頭可不方便。放心，帕帕亞技術很好，沒有把我的耳朵剪掉。」

「那木栗老爹又是怎麼回事？」

「他和我打賭，而且輸了。」黛琪司難掩得意。

「安靜！」薩拉拉大喊，現在所有人只有她站著。「現在，第三十八屆山泉村緊急事務會議正式開始。所有人都能舉手發言，提出意見。今天的主題——」

「三十八屆？前三十七屆去哪了？」帕果雅對她姊姊說，立刻惹來老巫婆的瞪視，嚇得她不敢再多說一句話。

「今天的主題，是我們有隻羔羊走失了。」薩拉拉說話的時候，眼睛還瞪著帕果雅。「葛亞儕，也就是你們嘴裡的小亞儕還有他姊姊黛琪司，決定去把這隻迷途的羊找回來。這隻羔羊不是別人，正是他們的兄弟葛笠法。」

「老巫婆，快點說重點好嗎？」木栗老爹說。

「如果沒有人打斷，我就要說了。」薩拉拉回嘴：「而且你沒有舉手，現在是主席發言時間，就算舉手也不能說話。」

「我屁。」

兩人隨即吵了起來，亞儕聽見醋栗姨對艾媽媽說：「我大概知道前三十七屆都去哪了。」艾媽媽搖搖頭，露出不敢苟同的表情。

亞儕不禁覺得有些好笑。老艾草終於把菸抽完，走到圍場邊。面對嘰嘰喳喳聊天的羊人們，他似乎有些困惑。

「現在不是在開會嗎？」亞儕從他的嘴型讀出他的疑惑。黛琪司翻了一下白眼。

「真是的。」她伸手摘了一片草葉，折了兩下放進嘴唇裡用力吹響，尖銳的聲音讓亞儕全身的毛都豎了起來。

羊人們通通轉過頭來，安靜地看著突然站起來的黛琪司。

「主席，讓我發言可以嗎？」

「可以。」薩拉拉僵硬地說。她剛剛對著木栗老爹揮拳頭，聲音罵到有些沙啞。

「我們有隻羔羊失蹤了，正如各位所知，是我的兄弟葛笠法。是的，他是隻討厭的小羔羊，整天為各位找麻煩，但他也是我們的一份子。」黛琪司高聲說：「我們死了父親，不能再失去兄弟。我和亞儕會去找他，把他帶回來。但是我們也只是兩隻小羔羊，我們需要各位的幫助，才能順利完成任務。」

「組織遠征隊，取個化名上路，黑塔的大軍正在集結，我們的道路充滿危機！」

「長薄耳家的槍恩，你再亂說話，我就把那本該死的小說塞進你屁眼裡。」薩拉拉說：「我們不用取化名，又不是被人追殺。不過遠征隊……」

提到遠征隊是個天大的錯誤。一聽到這種英雄般的情節，羊人們馬上像一鍋沸騰的滾水，興奮到不能自已。薩拉拉又開始破口大罵，要所有人安靜。木栗老爹吃吃冷笑。

「自願者非常踴躍。」這下換黛琪司表情僵硬了。

「這樣討論到下個月也出不了門。」亞儕搖頭。「你哪來的好主意？」

「敢怪我？你這不知感恩的臭狼崽，不然換你自己試試看。」

黛琪司連踢帶推，逼著他站起來。被拱上台的亞儕只好對著羊人們大喊，但聲音馬上被沸騰的討論蓋過去，根本聽不見他在說什麼。他往後望，黛琪司聳聳肩膀。

既然如此……

亞儕吞了吞口水。他還沒試過，不過現在似乎是好時機。

他深吸一口氣，第一次只發出幾聲咽嗚，不過第二次兇狠的低吼，立刻壓下所有羊人的聲音。

羊人們張大眼睛，挺起脊背和耳朵望著亞儕。

「各位……」被全村的羊人瞪著，亞儕的聲音又棄他而去，好不容易才清了清喉嚨開始說話：「我們很謝謝各位的熱心，但是我決定一個……」

薩拉拉的嘴巴準備發出聲音。

「一個小團隊便夠了。」亞儕及時把話說出口。「一個小團隊，而不是整村的羊人。有些人還有羔仔要照顧，有些老羊也不適合遠行了。我不希望把追蹤豬女的旅程拖得太長，但會發生什麼事我自己也說不準。未來有很多危險要面對，我們沒辦法保護每個人，所有人都需要為自己負責。」

提到危險和豬女似乎起了嚇阻的作用。有些羊人垂下耳朵，偷偷彎下腰，躲進群眾裡。剛剛討論熱烈的羊人們，這下都安靜下來了。

「一群沒用的軟骨頭。」木栗老爹呸了一聲。「我賭輸你姊姊了，你這該死的羔仔。我會跟著你上路。」

「我要跟著照顧爺爺。」哈耐巴跟著站起來。亞儕瞄了黛琪司一眼，她正若無其事地玩著手上的草葉。

「還有我們！」槍恩和娜爾妲兄妹興奮得跳上跳下。

「把我帶上，不然老木栗發酒瘋的時候，你們可沒人拉得住他。」老艾草舉起他的菸斗。

「老艾草，你的心臟——」

「喔，閉嘴，你這大嘴巴的八婆。」

艾媽媽的臉好像有人拿狗屎塗過一樣。她雙手抱胸坐在自己腿上，醋栗姨隨即湊上去。

「你最好讓我死在半路上，反正我回家後下場也是一樣。」老艾草走到亞儕身邊，對他咬耳朵。亞儕只能苦笑。

「所以現在，木栗家兩個，長薄耳家兩個，加上老艾草和黛琪司。我想這樣就夠了。」薩拉拉此話一出，立刻引來群情激憤。亞儕真不懂這些山羊，先是怕得要死，看到有人自願之後又一窩蜂往前衝，他真不知道該為此哭還是笑。

「這些笨羊，以前部落要被滅了都沒這麼踴躍。」薩拉拉嘀咕道：「我最好快點阻止他們，否則等會兒整座荒涼山都要被他們扛走了。」

她站起來揮手要所有人安靜。黛琪司拉拉亞儕的手小聲說：「帶著地圖過來，老艾草要和我們說話。」

亞儕一聲不吭，壓低身體跟著黛琪司溜出羊人的視線。槍恩和娜爾妲兩個人在奈蕙恩的逼視下離開。大角哈利柏拉著老婆莉艿和木栗家其他的孩子，看著老爹帶著哈耐巴走出群體，不知道該做何反應。艾媽媽認定自己成了寡婦，高聲和醋栗姨討論黑色的裙子適不適合她的毛皮。

「這樣艾媽媽沒問題嗎？」亞儕知道問這句話實在不知死活，但他畢竟是葛笠法的弟弟。現在薩拉拉和群眾被他們拋在身後，爭執的聲音終於小一點，不會炸得他耳朵失靈。

老艾草扭扭鼻子，不置一詞。「把你的地圖拿出來，大嘴巴的臭狼崽。」

亞儕抽出地圖，小心翼翼攤在他們面前。除了感情因素之外，最重要的是地圖舊到快解體了，每個折痕都亮著邪惡的笑容，隨時準備來個分家劇碼。

「還真是老東西了。」老艾草噴了一口氣，折角飛了起來，嚇得兩姊弟趕緊壓住紙張。

「如果那東西解體了，你就等著黛琪司拿你的皮重畫一張新的。」木栗老爹幸災樂禍說。

老艾草揮揮菸斗說：「這東西是我畫給小葛的，要重畫一張還不簡單？重點是這張現在還有多少用處。」

「什麼意思？」娜爾妲問。

「小母羊，山會走，海會跑，更不要說人類閒著沒事畫的國境蓋的路，這些東西兩年要更新一次。而這張地圖，我看最後更新說不定是二十年前了。」

「海會跑？」槍恩說：「你是說像賽跑那樣嗎？」

黛琪司清了清喉嚨，槍恩和娜爾妲垂下耳朵，蹲到草地上。老艾草吐吐舌頭想了一下，伸出一隻手指停在地圖最左邊的地方。

「看到這一大片黑色的地方了嗎？這裡就是荒涼山崑崙海，除了山和雪之外什麼都沒有的鬼地方。我們在這裡。」

他指著大片黑暗下方一個小小的黑色曲線，勉強看得出是座較小的山脈。在小山脈的西南方，有個小小的紅點。

「紅點就是山泉村。黑臉山這邊過去，延伸整個荒涼山崑崙海，還有這邊一大片綠色藍色的地方，到處都是點點這一塊，就是樓黔牙帝國，也就是豬人的國家。」

「這麼大？」亞儕驚呼：「都幾乎是半張地圖了！」

「放心，當初羊人會跑到山泉村不是沒有道理的，而這給了葛笠法和我們一點機會。要從黑臉山這邊進入帝國，只有三條路，一條路直接越過荒涼山崑崙海。據我所知，除了第一代山泉村的羊人之外，沒有人撐過整條路。而且當初他們也是被逼急了，不得已才賭上去。扣掉這條路，海路又和他們的方向不對，那就只剩另外一條舊路了。」

老艾草的手指拐過黑臉山和荒涼山間的夾縫，一路向東方延伸。

「荒涼山崑崙海的邊緣，也就是這條長得嚇人的山叫世界之脊，它末端這塊烏漆抹黑，就是傳說中朱鳥在死前燒斷山脈所形成，人稱終端之谷的地方。由於世界之脊太高了，高到任何心智正常的人都不會去嘗試翻越，所以我剛剛畫的路線，是唯一一條能繞過世界之脊，進入樓黔牙的陸路。

「槍恩，閉上嘴，蒼蠅飛進去了。我知道我們的祖先瘋到跨越過世界之脊，不過現在不是拿來說嘴的時候。我們現在能做的，就是沿這條路在豬女通過終端之谷前趕上他們。我們最大的機會，是在這裡。」

他指了指黑臉山隘口的位置。

「過了黑臉山隘口，再往終端之谷去，就是人類和人馬的地方，我不敢保證他們會是我們的同伴，更不用說他們之中的盜匪之流。一旦過了隘口還沒追上葛笠法，我們任務達成的機率會大幅降低，而如果在這個地方……」

他指著終端之谷的東南方。「這半邊稱為山關戰境，由一個叫金鵲皇朝的人類國家控制。我上次聽到的消息，至少有三個以上的國家，搶著要佔領這個軍事要地。走進這裡三天沒死，算你運氣好，滿天神祇開眼庇佑。

「如果到了山關戰境，我們還找不到葛笠法的話，我建議小亞儕以死謝罪會簡單一點，也不致於害死我們其他人。」

亞儕皺起眉頭，噴了一下鼻子，趕走繚繞在身邊的焦躁。他看著同伴們說：「這是一趟很遠，又很危險的旅程，我不能強求各位和我一起冒險。」

「這句話該說給你姊姊聽。」木栗老爹低聲抱怨。

「媽媽說黛琪司要一個伴。」娜爾妲說：「槍恩說我需要一個保鑣。」

「我老歸老，可還有一點用處。」老艾草給他一個鼓勵的微笑。亞儕覺得自己好像又看見葛歐客了，趕緊轉過頭去以免眼淚又掉出來。

「我賭輸了，願賭服輸行了吧？」木栗老爹用力踢了一下孫子。哈耐巴不明所以，委屈地揉著膝蓋。

「你知道你沒辦法丟下我。」黛琪司雙手抱胸，亞儕真不知道怎麼謝謝她才好。

「看來遠征隊人馬敲定了。」老艾草說：「現在大家回去準備，正午時我們準時出發。輕裝上路，別帶太多東西。現在很輕的背袋，三天後會像座山一樣恐怖。衡量你的體力裝東西。」最後一句話顯然是針對槍恩和娜爾妲，他們兩人一副夢想著把整個山泉村帶出門的模樣。哈耐巴和黛琪司告別一番後，也回去收拾了。黛琪司說要去和薩拉拉要點東西，一溜煙跟著不見。

「小母羊，只有白鱗大士知道他們想些什麼。」木栗老爹用力呸了一聲。「只剩你了，羔仔。」

亞儕點點頭，的確只剩下他了。

「黛琪司好說歹說才說動我們兩個老骨頭跟著走，你有想過為什麼嗎？」

亞儕搖頭。

「因為這個。」

木栗老爹轉動手上的手杖，手杖化成一團影子，在亞儕警覺到之前，應聲把他絆倒在地。

「年輕的時候，當過幾年兵。呸！吃不好又睡不好，浪費我三十年的時間。」木栗老爹撐著手杖坐下，又變回步履蹣跚的老羊。「我知道小葛教了你們一點招數，但是想上戰場光靠那幾招是不夠的。我沒辦法在兩天內把你變成武術高手，所以只好跟在路上訓練你。當然，另外幾隻羔仔也要練一練，以免在戰場上自殺嚇死敵人。」

亞儕抱著肚子，張大嘴巴瞪著前方，幾乎不能呼吸。剛那招夠狠了，如果他曾經對木栗老爹有過任何疑問，現在也通通丟到九霄雲外了。

「很難過是吧？」老艾草摸摸鼻子，輕輕皺起眉頭。才一瞬間，疼痛隨即從亞儕身上退去。

「你做了什麼？」亞儕嚇了一跳。那股被人隔空碰觸的詭異感覺，滲透他的心智熟悉得讓人心慌。

「心靈魔法。」老艾草說：「年少輕狂的可不只木栗家的山羊。」

奈蕙恩打算召集長薄耳家上下三代一百一十七口，過來替槍恩還有娜爾妲送行，黛琪司強力表示反對。原因無他，正如老巫婆說的，等他們每個人告別過一句，朱鳥大概已經毀滅世界兩次了。

「不知輕重。」薩拉拉搖著頭，解下臭烘烘的舊背包，硬是塞到黛琪司手上。「小母羊你帶在身上，誰知道裡面的東西什麼時候能派上用場。我畫了一本圖鑑在裡面，你出去可以在路上對照著看。」

話都這麼說了，黛琪司也只能皺著鼻子把布包收下，送行的帕家姊妹在一旁偷笑。

「記得要想我們。」帕果雅用力摟了黛琪司的肩膀一下。

「我一定會的。」黛琪司向她保證。帕帕亞牽來了兩條驢子，還給了他們一張字條，說是醋栗姨交代的。

「她要你們去小渡口告訴那個賣驢的，剩下的欠款會由你們支付。」帕帕亞說：「她說這是艾媽媽的交代。」

老艾草什麼都沒說，抬起他乾巴巴的毛腿，跨上其中一隻驢子。木栗老爹不斷抱怨，說他不需要只有一個蹄的動物載他。

「別傻了，牠有四隻腳！」

「可是只有四只蹄！我有四只蹄子加一根棍子，為什麼我不能自己走？」

黛琪司最後放話，如果葛笠法因為他的拖延而有三長兩短，她就要把木栗老爹賣給人牛充旅費，才終於說動老頭子爬上驢子。

「自己保重。」奈蕙恩搓搓兩兄妹的頭當作告別。「你們老是想出去走走，這下子如願了吧？記好了，你們是去找葛笠法，不是去玩的。」

槍恩和娜爾妲點點頭，接過母親手上的包包。

「我們會離開。」薩拉拉對亞儕說：「回來時找我們的記號。山泉村已經不安全了，誰知道他們這次抓了葛笠法，下一次是不是連羔羊都不放過。真是的，我們都在這裡住了快五十年了，為什麼……」

她挫折地拉拉鬍鬚，帶著送行的羊人們轉身離開。羊人們沒有選擇，沒辦法在山泉村躲上永生永世。風暴來了，他們只能想辦法咬緊牙根挺過去。七隻羊不約而同停下說話的聲音，看著故鄉突然感到有些難過。送行的人消失在青草堆裡，陽光一片燦爛。

「出發？」亞儕問。

「再等一個人。」

老艾草正說著，一隻黑黑的羊頭從一大片綠色的矮坡邊探出來，晶亮的大眼睛轉了一圈。

「我是長鬃・髒手指五世。」全身凌亂的黑毛頭對他們說：「髒手指老嬤嬤說你們需要我？」

「我們……」看著他突然出現，亞儕真不知道怎麼反應才好。

「你們忘記我了。」髒手指五世說：「非常沒有禮貌。」

「快背上你的東西，我們要出發了，沒時間注意禮儀細節。」老艾草接口。髒手指點點頭，走到隊伍的最後面跟著。

「我們需要他是什麼意思？」亞儕不懂老艾草的用意。

「他是你們這一輩，心靈魔法天份最強的孩子。」老艾草騎在驢子上，一副悠然自得的樣子。「我想如果豬女真像你們說的，會使用心靈魔法，那我們帶一個有經驗的人上路也是應該的。我會教你們怎麼使用心靈魔法，每個人都要學。心靈魔法分兩個部分，一部分需要天份，這部分可以由髒手指負責。至於需要練習的部分，我會要求每個人練到成精了才准罷休。」

他這句話對亞儕說，也對走在他們身邊的所有人說。

亞儕問：「你什麼時候學過心靈魔法？為什麼我們都不知道？」

「很久之前的事，不說也罷。小葛的心靈魔法是我教的，老巫婆說的那場戰爭打了三個世代，先是豬人跟人虎，後來人類也加入，獅人、人馬、人牛也沒一個手腳乾淨。我回到山泉村之後，就換小葛上戰場了。老實說，我本來還以為我會死在終端之谷呢！」

老艾草用下巴指著北方的巨大陰影。

「幾乎所有的戰爭都發生在那裡。只是隨著時間推移，慢慢往金鵲皇朝那邊去了。豬人大概是認為，不先解決人類，就沒辦法安心收拾興風作亂的人虎。」

「為什麼他們要這麼做？」亞儕問：「帝國裡的草不夠吃嗎？還是他們的地方天氣太冷了，想搬到南方去？」

老艾草哈哈笑了三聲。「如果真是這樣，老巫婆也不用催著大家遷村了。」

「什麼意思？」亞儕歪著頭，不明白老艾草的笑是為什麼。他的問題哪裡好笑嗎？他可是很認真的。

「也許答案說不定就像你說的一樣，豬人覺得他們的草不夠吃，天氣太冷了令人發愁。所以他們決定搬到南方來，試試看不一樣的環境。」老艾草抓抓頭，挑出一隻蝨子彈進草叢裡。「只可惜他們用的方法有點奇怪。他們沒有拿銅扣子找人問要不要換房子住，而是用鐵刀子逼人換房子住。這一點小小的差異，讓很多事情都不一樣了。」

「我不懂。」

「你會懂的。小葛以前也說不懂，後來卻比任何人都要透徹。」

亞儕抓抓耳朵，感覺剛剛老艾草彈掉的蝨子，似乎偷偷鑽到他耳朵後了。他腦子後有塊癢處用手指抓不到，想停下來用腳掌試試看，可是黛琪司正在前面催促大家走快一點。

「老爹呢？」亞儕轉移話題，希望能藉此轉移注意力。「老爹又是怎麼學會棍術的？我還以為老爸是唯一學過這些東西的羊人。」

「當兵能學到很多事。和我學到心靈魔法比起來，一點耍刀弄棍的技巧，只算是皮毛而已。」

「他很厲害。」

「他是最好的。以前的羊人都是好戰士，但是現在的羊人只滿足當一個好歌手。」

「這不好嗎？」

「太好了一點——現在他們除了唱歌之外，什麼也不會了。」

亞儕乾笑，好像有點聽懂老艾草酸中帶苦的口氣了。

「這和心靈魔法的訣竅一樣，記住你自己。」老艾草說：「如果你記不清楚自己的樣子，那再多的花招也救不了你。黑寡婦編織世界之前，白鱗大士就把這一條智慧寫下來了。說實話，今天的會議讓我很吃驚。以前的羊人在套索纏上葛笠法前，早就拿著武器衝到豬女面前了。」

聽到這番話，亞儕握了一下脖子上的短笛，不禁有些心慌。他不確定自己是否有辦法擁有這般勇氣，甚至不確定葛笠法能不能等到他做到的那一天。他現在過得如何？那些豬女會善待他嗎？

「你們看！」走上村外的山坡時，槍恩突然指著後方說。所有人朝他手指的方向望去，山泉村已經變成一個小小的點。亞儕能看見他們的小樹林，特別濃密的顏色在村子外圍迎風招搖。樹林的另外一邊有顆大石頭，石頭下有他們的父母。

他們的故鄉這麼美，沒有人該離鄉背井，忘記這片土地的樣子。亞儕感覺喉嚨一陣緊縮。

「小羔崽，再多看一眼。」木栗老爹說：「過了這個山頭，就什麼都看不到啦！」

「為什麼？」娜爾妲問：「你又是怎麼知道的？」

「因為我告別山泉村的次數，比你換過的舞伴還多，小母羊。看完了快走吧，我們得在天黑前趕到小渡口才行。」

長薄耳兩兄妹點點頭，跟上他的驢子。髒手指五世搓搓鼻子，擤了一坨綠鼻涕丟在路上。

「你在做什麼？」黛琪司好奇地問。

「這樣我就不會忘記回家的路了。」髒手指煞有其事地說：「還有，叫我五世。」

「五世？」

髒手指嚴肅地點點頭，顯見他對這件事的重視。亞儕本來想笑，但怎麼也笑不出來。黛琪司用力深呼吸，嘴角咕噥著聽不清楚的絮語。

沉重的氣氛一直到他們爬過下一個陡坡的時候，才終於稍微緩解。先上山的亞儕回頭伸手拉了五世一把，才注意到她沒有纏上布條的乳房在胸前晃蕩。亞儕的臉紅得像第一次看見母羊一樣，長薄耳兄妹臉上的微笑閃亮到令人難以忍受。

「有花堪折直須折呀！」木栗老爹摳摳鼻子說，連黛琪司都忍不住哼了兩聲。

等爬過陡坡後，老艾草指著不遠處的溪流，小渡口就在眼前了。等他們走近時，亞儕又碰上了另外一件讓他吃驚的事。

「曉光渡口？」他指著路牌問老艾草。「我們走對路嗎？」

「當然走對。」老艾草點頭。「上面寫著小渡口不是嗎？」

亞儕非常懷疑他只看懂了渡口兩個字，剩下的部分完全是用羊人的樂觀掰出來的。想到這種錯誤居然能在山泉村裡一錯就是數十年歲月，他真不知是該哭還是該笑。

「曉光渡口？」黛琪司也走過來了。「我們走錯路了嗎？如果牌子上寫的不是——」

「這裡是小渡口。」無奈的亞儕說：「至少老艾草剛剛說是。」

「你確定？這些人類真是的，寫牌子也不寫好一點，與其寫錯字還不如不要寫。」黛琪司把背包背帶拉緊，跨步踏進渡口地界。

嚴格來說，曉光渡口真的不大，但是每樣東西看在沒出過山泉村的亞儕眼裡，都顯得新奇又詭異。人類在泥巴路上走來走去，腳上纏著破爛布條或是穿著沾滿泥巴的鞋子。他猜這和母羊在胸口纏布條的習慣一樣，怕沒有蹄保護的腳掌掉下來。男人都留著彆扭的短頭髮，卻又纏上頭巾假裝長頭髮，女人穿著像是布袋的東西，似乎認為露出脖子是不對的行為。

亞儕附在黛琪司耳邊偷偷說：「她們頭上長金屬的角耶。」

黛琪司瞪他一眼。「那叫髮夾，你這瞎眼的羔仔。」

亞儕刷地臉紅。長薄耳兄妹和五世時常來往渡口，幫人類行商挑貨搬東西，顯然早就見怪不怪了。哈耐巴的反應沒比亞儕好到哪裡去，他張大嘴巴看一個女人抱著一隻骯髒的貓走過他們眼前。老艾草和木栗老爹雖然沒說什麼，但是這一幕顯然對他們打擊深重。

「人類居然成了貓的奴隸？以前這種事情絕對不會發生。」木栗老爹咒罵道。那隻貓正耀武揚威，用爪子掌摑那可憐的女人，彷彿嫌棄她走太慢了。亞儕能聞到一股得意洋洋的味道，從貓的毛裡透出來。

「只是隻貓而已。」他將視線定在前方，生硬地說。

「要繼續站在這裡發呆嗎？」黛琪司問。

亞儕甩甩耳朵，甩掉追貓的衝動。「我們要找船不是嗎？」

「沒錯。」老艾草點點頭。「娜爾妲？」

被點名的娜爾妲從背袋裡掏出一張長長的草紙捲。「我看看……今天的日期應該是八月初、八月初的船期……船表上說，應該有一艘追風號等在碼頭邊。」

「聽起來不錯。」老艾草說：「我們先兵分兩路，槍恩、娜爾妲還有哈耐巴去找船。其他人跟著我去附近的旅店裡，看能不能問到什麼消息。」

長薄耳兄妹收起船表，帶著哈耐巴走向碼頭。亞儕揚起頭左顧右盼，他能聞到一點豬人的臭味，他們的路線沒錯。他用力吸了吸鼻子，想聞到更多一點。

「怎麼了？」黛琪司問。

「這裡有葛笠法的味道。他們來過這裡，但是馬上又離開了。這裡好臭，東西死掉的味道好重。」

「管他的。葛笠法的氣味怎樣？」

「味道還在，應該是昨天才離開。」

「這是好消息。」木栗老爹說。

「豹獵人的味道也在這裡。」亞儕接著說：「他還在附近。」

黛琪司發出一聲像被掐住脖子的聲音，老艾草和木栗老爹緊張地抬起脖子。相較之下五世就鎮靜多了，她抓抓頭，蠻不在乎地拉開頭髮上的分叉。但是亞儕注意到她用腳刨了兩下地，她一定也聞到血腥味了。豹獵人身上長年堆積的血腥味令人精神緊張，頭皮發麻。

「我去找娜爾妲他們。」黛琪司說：「如果豹獵人還在附近，那我們最好小心一點。你們保重自己，別惹麻煩。」

她匆匆跑上道路，把三隻公羊丟在腦後。五世不知道什麼時候一聲不響消失了。

「我很好奇她擔心的究竟是誰。我家那笨小子，再不小心一點只怕連骨頭都要賠給人家了。」木栗老爹砸砸嘴說：「我快渴死了，先找個地方喝一杯，順便問問消息。就算是豬女，也是要吃飯睡覺吧？」

兩隻老山羊從驢子上爬下來，把韁繩交到亞儕手上，比肩走向一間破舊的茶水站。亞儕拉著驢子追上他們。

「我們拖延了兩天，難道不是應該快一點追回來嗎？豬女現在可能在任何地方了。」

「你說的對，小子。但很可惜，有些事我們很急，但是急不來。」老艾草嘆氣。「我們輸了先手，只能從後著想辦法贏回來。」

「比如？」

「比如我們知道他們的方向。他們抓了葛笠法，不管目的是什麼，一定都要回到帝國老巢去。我們可以試著坐船趕上他們，或是走陸路追他們的屁股。」

「所以槍恩和娜爾妲才要跟著來？」

「沒錯。長薄耳家的羔仔認識一些人類行商，知道一些外地人不知道的門路。人類不喜歡我們，同樣也不喜歡豬人，如果有機會在我們之間挑撥，他們是不會錯放的。」

老艾草把聲音壓低，亞儕聽得出來為什麼，有兩個人類站在店家門口，用不信任的眼光看著他們一行人。他們一發覺亞儕的目光，就趕緊匆匆走開，但是再厚實的旅行斗篷也裹不著他們身上的疑心味。

「不管你父親表面上怎麼隨興，但我知道他從來沒有走出那場戰爭。他經歷過的事，我們這些老羊連想都不敢想。他教你們識字、棍術、藥草，雖然看起來只是好玩，但這些正是你們面對外面世界時需要的生存技巧。薩拉拉說他把一切都設想好了，可不是說大話。」

話說到這，兩個老羊人嘆了口氣，沒再說下去，搭著彼此的肩膀走進簡陋的茶水站。亞儕知道他們想說卻沒說出口的話是什麼；葛歐客設想了一切，卻沒料到自己的死亡。也因此，亞儕和黛琪司在最需要有人指引他們探索世界的時候，失去了最重要的嚮導，逼得他們只好回頭找過去的舊手杖。

他把驢子綁在茶水站外的木樁上，向滿臉橫肉的老闆娘要了一桶水給兩隻驢子。時間過得好快，才抵達小渡口太陽就已偏西，朱鳥又要掩上他的火眼了。

憑他們的腳程，到達小渡口需要半天。亞儕在心中迅速計算距離，愈算愈是心寒。如果豬女有備而來，在出事的當日清晨就能登上小船一路直達美澐鎮。他聽說美澐鎮是人牛的地方，但是他從沒看過人牛，不知道他們對豬人有什麼看法。

他深吸一口氣，又看了陰暗的渡口街道一眼，才跟著走進茶水站。不知道為什麼，這是他第一次來小渡口，卻已經從心底討厭這個灰暗狹窄的地方。明明天空還是一樣遼闊，這裡的建築物卻一副非要擠在一起的慘樣子，建造它們的人甚至連一點油彩都不願意浪費。

吧檯就算是以羊人的標準評斷還是髒到有剩。客人只有兩三隻小貓，看起來對眼前的飲料毫無興趣，不過空杯子倒是排了不少在手邊。亞儕猜想這是人類的習慣，用空杯子記錄坐在原地不動的時間，就像小羊在九月晚會時比賽誰能用鼻子頂蘋果頂最久一樣。

「注意四周。」老艾草握了一下他的手。亞儕吸了幾下鼻子，除了陳腐的黴味之外，沒有聞到其他東西。

「來杯蘋果酒。」木栗老爹興致勃勃地對著櫃檯喊。亞儕聞到他期待的感覺，聽見他低聲對老艾草說：「去他黑寡婦的！我出來就是為了這一刻，好不容易逃出老巫婆的視線，一點——」

「沒了。」回到櫃檯後的老闆娘粗聲說。

「啥？」

「沒有蘋果酒。」

木栗老爹嚥了嚥口水。「醋栗酒呢？」

「沒聽過。」

「總有麥酒吧？」木栗老爹咬牙問。

「有。」

他鬆了口氣，等東西端上來的時候，又把臉沉到兩蹄之間。

「這是麥酒？」亞儕看著那杯深褐色，散發著濃烈味道的小杯子。如果這裡只有這東西，也難怪桌邊的客人都沒興趣。那液體聞起來像是醋栗姨養壞的酵母，加上黛琪司最愛的堆肥。大士明鑑，亞儕原本咕嚕嚕直叫的肚子，被這味道嚇得連半句話都不敢吭。

「我要一杯水。」亞儕說，老艾草明智地拒絕一切服務。當亞儕的水端上來時，他強烈懷疑自己喝的和門外的驢子是同樣的東西。

「如果她敢為這杯東西向我們要錢，我就和她沒完。」木栗老爹舔了一小口，立刻厭惡地放下粗木杯。

「看來我們剛才的打算要落空了。」老艾草看了一下四周的人，嘆了一口氣。「我很好奇他們除了眼前的杯子，會不會注意到任何其他的東西。」

亞儕只能同意他的話，低頭舔了一口杯中的髒水。水中的味道既熟悉又可怕。

「葛笠法。」

「說的好，想在這裡找到一點優點，就像找蛤蠣的頭髮一樣困難。」木栗老爹說：「這幾年來小渡口也墮落了！我之前……」

亞儕沒聽他說話，空氣中瀰漫著恐怖的味道。

「五世出事了。」亞儕衝到街上，伸長鼻子尋找氣味的來源。

恐懼的氣味在沉悶的空氣裡非常明顯，加上五世身上特殊的味道。亞儕四肢並用，衝向巷弄後的馬廄。果不其然，五世正抓著自己的包包，嚇得步步後退。

「發生什麼事了？」

「血。」五世指著馬廄旁的垃圾堆，垃圾堆裡有一團骯髒的血巾。那不只是血而已，亞儕聞過到那個血的味道——是豬人的血。

亞儕吞了吞口水，伸手抓住五世的肩膀。她全身抖得像風中的落葉，恐懼的氣味像塊石頭壓著他們。「快把其他人找回來，我們得盡快離開這裡。」

「好。」五世還是非常緊張，亞儕不怪她。再聞得仔細點，血裡怨恨的腥臭又更重了，活像從地底深淵裡打上來的臭水。

突然，木栗老爹和老艾草從旅店裡衝出來，剛才活死人般的人類如今張牙舞爪，發了狂一般追在它們身後！

「快跑！」木栗老爹大喊。亞儕一矮身，抄起驢子的木桶棍對準一個酒槽鼻劈頭扔去。瘋狂的酒槽鼻發出一聲慘叫，跟著飛濺的鼻血倒在街上。

「發生什麼事了？」

「我怎麼知道，我只是說了一句我們是山泉村的羊人，他們全部就發瘋了！」老艾草哭喪著臉，一邊揮開向他們伸來的髒手，手杖不斷招架瘋子的攻擊。小渡口的邊緣出現迅速閃動的影子，乍看之下彷彿暗影活了過來，長出了尖牙和爪子。

「還有其他人。」銳利的直覺從他的鼻腔湧入腦中，血液的氣味變得鮮明銳利，不再是悶在空氣中緩慢腐爛的舊聞。

「往碼頭去。」亞儕喊道：「我們得趕去黛琪司他們身邊！」

夕陽西下，曉光渡口的大街上潑上鮮血，亞儕露出狼牙替羊人們開路。這些汙穢的人類挑錯對手了，也許他是羊人養大的，但他的尖牙與利爪卻是貨真價實的殺戮兵器。黑影中的黃眼睛，兇殘得彷彿他的倒影。

大士呀！他們才剛踏出山泉村不是嗎？這世界就這麼迫不及待，急著要露出它的爪牙嗎？

第五章　人牛鎮長

事情突然得像一陣旋風，黛琪司有生以來第一次知道有口難言是怎麼回事。剛進港的追風號價碼高到讓人難以接受，娜爾妲和槍恩一聽完，馬上丟下盛氣凌人的船長，轉向另一艘老駁船。娜爾妲告訴黛琪司，這艘船雖然舊一點也慢一點，但至少船長比那艘追風號來得——

來得如何黛琪司沒有聽完，因為槍恩剛好在此時報完身家，哈耐巴和尖刀的競速只差一秒，利刃錯過槍恩的喉嚨。這時候說什麼都是多餘的。哈耐巴頭一沉，憑著本能將老船長整個人頂到半空中，甩向其他齜牙裂嘴的人類。

追風號上的水手們尖聲慘叫，適時替羊人們表達出驚恐的情緒！

「到我後面。」哈耐巴拖著槍恩退後，喉嚨深處發出低鳴。黛琪司抓著背包的背帶往後退，剛才還對他們打招呼的人類，如今眼中泛著紅光，全身散發出腐爛的氣息，握著武器一步步逼近。發生什麼事了？他們身上的味道好噁心，像惡毒的黴菌滲入酒桶之中，而羊人們正是揭開桶蓋的倒楣鬼。

亞儕的味道在這一片臭氣中像股清流，黛琪司急急轉身，看見弟弟還有其他羊人踏著癲狂的腳步，一路撞開擋路的人類，直向他們而來！

「我們在這裡！」跌坐在地的槍恩揮手大叫，亞儕亮出尖牙撲向他的喉嚨！

接下來發生的事，快得目不暇給。黛琪司不確定是自己先壓低娜爾妲的身體，還是哈耐巴先動手拖走槍恩。她甚至不能確定是突襲者先到，還是亞儕的牙口及時擋下撲向羊人的利爪。

大士明鑑，她從來沒看過亞儕這麼兇狠的樣子！兩個亞儕滾成一團，亮出尖牙攻擊對方，雙手纏在一起，兩隻腳掌下死勁往對方臉上踢，吠得像是朱鳥滅世般嚇人。

強烈的血腥味從鎮上傳來，狼嚎的聲音從各個不同的距離和角落傳出來。剛才瘋狂的人類如今落荒而逃，然後又一個個被暗影掃倒在地。黛琪司抓著娜爾妲，哈耐巴護在他們前面，低頭亮角戒備四周。黛琪司在發抖，其他羊人也是。慘叫和狼嚎愈來愈近，血腥味愈來愈濃，殺戮正在上演，並且朝他們逼近。

「倒楣透了！」木栗老爹趕到他們身邊。「我就知道那杯酒裡沒好東西！」

「先別煩惱這個了。」老艾草臉色發白，四周陷入混亂，到處都是鮮血。

三隻亞儕從道路的另外一端逼近，兩隻亞儕從水裡鑽出來，然後又兩隻從附近的屋頂上跳下來，加上和亞儕扭打的亞儕，湊滿十隻，大概就能和黑寡婦共進晚餐。黛琪司深吸一口氣，幾乎要把背帶扯斷了；死在這裡真是太不值得了。

彷彿過了一個世紀之久，慘叫聲終於都停了，所有的亞儕圍著他們蹲坐在地上，看著藍色的亞儕和紅色的母狼纏在一起。

「楓牙，住手。」帶頭的亞儕，肩膀大概是原來的亞儕兩倍寬，嘴裡的牙齒可能和哈耐巴的角一樣大隻。她的聲音非常低沉，沉到像是從地底深淵透出的回音，帶點焦紅色澤的黑毛皮，似乎也在暗示這件事。那些亞儕——黑寡婦呀！那些亞儕的嘴裡流出來的是血嗎？

那個和亞儕纏在一起的亞儕——還是楓牙？黛琪司不確定——往後跳開。兩人一紅一藍的毛上都是血印。亞儕——她弟弟——雖然看起來比人家淒慘多了，但是張嘴咆哮的兇樣子一點也不輸人。

還真是好家教，黛琪司忍住不要拍自己的頭。追風號的船員現在全部趴在地上發抖，一隻濃灰色的亞儕正在聞他們的胯下。

「你們是誰？」帶頭的巨大亞儕問：「為什麼要來這個腐爛的渡口？」

「你們又是誰？為什麼要攻擊我們？」黛琪司還來不及開口，亞儕已經亮牙大吼了。他們這樣吼來吼去，真的聽得懂對方說的話嗎？

「不需要這麼緊張。」帶頭的巨大亞儕說：「我是汗莎羅，是黑河部落的族長，這裡都是我的孩子。」

出於某種女性的直覺，黛琪司注意到巨大亞儕和她旁邊的楓牙，身形和其他的亞儕比起來稍稍圓潤一點，不過這無損她威嚴的形象。事實上，黛琪司認為就算是豹獵人出現，汗莎羅大概只要一掌就能把他打倒在地，拿貓爪子來剔牙。

「你們是狼人。」完全不在意自己比人家小了十個尺寸的亞儕，沒有半點收斂語氣的意思。

「老巫婆說狼人都是吃羊不吐骨頭的惡魔。」

「以一個狼崽來說，你非常沒有自覺。」

「你們為什麼攻擊這裡？」亞儕問道：「他們又沒有惹到你們！」

汗莎羅嗤之以鼻。「他們自甘墮落，任由豬人操控，背棄靈魂時甚至連反抗都沒有。」

「他們不知道如何反抗，因為這一點丟掉性命太不公平了。」

黛琪司覺得這次事件結束之後，她最好教教亞儕不要和牙齒比自己長的人爭論。

「他們有過機會。過去，他們曾經有機會與我們並肩作戰，但是他們寧願投入豬人的懷抱，也不願為自己的自由奉獻代價。如今，他們被豬人汙染，死在狼牙之下只是因果報應。」

「這不是殺人的理由。」亞儕搖頭說：「獠牙戰爭已經是十七年前的事了。」

「你的羔羊被抓走，也是十七年前的事嗎？」

黛琪司全身一震。亞儕的目光撇向她，她卻只能投回疑問。這件事是什麼時候傳出去的？

「想不到曾經以戰士聞名的羊人，現在變得這麼遲鈍。」汗莎羅似乎看出了他們的疑惑。「還真是好主意。放任自己鬆懈墮落，俘擄我們的孩子作為護衛，豬人的汙染真是無所不在。」

「我不是狼人！」

「的確，你是隻軟弱的羔羊。」

汗莎羅歪了一下頭，一隻狼人拖著一個女人丟到亞儕面前。站最前面的五世咽嗚了一聲，黛琪司可以理解她的驚恐何來。女人的臉已經不見了，她是靠著衣服和頭髮才分辨出人類的性別，人類的喉嚨上有個醒目的狼嘴痕。
狼嘴痕還在上下起伏。
「你們如果有人進得了心海，就去檢查一下，裡面的東西多到不可思議。」
黛琪司偷偷握了一下老艾草的手，老艾草也回握了一下。不一會兒，他倒抽一口氣。
「怎麼了？」黛琪司嘶聲問。
「那個女人的心靈，大士呀，我寧可從來……」老艾草的聲音聽起來很不舒服，五世一副要吐出來的樣子。
汗莎羅走向前，用後腳踩斷女人的喉嚨。「如果不是自願，心靈魔法根本沒辦法深入到如此地步。這些人罪有應得。」
「殺戮是錯的。」亞儕看得兩眼發直，卻依然不肯退讓。「你們只會對付不能反抗的人嗎？豬女路過的時候，怎麼不見你們出手？」
說得好，只是時機完全不對，黛琪司不知道哪一點更該死。
「狼崽爪牙不行，舌頭倒是滿尖的。」汗莎羅沒有生氣的樣子，反倒露出一個黛琪司看不懂的笑容。「你應該餓很久了吧？」
「什麼意思？」
「我們很樂意追上豬人，要他們為過去的血債付出代價。不過你的問題不是血債。楓牙，幫他一把。」

楓牙也許有疑問，但是沒有說出來。黛琪司本來以為她又要攻擊亞儕——亞儕顯然也是，在楓牙撲上前的時候退了半步——但是沒有。楓牙撲向女人的屍體，用驚人的速率，手牙並用將屍體肢解。

五世這下真的吐了，娜爾妲發出一聲虛弱的低呼，昏倒在槍恩肩膀上。黛琪司緊緊抓住老艾草和哈耐巴，感覺自己的指關節都要斷了。楓牙完成任務後向後退了一步，嘴角隱隱藏著不贊同的埋怨。

「雖然她的心靈被汙染了，但血肉勉強還能入口。等你吃多了血肉，變得夠壯的時候趕上我們，我們會在前方為你開路，讓你找回你的羔羊。」汗莎羅對著狼人們招手，圍在四周的狼人立刻從原先的位置跳開，消失在黑暗的角落。

「等你準備好的時候，我們隨時等著你。」汗莎羅說完，昂首闊步領著狼人們離去，留下滿地的鮮血和碎肉。

風吹過小渡口，在血水上漾出淡淡的波紋。黛琪司看見亞儕吞了吞口水，眼睛裡散出飢餓的光芒。要命的黑寡婦哪！那光芒比小公羊盯著發騷的母羊還炙熱。

「亞儕？」黛琪司開口呼喚，亞儕嚇了一跳。「你還好嗎？」

「我……」亞儕低著頭，身體還伏在地上，由下往上看著姊姊。「我很好。」

黛琪司下意識用手摸摸喉嚨，確認自己的脖子完好如初。

如果慘案有好處，那就是追風號倖存的船長二話不說就把船備好，差點連錢都不要了，只求能愈快上路愈好。

亞儕眼睛直盯著碼頭，差點聽漏槍恩喊大家上船的聲音。他甩甩頭，用力把血肉模糊的景象，還有汗莎羅的提議推出腦袋。那提議很有吸引力，但是他不能丟下黛琪司和其他的羊人。他們是為了他離開山泉村的，他不能在這裡丟下他們。

他看了小渡口最後一眼，強迫鼓譟的肚子跟著他上船。五世坐在船尾搓揉著某種草根，其他船員和羊人都刻意和她保持一大段距離。亞儕不怪他們，因為她手上的草根散發出可怕的辣味。不過什麼味道都好，只要能蓋過血味，亞儕就感到萬幸了。

「你還好嗎？」亞儕走到她身邊，坐在自己腿上。

「不好。」五世說：「我答應出門的時候，沒人跟我說這一趟會看見這麼多血。幸好我準備了辣根，辣根能去除血腥味。」

「那是什麼？」

「平時不會吃的東西。」五世努努嘴說：「很辣，可是可以清鼻子。」

「我正需要能清鼻子的東西。」亞儕苦笑一聲，五世把棒狀的深綠色根莖遞給他。表皮的味道散了，聞不出什麼辣味。

「你可以這樣。」五世把根莖折成兩半，嗆味立刻衝進亞儕的鼻子裡。

「嗚！」他哀嗚一聲。這到底是什麼味道？他感覺自己從鼻子到嘴巴，甚至整個大腦都被一支嗆辣的軍隊攻占，逼得他眼淚奪眶而出。

「夠嗆吧？」五世大概覺得他這樣很好笑，沉重的臉總算輕鬆了一些。她把其中一半放進嘴裡啃了一口，全身抖了一下，笑著流出淚來。

「其實如果習慣了，滋味還不錯。」她含著眼淚說：「你要試試看嗎？」

亞儕連忙搖頭。「謝謝……我知道……味道很特別。」

嗆歸嗆，但至少等亞儕的鼻子慢慢恢復功能的時候，他已經聞不到碼頭上恐怖的血腥味了。追風號解開纜繩，快速順流而下，船員們大聲互相吆喝前進指令。

「你剛剛很勇敢。」五世沒頭沒腦說：「那個楓牙差點殺掉槍恩，你敢救他真的很勇敢。雖然你不敢吃辣根，不過我覺得你是最大膽的羊人。」

「我不是。」亞儕知道自己臉紅了。如果被五世知道其實楓牙沒心殺他們，不知道她做何感想。他感覺得出來楓牙當時不打算下殺手，只是打算壓制他們其中一人，不要他們輕舉妄動。撲上去之後——亞儕不願承認——其實楓牙已經玩起來了。不知道為什麼，這惹得亞儕怒火中燒，所以後來才會弄假成真。

「那不是勇氣，只是生氣，氣他們對你們出手而已。」

「那樣就夠了。老祖母說有些人類就算全家被搬空了，也擠不出勇氣吞下生辣根。我相信你不是那種人，你是真正有魄力和勇氣的羊人。」

「你過獎了。」亞儕仰起頭，第一次聽到這麼多讚美讓他非常不自在。他得專心抵抗讚美的誘惑，才能把話題集中到自己想說的問題上。「我想問你到底在那個女人類腦子裡看到什麼？」

「只是一些想法。」五世撇下嘴。「一些很可怕的想法。」

「比如？」

「比如汗莎羅殺掉的那女人根本就從裡到外被挖空了，下手的人甚至連藏一下手段都懶，直接大剌剌掏空她。」

「他們很厲害。」亞儕想起小農場旁的惡夢。

「心靈魔法不該拿來做這種事。」

「你是什麼時候開始學心靈魔法？」亞儕問。

「很小的時候。」五世抓抓耳朵。「我小時候都不說話，可是大家都知道我要什麼。我媽媽本來以為這是因為我很好照顧，直到後來第一次參加四月歌唱大賽的時候，他們才發現我不是少說話，而是根本連話都不會說。

「老巫婆就是那個時候發現我的天賦，再把我轉給老艾草。老艾草告訴我有天賦很好，但是說話溝通也是必要的。他試了好多方法，好不容易才說服整個髒手指家，讓我跟著他學心靈魔法。他教了我很多技巧，我自己也摸出了一些東西來。他的天賦不比我好，但是我能正常說話，完全是他的功勞。」

聽她舌頭靈活得像條蛇一樣，實在很難想像她有過拒絕說話的時期。亞儕想到這點，不禁露出苦笑。

「你們也要學心靈魔法嗎？」

「要。老艾草說我們至少要學會怎麼防禦自己。豬女很危險，老艾草說他們的心靈魔法遠遠勝過他。」

「聽起來很恐怖。」

「他們本來就是恐怖的傢伙。」亞儕望著流動的河水，只能同意五世的話。血腥味離開他的鼻腔，卻沒有離開他的腦海。老艾草說心靈魔法能防禦其他人的攻擊，但是他沒有說要怎麼防禦自己的欲望。

黑寡婦呀！他剛才居然想撲上去，大快朵頤那可憐女人的血肉。

狼人。

亞儕全身發抖，他很清楚這和氣溫無關。必須快點找到葛笠法。他不知道在出狀況之前，自己還能支持多久。河水緩緩流動，推動著小船向前，前方的路瀰漫著一片水霧，完全不見河岸原本的明媚光景。

葛笠法血紅色的眼睛望著前方，口水從嘴巴邊緣流出來，鐵製的轡頭壓在他的舌頭上，割裂了他的嘴角。這幾天他咬斷了兩個麻繩套，後來垷絲拉幫他換上了鐵鍊。如果不是怕影響前進，原先還要加上腳鐐。

前進……逃跑……前進……逃跑……這兩個念頭在葛笠法腦子裡混成一團，有時候他根本不清楚哪個才是自己的想法。

當呂翁夫人覺得鞭子失去說服力的時候，他們就會使用心靈魔法。葛笠法痛恨這一招，可是他毫無抵抗能力。一旦他們使出心靈魔法，不管他的肌肉如何抗議，腳有多不願邁出步伐，他的心和腦還是會背叛他，用看不見的恐懼逼他向前。

他覺得自己快瘋了。

除了水之外，他唯一吞下肚子的東西就只有濕臭的草料，還有麻繩。麻繩質地堅硬做工紮實，兩者相較之下，他寧願啃麻繩維生。而當他吞不下草料時，兩個豬女就會輪流鞭打他，或是用上一些他們更喜歡的娛樂，在他身上嘗試各種把戲。

他現在知道有些傷痕，不會在肉體上留下痕跡。

豬女鞭打他都很小心，仔細挑選過部位。即使背部皮開肉綻，鞭痕橫過頭臉，他的雙腳還是能走，心靈拖著身體一步步向前。豬女們會在上路時壓制他的痛楚，等到了定點一次釋放。葛笠法昏倒了兩次，裝昏一次；那次他咬斷了麻繩打算趁機偷跑，結果卻被看穿了手腳。

這是第幾天了？他不知道，他身上的髒污把毛皮揪成一條條噁心的辮子。纏腰布早就不見了，不確定是因為豬女嫌布料散發出惡臭，還是他自己受不了丟掉的。未著寸縷給他一種空虛的感覺，以前他也常和亞儕全身赤裸在山裡亂跑，但是當時與現在……

亞儕……黛琪司……爸爸……

他連他們的樣子都快記不清了，甚至連情緒是不是自己的都不能確定。

他記得自己看著一群豬被趕進市場旁的豬圈，白白胖胖的豬仔睜著小眼睛打量他。他的嗅覺麻痺了，聽覺離他愈來愈遙遠，看東西好像都是站在旁觀者的角度。剝離感帶給他些許安慰，卻又在清醒的霎那覺得噁心。

豬仔們匆匆看了他兩眼後，覺得無聊又低頭吃東西了。葛笠法看著他們，吞了吞口水。不知道哪一天，豬女發現他緊緊握在手上的笛子。

「你父親欠了我一點東西。」垷絲拉指著自己的獨眼，這麼告訴他。他們試著和他搶，派保鑣和他搶，葛笠法瘋狂反抗，鬧到連旅社老闆都沒辦法看在錢的份上睜一眼閉一隻眼。

「夫人，我還要做生意哪！」旅店老闆的聲音聽起來非常模糊。

隔天，他們趁著一夜沒睡的葛笠法筋疲力盡時，拿匕首把笛子削成兩段。

「這算利息。」垷絲拉對他說。

葛笠法想過自殺，但是心靈魔法擋在他面前，任何自殘的念頭和舉動，都只會讓他的日子更難過。他腦子裡的時間亂成一團，記不起最近發生的事，也沒有辦法快速反應。

也許，把自己當成一頭畜牲會更好一些。有一小部分的葛笠法似乎跟著笛子斷成兩半，再也無法還原了。他拔自己的毛，用粗到無法消化的草料還有麻繩的纖維，捻成一股繩子把笛子的殘骸串起來掛到脖子上。豬女們很喜歡這個主意，竹管敲擊的聲音似乎讓他們非常開心，還建議葛笠法應該加上鈴鐺。

「我還記得，我小時候家裡的奴隸，脖子上都會掛著這種竹鈴，好提醒主人他們來了。」呂翁夫人對兩個屬下說了一個又臭又長的回憶故事，葛笠法有聽沒有懂。呂翁夫人從來沒有鞭打過他，鞭打是下人才會做的事，她自有方法對付葛笠法，冷嘲熱諷只是她的拿手好戲之一。

他記得有天他們抵達了一個充滿人類的城鎮，見到了一個人牛商人。

「呂翁夫人！」人牛敞開雙臂迎接呂翁夫人。

「你的黔牙話講得愈來愈好了，藍貴鎮長。」呂翁夫人笑著和他握手。人牛的上半身是人，下半身是隻粗壯的牛，人身上穿著華麗的黃色長袍。

「誰叫帝國是賀力達最好的貿易夥伴？」鎮長晃著他的小短角，不斷格格笑。「這次您又找到什麼好貨呀？」

「收穫不好，只抓了一個逃奴。好在我有先派信鴿到力達堡，希望能找到一批好奴隸，否則我這一趟就全浪費了。」

「當然、當然。」藍貴大人搓著手說：「但也許，您在抵達力達堡之前，會想先看看我的貨。」

「你的貨？」呂翁夫人微微側過臉，葛笠法不懂這是什麼意思。他只看到人牛的蹄和角，或許……

「沒錯、沒錯，看看忠實的藍貴為您準備了什麼東西。我一聽到您大駕光臨賀力達的消息，立刻四處派人為您收集這批貨，就是不希望您入寶山卻空手而回。來來來，到這邊來看看，看看藍貴為您準備了什麼。」

呂翁夫人露出笑容，揮揮手示意屬下跟上腳步。依默拉著葛笠法，三人跟在他們身後。他們來到一個鐵籠前，鐵籠裡關滿了人類。恐懼的氣味從鐵籠裡滲出來，葛笠法差點沒有昏倒。這味道和他身上的味道驚人地相似。

「狀況不好。」呂翁夫人用討價還價的口氣說：「看看這些人類，都還不及我這逃奴的肩膀高，要怎麼賣到好價錢？」

「哎呀，人家都說尺寸不是一切嘛！看看這些人雖然又瘦又小，但每個都是聽話的乖寶寶，調教簡單。我敢說你在他們身上，找不到一條因為逃跑留下的鞭痕。不管你是要說服刁鑽的農場主，還是給品味特殊的客人抬高價錢，這些人類奴隸絕對符合您的需求。」

「都是人類？」

「當然都是人類，我藍貴會把頑劣的人馬賣給您嗎？」

一番討價還價之後，呂翁夫人用二十五個銀幣買了十個人類，還有一個鐵籠。

「感謝您啦！」藍貴笑得合不攏嘴，呂翁夫人沒有理他。葛笠法隱隱約約感覺到，呂翁夫人根本不在意花了多少錢，這些奴隸她根本不放在心上。

為什麼？葛笠法沒時間思考。依默拉著他走向鐵籠，他趁著束縛放鬆的剎那撲倒在藍貴的蹄下。

「拜託你！救我！」他記得自己大喊，像抓著救命的浮木一樣死死抓住藍貴的蹄。「我不是逃奴！我是羊人，我住在山泉村，我沒有賣身，他們強迫我——」

下一秒，埦絲拉衝上來，揮動馬鞭甩在他嘴巴上，打得他滿嘴是血。

「我說夫人呀，您要不要買一副新的嚼子？我知道有種新式的嚼子，能讓這些蠢蟲連一個字都說不出來——啊！當然，您有更好的方法，看看笨藍貴，居然忘了您是箇中好手。啊？您說要借東西？」

腦子一片空白的葛笠法被人扔進鐵籠裡，籠裡的人類紛紛走避。有人呸了一聲，葛笠法沒聽見他說什麼。

又有一天，埦絲拉把奴隸們從籠子裡拉出來，一群手持粗大木棍的彪形大漢，幫她監督他們放風。奴隸需要適度的活動，否則等到達樓黔牙，他們能賣的就只剩腐肉了。

但是這不是重點，葛笠法知道。

重點，重點是前進……逃跑……前進……

不知是他的腳，還是他的念頭絆了他一下，他踉蹌一步，規律的隊伍撞成一團。

「媽的，你這黑寡婦生的死鹿人，走路看一下吧！」

葛笠法還不知道自己的思緒走到哪裡，身體已經先行動了。他撲向那個說話的倒楣鬼，兇蠻的力道扯動整隊人類，把重量壓在兇手身上。

「收回你的話、收回你的話，你這豬生狗養的人渣！收回你的話！」葛笠法嘴裡噴出白沫，雙手像套索一樣在那人脖子上收緊。「收回你的話，快收回去，騙子、騙子、騙子！」

鞭子揮過來，接著是一陣空白。心靈魔法再次抓住他，強大的壓制幾乎要把他整個神智消除。但是無所謂，只要能收回那句話……

他往後退，一個雙眼空洞的軀體看著天空。說話的人沒辦法收回那句話了，他說話的地方被扭斷，只剩一個空洞的窟窿。

葛笠法又被鞭打，打完之後，被丟在爛泥地裡，連髒馬廄都沒得躲。天空落下細雨，絲絲雨點打在他身上。葛笠法這次沒有哭，只是張大嘴巴望著天空，整個人慢慢陷入泥淖裡。

然後，有一天，幾隻粗壯的手把他拖出泥淖，拿著炙熱的鐵壓上他的臉。奇怪的是他感覺不到疼痛，甚至連鞭痕都沒有感覺了。冰冷、炙熱、飢餓、苦痛，都被他隔絕在一小塊空間之外。

有個聲音輕輕笑了他一聲，像是死神期待的笑語。他看見一個浮動的灰色世界，光明與色彩正離他而去。

第六章　美澐鎮

搖搖晃晃，頭昏腦脹的日子，到底是怎麼撐過去的，處在焦慮之中的亞儕根本不曉得。他只記得有天剛對著木桶吐完胃裡的庫存之後，娜爾妲就把頭探進艙房，告訴他可以下船了。

當槍恩把錢袋放在追風號船長的手上時，表情好像是把自己的親生小羊交出去一樣。黛琪司踹了一下他的屁股，要他收斂一點。

能夠離開擁擠的小船，對亞儕而言原本應該是福音，但是酷熱的氣溫似乎正在嘲笑這個福音。美澐鎮熱得像地底深淵，亞儕的毛皮像是某種恐怖的刑具，憋得他難受得要死，只好張大嘴巴對著幾乎不存在的微風喘氣。不過即便是熱昏頭的他，還是忍不住為眼前的城市所震懾。和小渡口比起來，眼前的城市簡直像是傳說時代的龍蛇神宮，或是金鵲皇朝的百里金城。碼頭上到處都是人，到處都是比追風號大上三倍有餘的巨大商船。人牛和人類並肩而行，各式各樣的方言和服飾在路上摩肩擦踵。

「美澐鎮轉接碼頭。」黛琪司大聲念出碼頭邊的牌子。「有誰知道鎮和城比起來哪個大嗎？」幾個路過的人類露出訕笑，對她腰上的短裙和胸前幾乎遮不住東西的布條吹口哨。亞儕縮著下巴，亮了一下牙齒。

「不要到處亮牙齒，沒家教的羔仔。」黛琪司看起來一點都不在意。「這裡真是大得不像話，你說不是嗎？」

「是很大。」亞儕摸摸鼻子。黑寡婦地下有知，如果再多管閒事就詛咒他變成一頭牛。

「等你們見識到了力達堡，就會知道什麼叫天壤之別。」老艾草走到他們身邊。亞儕注意到他和木栗老爹都換上新的纏腰布，還在身體上裹了一件怪模怪樣的褐色小背心。

「你們為什麼要穿那個？」他指著小背心問。

「一點點當地服飾。」木栗老爹哼了一聲。「小母羊，你也去加一件。如果你沒有的話，我很確定娜爾妲會借你。要知道，有些人類對你胸前那兩坨東西很在意，否則醋栗荷就不需要包食宿請帕帕亞當侍女了。」

「謝了，不過我想讓我的胸部吹吹自然的微風，這裡熱死了。」黛琪司說。

「隨你，反正養眼的人是我。」木栗老爹聳聳肩。「你呢？狼小子，要不要來一件？」

「不要。」亞儕往後退了一步，突然覺得很緊張，生怕被人聽見老爹說的話。「我穿纏腰布就夠了。」

「小葛都教你們與天體為伍是吧？」

「天體是啥呀？」娜爾妲和五世湊了過來。亞儕注意到他們身上穿著不同顏色的小背心；娜爾妲和槍恩穿的是草綠色背心，上面繡了一隻大耳朵的山羊。五世則是一件蓋著髒手印的雜色棉布背心，看起來像是把各個季節的乾草穿在身上。這兩家羊人出門在外也不忘競爭意識。

「天體到底是啥？」小母羊們纏上木栗老爹，不肯放他走，逼著他解釋什麼是天體。黛琪司對他們孩子氣的行為搖搖頭，回船上處理頑固的驢子。槍恩和哈耐巴走在一起，正在和碼頭邊的行商探問城鎮的消息。

「怎麼了？」老艾草到他身邊，拍了他的肩膀一下。

「沒事。」通常這種口氣這句話，亞儕都是在葛笠法惡作劇後會聽見。

「沒事一副哭喪臉的樣子？」

「這裡令我緊張。」亞儕只好說：「這麼多的人，我不知道我們要怎麼才能找到葛笠法。你看看，到處都是人類，甚至還有人牛、人馬。對他們來說，三個豬女帶著一隻羊人根本不是什麼值得注意的事。」

而且我不知道怎樣才能阻止自己，去撕裂另外一個人的喉嚨。聞過血味之後，飢餓像塊烙鐵一樣壓在亞儕的小腹上。

「如果你走進裡面就會知道，有時候眼睛多會有眼睛多的好處。」老艾草安慰他。「其實就像山泉村一樣，你缺什麼，只要找到對的人，就會有人替你解答。我和木栗家的老歸老，還是知道一點門路的。」

不只是這樣！亞儕好想大吼。看著一個人類推著手推車走過他們面前，一小群蒼蠅跟著飛過，然後初秋的風吹來一股濃厚，且不容忽視的味道。

雞肉。亞儕非常肯定，而那個人類午餐想必剛吃過雞肉，一點黃油還掛在他嘴邊。黑寡婦呀！飢餓使他發了狂。

楓牙……他忍不住又想起了楓牙……她的手……迅速分開血肉……

亞儕掏出五世送他的辣根，狠狠咬了一大口吞下，淚水衝出眼眶只花了一秒的時差。

「這麼感動？」老艾草被他的舉動嚇了一跳。「那東西辣透了你知道吧？」

亞儕兩隻眼睛都是淚水，根本看不老艾草在哪個方向。他的鼻子像火在燒，腦袋和喉嚨結了冰，全身像秋天的落葉一般打顫。

「窩悶藥瓦哪哥方下？」他流著淚說。

「什麼？」

「我們要往哪個方向？」亞儕把眼淚吞下肚子。

老艾草抓抓頭，揮揮手把槍恩和哈耐巴叫到跟前。兩隻山羊不知道為什麼表情變得非常難看，好像剛剛的商人欠了他們一屁股債沒還一樣。

「有問到什麼嗎？」

「沒。」槍恩扁著嘴說：「這裡到處都是豬人，更不要說其他村莊的羊人來來去去，根本就沒有人有特別的印象。」

「這裡很恐怖。」哈耐巴滿臉不悅。

「怎麼說？」

「他們把自己賣給豬人當奴隸！」哈耐巴的音量，只差拿傳聲筒在廣場上公告重大事項的信差一點而已。「這些傢伙允許這種事發生！想看看，他們抓了葛笠法，居然可以有人連問都不問——拜託你槍恩，不要再說什麼他們沒經過這裡這種屁話，連小柴德都知道從小渡口順流而下，只會到美澐鎮而已。如果他們沒經過這裡，難不成要用飛的越過黑臉山？」

「我只是要你別對著我的耳朵吼，他們可是很脆弱的。」哈耐巴說話的時候，槍恩把自己的長耳朵緊緊壓在臉頰兩邊。

「哈耐巴，說話小心一點，這裡有些人類對羊人不友善。不是所有人都覺得羊人是好東西。」老艾草說。

「覺得羊人不是好東西？我還沒罵他們是奴隸販子哩！」

「事實上，他們的確是奴隸販子。」槍恩說：「不過就像我們這個空有一身肌肉的正義使者說的，他們是奴隸販子。我猜豬女說不定也和奴隸販子有勾結，好把葛笠法藏在奴隸堆裡。你們也知道他鬧起來是什麼樣子；要毫無理由鞭打一個哭鬧的羊人，把他當成奴隸是最好的方法。」

這番話不無道理。豬人鞭打羊人很奇怪，要在大街上拉著羊人走更怪，但如果受害者是奴隸，那一切就不成問題了。想到這一節，亞儕不禁背脊發涼。

「除非葛笠法是自願跟他們走的。」槍恩悶悶不樂地加上這一句。「他們也說了，有些奴隸販子就是有辦法叫人閉嘴。」

哈耐巴反駁：「全天下的羊人都有可能乖乖聽話，但絕不會是葛笠法。還記得他被老巫婆吊在跳舞石前面那一次嗎？」

亞儕實在不想去回憶那個畫面。他滿腦子都是葛笠法遭受凌虐的畫面，任何一點提示都使他心如刀割。他得快點找到他，找到他就能回山泉村，回山泉村之後他就能免去這些痛苦，也能免去他肚子裡可怕的誘惑。

「如果你發呆發完了，就快點過來幫忙牽驢子。」黛琪司拉著驢子的韁繩，試著逼牠們走下甲板。「看在大士的份上，用你的吠聲幫點忙吧？」

思緒被打斷的亞儕對著驢子猛吠了兩聲。

這兩聲聲勢驚人呀！兩隻驢子一聽見他中氣十足，夾帶怒氣和血腥味的叫聲，立刻嚇得發出尖鳴往前衝，差點把黛琪司撞下碼頭。好在哈耐巴眼明手快拉住了她，才免了落水羊戲碼。

港口邊霎時一片靜默，只有驢子愈來愈遠的蹄聲。

「我想，你最好去把驢子追回來。」好不容易站穩的黛琪司，臉色凝重地說。

碼頭邊爆出一陣哄堂大笑。亞儕窘得直想跳進水裡，一路游回山泉村。

不過相較之下，追驢子似乎是比較可行的選項。反正怎樣都好，只要能躲開群眾嘲笑的眼光，要他做什麼都可以。糗兮兮的他擠進不停大笑的人群，順著驢子的氣味一路直追。

美澐鎮有很多的氣味，各式各樣不同的明暗濃薄，隨著七彩斑斕的磚瓦堆疊在一起。惡名昭彰的複雜巷弄，據說曾經有人類因為在裡面迷路，找不到回家的路餓死在半路上。

對於方向感極佳的亞儕，辨認方向不成問題，他的問題在於他的鼻子。美澐鎮五花八門的味道，每一點都能把他薰得暈頭轉向。他急著追回驢子，結果在兩個十字路上轉了幾圈之後，發現了一件恐怖的事。

這座小鎮有上百隻驢子的氣味在上千條的街道裡打轉，彼此的味道層層疊疊，要分辨他逃跑的驢子是哪隻根本是不可能的任務。

亞儕站在美澐鎮的中央，頓時慌了手腳。天空好藍，藍得像他所見過的每一片天空，但是地上放眼所及的每一個角落，都穿插著陌生的人和氣味。每個活著的東西都低頭移動，叉路上的路標似乎有自己的意志，隨著人潮轉來轉去，僅存的釘子惡作劇般閃亮。亞儕吞了吞口水，試著保持理智向前踏出一步，長尾巴立刻被人狠狠踩了一腳，痛得他唉唉尖叫，雙腳反射性向後一踢。

下手的人沒預料到會有反撲。那個捧著巨大桶子的婦人，尖叫聲把亞儕的慘叫蓋了過去，整桶半凝固的奶製品往自己身上潑，當場成了一座冬日福音天使。只是這個天使的聲音，搭不上白鱗大士座下那些慈眉善目的胖小孩，反而更像從地底深淵傳出來的怒吼。

「他火燒的妖鳥！是哪隻不知死活的山羊？」婦人哇哇大叫，揮舞雙手把更多的不幸丟到別人身上。亞儕趕緊撈起可憐的尾巴，一溜煙鑽進哈哈大笑的人群裡。

真是瘋了！他一路狂奔，鑽進一條聽不見大街喧鬧聲的小巷，好不容易才冷靜下來。他的尾巴看上去沒有大礙，只是毛皮上多了一個髒腳印，還有心靈留下陰影。這些人真是瘋了。亞儕彎著腰，伸長舌頭想把可憐的尾巴舔乾淨，又疑問地停下動作四處張望。

有人在偷看他嗎？這種奇怪的感覺，被人偷窺一般的詭異感覺是怎麼回事？他抬起頭，對著沉悶的空氣吸鼻子，沒有什麼味道——或者說沒有什麼該引起他警覺的味道。和嘈雜的大街比起來，小巷安靜多了，臭氣雖然沒有改善，但至少沒有那股浮躁的恐怖。那些焦躁的味道在大街上奔流，光是聞著都令人心慌意亂。小巷裡就好多了，只不過多了一股廚餘和屎尿的味道，從他身邊的垃圾坑傳出來。

亞儕吐出舌頭，喘了幾口氣。這樣下去，只怕天黑了他也找不回驢子，該想點別的方法。他靜下心，想著葛歐客的教導，還有五世的建議，集中精神想清楚自己要找的是什麼，自己又是如何移動。放鬆，專注，他要找的驢子味道是……

他很確定自己快成功了，至少在被狗吠似的笑聲打斷前，他幾乎能從四面八方的複雜氣味之中，找出兩條像由麵包渣鋪成的細碎道路。

火紅的大尾巴在屋頂上一閃而逝，讓亞儕胸口一緊，一顆心噗通噗通加速直跳。那個強烈的氣味把麵包渣通通打碎，緊緊吸住他的鼻子，勾住他全部的好奇心。

「跟上去不會有事吧？」他喃喃自語。如果對方真的在跟蹤他，又何必故意在此時放棄，還特別露出尾巴和味道給他追蹤？對方一定是在引誘他跟上去。原先他以為只有風騷的羊女會玩這招，不過現在看來，只要是女性都對這遊戲駕輕就熟。

亞儕又喘了幾口氣，衡量著該不該跟上。尖耳朵閃了一下，又迅速消失，另外一股味道傳出來。是葛笠法！

這些壞東西知道他抗拒不了什麼對吧？亞儕很氣自己的懦弱。如果他的追蹤更厲害，拒絕他們自己找人絕對更有面子。只是現在葛笠法危在旦夕，不是為了面子賭氣的好時機。

屋頂？她該看看葛笠法給他出過怎樣的難題。亞儕縱身一跳，兩手攀住牆的上緣，後腳在粗糙的牆面上一蹬，迅速跳上陡峭的圍牆。紅尾巴在不遠處晃動，明亮的光澤若隱若現。

這是挑戰嗎？亞儕一咬牙，半蹲著身體，迅速向紅尾巴逼近。可惡的驢子通通去死吧，他現在沒心情管了。

生平第一次，亞儕發現自己能跑這麼快。磚頭的顏色在他的腳下糊成一片，牆頭間的鴻溝比石縫還微不足道。蹦過一個轉角的時候有人驚呼了一聲，被踢落的花盆砰的一聲摔成碎片。他沒有回頭說抱歉，前方迷人的味道吸引著他；那兩個味道一個是過去，一個是未來。

葛笠法。亞儕專注望著前方，對方顯然有意挑釁他，每次當亞儕以為自己跟丟的時候，紅尾巴就會突然出現，提示他方向。她想做什麼？追逐的過程中，亞儕心中不禁升起疑問。

奇怪的是，他腦子裡閃過千百種想法，就是不認為對方打算對他不利。他們在小渡口的時候有的是機會，沒道理要千里迢迢引他來此。但是如果他們跟著亞儕一路來到這裡，那表示他們的確另有圖謀。不論那是什麼，亞儕都會查出來。

亞儕又躍過另外一個陽台。小鎮這一帶的建築間的空隙愈來愈寬，無形中增加了跳躍的難度。他以前的追趕跑跳，好像都是為了這一刻練習。

正當他打算攀上另外一座屋頂的時候，紅色的身影從暗處衝了出來，牙齒銜住他的喉嚨，雙手制住他的手臂。狼人的重量壓得他向後倒，亞儕感覺兩眼一昏，他要死在這裡了……

死亡是這種感覺嗎？屁股和背痛到快裂開，然後有點頭暈目眩？亞儕張著嘴巴，不解地眨眨眼睛。這似乎和老巫婆的故事不大對盤。他想說話，但楓牙一感覺到他喉嚨震動，立刻使勁左右搖擺，把他要說出口的字眼搖到煙消雲散。

整個天空似乎都在旋轉，亞儕的手腳變得虛弱，覺得非常無助。這到底是怎麼一回事？某種考驗嗎？

他伸出手，想抓住楓牙的毛皮，但是光滑的毛皮滑不溜丟的，根本抓不緊。他想說話，可是嘴巴一動就會惹來楓牙的搖晃。這好像又回到了追風號那艘水上監獄，亞儕覺得肚子裡有陣噁心蓄勢待發。

他踢踢腳，希望引起楓牙的注意，讓她知道自己快窒息了。而且說實話，被啣著喉嚨在屋頂上左搖右晃，實在不怎麼雅觀，如果被黛琪司或葛笠法看見他現在——朱鳥呀，他的胃好難過。

「安靜。」等到他終於無力抵抗的時候，楓牙才滿意地鬆開牙齒。「莎羅媽媽說的沒錯，你真的一點規矩都不懂。如果你早一點放棄抵抗，就不用受這麼多苦了。」

抵抗？頭暈腦脹的亞儕根本不知道自己抵抗了什麼。

「當我咬住你的喉嚨，就是在叫你安靜，不準抵抗聽我訓示，這樣了解嗎？」

你應該先說明的！亞儕在心裡大吼，但實際上能做的，也只有不贊同地皺起眉頭。

「鹿人被帶來過這裡一次。」楓牙說：「下面是藍貴鎮長那隻髒牛的後院。或者說，他的奴隸市場。」

奴隸？亞儕瞪大眼睛，所以槍恩的猜測是真的。他打開嘴巴，無聲的聲音立刻傳來。

「住嘴，你會被聽到的。」

他會被聽到？可是楓牙自己一直大聲嚷嚷？

不對，楓牙從剛剛到現在，嘴巴都閉得死緊，眼睛望著底下的骯髒院子。院子裡的陳年髒汙，透著絕望的味道。那是一種自甘墮落的腐敗味道，與其說是院子，不如說更像刑場。亞儕從來不知道有味道能臭成這個樣子，如果不是五世的辣根還在他鼻子裡飄，他現在說不定又要吐了。

當然，前提是他肚子裡還有東西能吐，暈眩和追逐的快感一消失，飢餓馬上又回到崗位。

「先吃東西。」楓牙從背包裡掏出一條腿，嚇得亞儕目瞪口呆。她剛剛背著這麼一大塊東西跑給他追嗎？她是怎麼做到的？那條火腿比哈耐巴的手臂還粗耶！

「吃東西的時候小聲一點。」亞儕的腦子還沒反應過來，身體已經感應到壓制消失，迅速撲向屋頂上的火腿。楓牙勾起嘴角，然後又回到她的守望上；她似乎在等什麼東西出現。

亞儕埋頭猛吃，等到牙齒啃到白皙的骨頭，碰上阻礙時，才驚覺自己做了什麼。

「我——」

「閉嘴！要說話就只能用心念傳音，不然就閉嘴。我們不能被發現，人牛的耳朵很靈。」

雖然不甘心，但亞儕只能閉上嘴巴。楓牙顯然非常滿意他言聽計從的乖樣子，嘴角的微笑愈發深遂美麗。往上看去，她褲面上到處都是小口袋，裝著只有她自己才知道的小東西。兩條灰褐色的布條橫過胸前——亞儕知道自己絕對臉紅了——將她的胸膛圍住，托起她整個身體的曲線，讓她看上去更致命也更美麗。亞儕的眼睛隨著楓牙的身形高低起伏，有個衝動想撲上去翻遍她身上的口袋。

「專心，他來了。」亞儕全身一震，趕緊跟著她抬起頭。

他們的位置很好，就算像亞儕一樣笨手笨腳的追蹤者，也知道自己絕對不會被發現。山牆的陰影正好罩著他們，橫在院子邊的草棚正好擋住下方的視線，監視者輕而易舉就能監聽下方的聲音，完全沒有曝露行跡的問題。

亞儕可以聽見一個像坨牛油一樣黏滑的聲音。

「鎮長大人，這批貨您覺得如何？」牛油說。

「不差。」鎮長哼了一聲，沉重的聲音不多不少，透著熟悉得酸臭味。院子裡的奴隸手上腳上都戴著鐐銬，一字排開站在草棚前。

「把衣服脫了！」牛油吼了一聲，人類奴隸立刻把身上破背心脫掉，羊人則是站著不動——亞儕胃揪了一下——他們本來就一絲不掛，連纏腰布都沒有。

「看上去身體狀況都不錯。」鎮長說：「服從指令的動作也很快，就不知道有沒有什麼病。」

「大人！」牛油的氣憤一聽就知道是裝的。「小的的商品絕對禁得起檢查，不管您打算從何下手，小的絕對大力配合。」

「都做幾年生意了，少來這一套。」鎮長的聲音微微透著不耐。「沒有病我不管，能活到我脫手就對了。我只希望他們夠聽話，別像上次豬人帶來的羊人一樣。像鹿人一樣瘋，弄髒我的衣服還掐死商品，鬧得鎮上人心惶惶。他黑寡婦的！好在不是我賣出去的奴隸，不然不知道會賠上我多少錢。那些豬人，一個個吃人不吐骨頭。」

楓牙瞥了亞儕一點，亞儕沒有理會她。

瘋鹿……

「真奇怪，我今天怎麼想到說起這個？」鎮長的聲音再次響起。「最近年紀大了，愈來愈容易傷春悲秋，像頭老牛似的。」

「鎮長大人怎麼會老！」

牛油開始巴結奉承，楓牙大概是認為他們聽夠了這噁心的聲音，偏了一下頭，示意亞儕跟著她走。

他們穿過了三個街區，楓牙才從屋頂上跳進無人的巷道。她降落的姿勢優雅得像片墜落的楓葉，看得亞儕目不轉睛。

「你不下來嗎？」她對著趴在屋頂上的亞儕問。

「我……」亞儕發現她在說話，貨真價實張開嘴巴說話。

「你不下來嗎？」楓牙又問了一次，春風般的聲音透著不耐。

亞儕暗自揣測如果自己從牆上摔下去，會不會讓第一印象打折。

「我都看過你的吃相，應該不會有更難看的吧？」

亞儕嚥了一下口水，笨手笨腳攀住牆頭，再鬆開手讓自己掉下去。

砰！

很好，撞了一下頭，但至少是雙腳落地，手停在半空中，沒有抓著什麼不該抓的東西。楓牙的嘴角微微發抖，亞儕知道她在憋笑。

「你現在看過藍貴鎮長了。」楓牙揚起下巴，擺出傲慢的樣子遮掩笑意。「他是頭殘酷的人牛，除了當鎮長之外，還經營各式各樣的副業充實荷包，奴隸買賣只是其中之一。剛才，我冒險用了一點心靈魔法放鬆他的戒備，讓他說出兩天前的交易內容。我想，那和你們追蹤的鹿人有關。」

「我們沒有在追什麼鹿人。」亞儕搖頭。「葛笠法是羊人。」

「才怪。既然莎羅媽媽說他是鹿人，那只有瞎眼的狗才會懷疑他是一隻羊。你們真奇怪，總是不照著動物的天性飼養崽子。」

「他是羊人！你們才奇怪，我們照著羊人的生活方式過得好好的，可是你們卻拿著心靈魔法，還有一堆謀殺擄人的恐怖陰謀闖進我們的生活。這一來一往到底是誰比較過份？」

「是嗎？所以把你餓個半死，瘦到不成狼樣，就是你們成功的教養方式？承認吧，如果不是我的火腿，你現在已經餓死了。」

亞儕舔舔嘴唇，不知道該怎麼否認。

「學習呀學習，莎羅媽媽總是說我們需要學習。」看楓牙得意的笑臉，就知道她一直很期待由自己開口說這句話。「不是盯著太陽看到兩眼昏花就能解決陰影。陰影還是存在，在我們轉過身只能獨自面對的地方。」

她跳上屋頂，兩脅下的銀光閃過亞儕眼前。

「我還有兩件事要說。第一，你們應該多注意那個藍貴，豬女也在他身上動了手腳，你們剛踏入美澐鎮就有人通知他了。幸運的是，他顯然沒有意會到豬女的指令代表什麼，所以沒有在第一時間反應過來，這給了你們一點機會。再來和你有關，你必須快點學會心靈魔法，知道怎麼使用心念傳遞聲音。」

「為什麼？」亞儕啞著聲音問。

楓牙這次笑了，非常亮眼的笑容。「因為我不喜歡自己一個人在心海裡自言自語。你用狼嚎召喚我們，我們也來了，希望你也能在心海中回覆我們的聲音。沒了聲音的狼，只能算是啃骨頭的狗。快點接受你自己，長得壯一點打起來架才好玩。」

楓牙一躍躍上屋頂，像抹紅色的炫光，一眨眼從視野中消失。亞儕看著她尾巴消失的地方，整個人還一愣一愣的。她最後的話在他腦子裡角力，糊成一團，他得非常用力才有辦法把黏在一起的字句拆解開來，聽出來其中暗藏的訊息。狼嚎？召喚？狗？

這項工作做起來異常費力，特別是他肚子裡裝滿東西，腦袋昏昏欲睡的時候。不過在他的腸胃外旁邊一點點的地方，不知怎麼了，意外的空虛，好像是胃不知什麼時候騰出了一塊空間，特別留給一股令人懷念的味道。又或者，其實那一小塊空間和腸胃無關？亞儕不清楚，他只知道他沒找到驢子，而且還有一個把販賣奴隸當興趣經營的鎮長，正在打他們的主意。

「所以，我們的敵人除了三隻殘暴成性的豬女，還有一個圖謀不軌的人牛鎮長，加上一個踏入愛情陷阱的的亞儕？」

黛琪司皺著眉頭的樣子非常兇惡，亞儕懷疑她是不是其實早就精通心靈魔法了。

「我才沒有一見鍾情。」他紅著臉反駁。

「大士呀，你什麼話都藏不住是吧？你們不要笑了，這件事很嚴肅。」黛琪司對竊笑的老羊們罵道：「亞儕被母狼纏上了，我可沒聽說過和母狼勾搭的羔羊有過好下場。」

「我得說這句話對亞儕而言，解釋的角度會不大一樣。臭羊崽還真厲害，出門不到一星期，小母狼就追到房門口了。」木栗老爹格格輕笑。亞儕發現他手邊有個瓶子很眼熟，似乎是他在小渡口見過的東西。

他們現在窩在槍恩和哈耐巴找到的旅社裡。由於是兩隻公羊決定的，所以除了食宿便宜之外，沒有其他的好處。門板漏風，天花板漏水——為什麼會有水——亞儕還沒搞懂明明沒下雨，甚至連粗糧麵包吃起來都有股霉味。羊人平時不會選吃這種難消化的東西，不過他們需要長期抗戰，一點點結實、能撐好幾餐的麵粉石塊是必須妥協的選項。

不過亞儕連動都沒動，他偷偷把粗糧麵包塞進背袋裡，打算等要前往地底深淵時再拿出來。或者實際一點，直接往地底深淵丟過去，說不定還能把永恆的烈焰打熄也說不定。

他從街上回到碼頭，原本打算立刻把所有的事告訴黛琪司他們，不過老艾草堅持他們要先進旅店，找一個沒人注意的角落再說。亞儕不知道為什麼這件事這麼重要。

「你試試看，在老巫婆的大街上討論說要怎麼扳倒她巫婆的地位。」老艾草給了他這句解釋。

這麼說來槍恩還有哈耐巴選的旅社又多了一個缺點，吵死了。他們選了一個最接近酒館街，走出門外就有廣場能跳舞吃東西的地方。百分之一百的羊人，小渡口的慘劇老早被他們丟進河裡了。

「受不了。」黛琪司噴了一下鼻子，聊勝於無地表達不滿。如果連老艾草都和木栗老爹一起抱著麥酒了，她顯然也想不到任何理由阻止三隻羔仔走出旅店。

「為什麼你這麼放心？」他們在老山羊的房間裡集合時，亞儕問：「小渡口如果不是狼人，我們說不定早就被殺了不是嗎？如果槍恩他們被藍貴注意到的話，那不就糟了？」

「心靈魔法有很多事我不清楚，但是你的問題我還能解答。就像叫人做事一樣，心靈魔法也沒有辦法把太複雜的指令傳給別人。理由有二，一來施法的人能力有限，二來受害者會看不懂，甚至曲解指令。

「比如說如果我要黛琪司和木栗老頭一起跳舞，指定他們要跳去年三月迎春舞會的所有舞碼。這個指令他們絕對辦不到，因為木栗老頭連跳舞都有問題，更別提要記住去年的舞碼了。」

「閉嘴，你這滿身魚腥味的妖怪。」

老艾草拿杯子裡的殘酒潑他，然後又倒了一杯新的。「同理，我猜小渡口的人接到的指令，是知道有羊人從山泉村來的話就要對付。但我想這個藍貴收到的命令更加模糊，甚至可能只是個暗示。畢竟他們這些有點地位的傢伙，都會防範外人用心靈魔法操弄他們。」

亞儕想起楓牙輕而易舉就讓他說出做過的交易內容，不禁替這個藍貴鎮長擔憂起來。

「放鬆一點。」老艾草拍拍他的手臂。「我知道你擔心葛笠法，但是現在急也沒用。有娜爾妲看著那兩隻公羊，一定會沒事的。至少你的狼朋友替我們確認過豬女的確路過了美澐鎮。」

亞儕點點頭，不敢說出他擔心的事情比這要複雜多了。楓牙還在附近，這一點他非常肯定，而且狼人知道要追到藍貴的院子，是否表示他們已經超前亞儕一行人，卻又故意把某些資訊藏著沒有透露？

火腿在他肚子裡翻攪，他不大確定自己現在還有沒有感謝的心情。

「我們在哪裡？」黛琪司攤開地圖問。

「這裡。」老艾草指著黑臉山山腳的一個小黑點，他們這三天差不多只前進了一個指頭的寬度。

「就這樣？」亞儕張大嘴巴。「我還以為他們已經走了很遠了。」

「世界是很大的。要不是追風號急著逃離小渡口，我本來還以為這段路要花超過三天。現在只用了一半的時間，算是不錯的開始。」

「可是楓牙說葛笠法出現在院子是兩天之前的事了。如果那是兩天前的事，我們又在這裡耽擱一天晚上，不就愈來愈落後了嗎？」

「看來我沒把你這愛鑽牛角尖的羔仔問題解決，你今天不會放過我了是吧？」老艾草喝乾他杯子裡的東西。等在一邊的亞儕立刻把地圖攤到桌子上。

「現在我們在美澐鎮。」

他的指頭點在地圖上，亞儕、黛琪司和五世圍到桌邊。

「出了美澐鎮之後，才是問題的開端。離開山泉村往美澐鎮只有一條路，但是美澐鎮往力達堡卻有很多選項。我們不知道豬女會走哪一條，只能試著用手上的線索拼湊。

「首先，槍恩——對，他和哈耐巴也不是閒著——槍恩打聽到了最近有很多豬人買賣奴隸，而且數量都差不多十到二十名左右。這一點，也能用你探聽到的消息佐證。這樣一來，我們要追的隊伍差不多是一隊三十人以上的隊伍。」

「三十人？」黛琪司眨眨眼睛。「為什麼這麼多？」

「豬女可不會異想天開只靠三個人照顧整個奴隸隊伍。最常見的保險方法就是僱一隊保鑣，既可以防範盜賊，又可以用來對付自己的商品。」

「人類保鑣。」木栗老爹接了一句聽起來像咒罵聲的補充。

「對，人類保鑣。人類最適合做這種事，人牛和人馬價格太高了，也容易引起注意，不適合他們的行動。

「我們問過碼頭了，美澐鎮的碼頭通常只有中小型的船出入，而如果奴隸隊伍加上船員至少六十人，甚至一百人以上，這麼大的船一定會引起注意。美澐鎮最近這麼大的船，都是往來多年的熟面孔，所以這一點可以排除。

「換成陸路的話，事情就比較複雜了。他們的目標是終端之谷，最有可能的路線是往東穿過黑臉隘口前往力達堡，或是越過東北的山區往塔倫沃驛站。不過他們也有可能會為了避開山區，刻意取道南方，繞過牛角森林再往北方走。」

「所以，有三條路。」黛琪司盯著地圖。「但是只有一個終點。」

「沒錯。」老艾草點頭。

五世說：「三條路，我們該怎麼選擇？」

亞儕看著地圖，眼睛散發獵人般的專注。他的獵物是三個豬女，獎品是他兄弟的生命，他只能決定一條路。

「我們穿過黑臉山直衝塔倫沃。」他最後說：「不管他們走哪一條路，我們爬山的速度，一定會比他們使用馬車或牛車還快，只要我們能在山區爭取到時間，就可以在塔倫沃趕上他們。」

「聽起來很有道理。」老艾草說：「這條路最難佈眼線，豬女們一定會避開。他們只要一繞遠路，就是我們的機會。」

「送餐。」旅店侍女粗魯的聲音在門外響起，門邊的黛琪司站了起來，確認亞儕和老艾草把桌上的地圖藏好之後才打開門。她接過大托盤，用非常肯定的口氣感謝女傭等待的視線，然後把門關上。

「真不知道她送了什麼給我們，味道臭死了。」黛琪司把盤子往桌上一放，神經質地搓搓手指。「火燒蜘蛛的，這裡的灰塵比髒手指的山洞還多——我不是針對你呀，五世。」

五世聳聳肩，打開保溫蓋看了一眼，隨即臉色凝重地蓋回去。

「有這麼糟？」

五世點點頭。

「那我們最好等一下再來面對。」黛琪司這下搓手指搓得更用力了。「現在事情講完了，我想沒什麼理由阻止兩隻老山羊離開這臭烘烘的房間，去樓下的吧檯喝一杯。」

「真的？」木栗老爹豎起耳朵。「你讓我們下去喝酒？」

「只能喝麥酒，離那些恐怖的濃縮毒藥遠一點。」黛琪司的口氣有三分玩笑，又不致於讓老山羊以為能把告誡當馬耳東風。「老艾草，看著他一點。」

「我不就是為了這件事跟著你們上路的嗎？」老艾草格格笑，拉著老同伴離開酒瓶，往更多的酒杯走去。

房門關上後，黛琪司側耳聽了一陣子，才走到桌邊把托盤打開。盤子裡除了幾顆果蠅爬來爬去的蘋果之外，一疊粗麵包，還有半隻蒼白的雞。

「我想這和你有關？」黛琪司問。

「沒有。」亞儕沒有說謊。

「可是他們送來了。」

「那……」亞儕吞了一下口水。「反正也要付錢，不吃就太浪費了。」

「你真的想吃？」

「想。」

出乎亞儕意料之外，黛琪司沒有破口大罵，或是爆跳如雷指責他，反而是一屁股坐到離托盤最遠的椅子上，一副非常疲憊的樣子。

「把狼養在家裡也養不出一隻狗。」黛琪司說：「該來的總是避不過。」

「不要用那種口氣說話，我沒有對不起任何人，雞也不是我殺的。」

「可是雞還是死了，因為你的需求死了。」

「我需要不同的食物，我……」接下來要說的話，讓亞儕恨不得咬斷自己的舌頭。「我不是羊人，這點大家心知肚明，我不能只靠牛奶和蘋果過日子。我需要血肉，那才是一隻狼該吃的東西。」

「聽起來你好像隨時打算大開殺戒了。」

「我……」

「這樣吧，我和五世都坐在這裡，你可以先吃我。」

亞儕把拳頭砸在桌子上，砰的一聲像打雷一樣，嚇了黛琪司一跳。五世沒有任何反應，只是坐在一邊看姊弟倆互動。

「我需要食物，我要的不是草料，而是貨真價實的肉！」

真奇怪，他諷刺地想，平時大喊大叫的都是黛琪司，現在卻輪到他這個乖乖牌亞儕，短短幾天世界的變化竟能如此劇烈，真是令人吃驚。

「你在小渡口也看到了，楓牙輕而易舉就能制住我——朱鳥開眼！如果她沒有收手，沒有改變主意鬧著我玩的話，我早就死了。

「你們看到那些人了嗎？狼人能輕易撕開他們的喉嚨，豬女能隨意操控他們的心智。如果不變強，我要怎麼在這個險惡的世界裡保護你們？要怎麼把葛笠法從豬人的手上搶回來？看看我的手腕，它甚至比你的角還要細。」

「所以你想靠著殺更多人，去阻止他們嗎？」黛琪司氣得全身發抖。「爸爸是這樣教你的嗎？用殺生去阻止別人殺生？現在是這隻雞，下一次呢？下次是哪個可憐人的喉嚨？你會變得和汗莎羅一樣，踩斷脖子像踩斷樹枝一樣，連考慮都不用考慮。」

「我不是殺手！只要找到葛笠法，把你們帶回山泉村之後，我大可以一輩子吃草過日子——但是現在我需要力量。」

「而且正想要成為一個兇手，這就是你在做的事，像那隻該死的豹獵人一樣。」

「所以當他站在你面前的時候，你要放過他嗎？」

黛琪司的表情像被人硬灌了一杯羊尿。

「我不……」亞儕可以聞到她身上掙扎的味道，像酸掉的蘋果一樣。「我沒辦法，就算他躺在我面前，全身綁得像八月流水宴的水果豬我也辦不到。」

雖然有些嘴硬的味道，但亞儕知道她說的是實話。她是隻羊人，造成的傷害紀錄，也不過就是踢一踢偷東西的羔仔而已。殺父仇人躺在眼前，她就算手上拿著刀也刺不出去。

但是亞儕不一樣，他不是羊人了。

他舔到一個鹹鹹的東西滴在嘴巴旁。希望不是淚水，他最近太常哭了，像隻被情人拋棄的小母羊。黛琪司看著他，臉上沒有任何表情。亞儕垂下肩膀，虛弱和饑餓又回來滲透他的四肢。

房門外的噪音依舊，房門內卻靜得像座墳墓。

「我看到兇手了。」

黛琪司睜大眼睛，五世也是。

「我知道是誰殺死了爸爸，還看到他是怎樣下手。豹獵人很厲害，就算我們所有人撲上去，也拿他沒有辦法。那個時候我只能看著他把老爸殺掉，我站在那裡，像隻跛腳的羔羊只會發抖尖叫。我看著他死掉，豹獵人走過我面前，連看都懶得看我一眼。」

他閉上眼睛，葛歐客空洞的視線浮在眼前。他腦海中的畫面，巨鹿與狼人的戰鬥，無奈的氣味，無法挽回悲劇的悔恨。

「你不知道我多希望葛笠法能在這裡，他比我強壯比我厲害，他能做我做不到的事。在我把責任還給他之前，我不能再失去你們任何一個。」

黛琪司閉上眼睛。亞儕知道老爸的死對她打擊很大，她也咬牙撐過來，甚至為他召集了這個小小的團隊。亞儕該感謝她，但是這件事他不能讓步。黛琪司沒有看見他們是怎麼拖著葛笠法離開，沒有看見豹獵人玩弄葛歐客的生命。這些東西是他的債，也許只有用命才能還清。

許久沒有說話的五世，從椅子上站起來，走到托盤邊撿了一片沾了雞油的麵包啃了起來。

「好難吃，我不知道雞油沾麵包味道這麼可怕。」她苦著臉，在亞儕和黛琪司疑惑的注目下，把麵包硬塞進嘴巴裡。「麵包就這樣了，我不敢想像那隻雞的味道有多噁心。真是多虧你了，老弟。」

「你少幫他一點，才不會把他慣壞。他夠大了，他自己的菜單，自己叫來就要自己負責。但是你該知道，羊人有句話——」

「有句話說，吃什麼，是什麼。」

「至少老爸說的話，你還記在心上。」黛琪司的臉變柔順了一些，亞儕垂下眼睛，不敢看她和五世。「如果這是你的決定，我也沒什麼好說的。但我要你知道，我不會眼睜睜看著你變成殺手。我會阻止你，不管要用什麼方法。」

她拿起蘋果，用力啃得喀拉喀拉響。有好一段時間三個人默默無語，伸手拿盤子裡的東西，塞進嘴巴裡。他們各自分到自己的一份，就著燭光一點一點消耗糟糕的餐點。

靜默的用餐一直到槍恩一行人吵吵鬧鬧的啼聲響起，才終於告一個段落。亞儕不知道其他人怎麼想，但是他很高興終於能放下手上的雞骨頭，不用假裝吃得連說話都忘了。

「亞儕你看看我們贏到什麼！」槍恩打開房門像連珠炮一般嘰哩呱啦，身後的娜爾妲搭在哈耐巴肩膀上，兩人滿臉通紅，不斷傻笑。

「一把金匕首！」哈耐巴突然大喊，槍恩把掛在他脖子上的東西從胸毛裡拉出來獻寶。

「金匕首？」黛琪司第一個反應過來。「哪來金匕首？」

「猜重量比賽贏來的。」哈耐巴挺起胸膛，對槍恩扯拉著他脖子上的金鍊完全不在意，甚至有更加得意的傾向。

「好像是鍍金的。」五世說得很小聲。

「鎮長親自頒獎喔！」娜爾妲打了好大一個嗝，只怕連死人都能驚醒。

「誰頒獎？」黛琪司豎起耳朵的速度快得像追趕母羊的羔崽。

「鎮長，那隻長得很蠢的人牛。」槍恩抖了一下，然後傻笑說：「你知道嗎？我覺得他長得還真是他媽的醜，連被黑寡婦咬過的豬女都沒有那麼恐怖。」

亞儕閉上眼睛，在一剎那潛入心海。

第七章　不解

亞儕事後回想，那時潛入心海的經驗真是詭異極了。

四周突然變得薄弱——他不知道還有沒有其他的形容詞——像畫在薄紙上一樣，似乎只要一根手指就能把所有的存在搗成糨糊。但是等他伸出手，堅韌的絲線又擋住他的破壞，四散蔓延的複雜編織充斥整個無色的空間。

這裡是哪裡？他有個模糊的印象，覺得自己先前也有類似的經驗。對了，是楓牙，她把他拉到一個特別安靜的地方，從那裡偷聽鎮長說話。還有葛歐客的回憶，也和這裡一樣充滿了回音，空洞感隱約從編織裡透出。

所以他又跑到同樣的地方嗎？這裡也聽得到鎮長說話嗎？他感覺有一半的他人在這裡，另外一部分則在房間裡聽著黛琪司逼問槍恩細節。

房間裡的事他幫不上忙，黛琪司會處理得很好。但是在這裡，這個灰色的世界裡，有什麼是他能做的？

找出鎮長。

憑著直覺，亞儕踮起腳步跳出窗外，飛到戶外的廣場上。這個世界裡似乎沒有重量，他的腳步輕盈，走起路來像在飛一樣。鎮上和房間裡一樣，好像有人趁著亞儕發呆的那一秒，把整個世界的顏色偷光了。

不過這不是他該擔心的事。

亞儕深吸一口氣，躲進黑夜的陰影裡。在這個顏色淺薄的世界，潛行變得意外簡單。他穿過死寂的小鎮，來到另一端的街道上。鎮長的味道殘留在泥巴道上，亞儕揚起鼻子，聞了幾下不安定的風。

他們剛結束狂歡，所以鎮長應該不急著打道回府。他剛剛跑得太快了，一定忽略了什麼細節。亞儕躍上屋頂，學楓牙的姿勢蹲在牆頭上，用眼睛和耳朵輔助鼻子，尋找藍貴鎮長那身宛若發酸牛油般的氣味。

找到了。

他跳下屋頂迅速穿過巷弄，人牛的隊伍才剛走出廣場邊緣。熱汗與人群的氣味差點蓋過了他的味道，不過豬女留下的腐臭沒躲過亞儕的鼻子。汗莎羅說豬女的味道臭不可聞，亞儕總算了解是怎麼一回事了。蛆蟲般的氣味在他的皮膚上蠕動，來回侵蝕他所剩無幾的外皮，他身上的髒汙隨著鑽進鑽出的蟲不斷沾染到同伴的身上。

衝擊鼻子的鮮明景象，讓亞儕差點吐在心海之中。槍恩和哈耐巴的樣子模模糊糊的，在月光下若隱若現。人牛的影像和他們的樣子纏在一起，一股危險的味道正在蔓延。如果他們的樣子變得清晰，絕對會發生不好的事，亞儕非常肯定。他忍住噁心，試著再靠近一些，設想該如何解決眼前的難題。

月光灑落，昇上天空的月亮漏去了一點光芒，夜還很長。水銀般的月光，給了他一個想法。

「亞儕？」

五世不知什麼時候來到他的身邊。

「你在做什麼？」

「我想讓他忘記哈耐巴和槍恩。」亞儕覺得自己的聲音飄忽不定，不像五世一樣踏實肯定。「我的聲音好奇怪。」

「一開始都是這樣。」五世聳聳肩。「我一開始和老艾草在心海裡說話的時候也是這樣。」

「是嗎？所以這裡叫作心海？」

「先別管這個，之後有空我再教你。現在，你想要怎麼做？」五世用下巴點了一下正準備離開的藍貴。「我敢說如果槍恩的樣子變清晰，被他固定住之後，說不定就會觸發豬女的陷阱了。」

「我想——讓他忘記自己看過羊人？」

五世搖頭。「不行，太籠統了，誰知道他這幾天來見過多少羊人？如果突然有兩個影像不見，一定會引起懷疑的。」

「那……」亞儕低吟著，藍貴的隊伍開始往前，月亮又多漏了一點銀光。時間正一點一點遠去。

時間？

「我們有沒有辦法讓他誤會，以為自己很久之前看過這兩張臉，今日只是偶然想起？」

五世眨眨眼睛。「你的意思是說，讓他不會把這兩張臉，和豬女的暗示聯想在一起？」

「沒錯。」

五世遲疑了一下。「我想應該可以。畢竟他是鎮長，這輩子見過幾百張臉，把兩三張臉混淆這種事想必常常發生。這樣一來，我們要做的只是提供一點點刺激而已。」

「你有辦法嗎？」

「看我怎麼做，你試著跟上來。」五世跳到藍貴身邊，顏色單薄的人牛似乎完全沒有注意到。他的心靈防禦早就千瘡百孔，不堪一擊了。五世像捧著水一樣，輕輕撥動周圍影像，槍恩和哈耐巴的樣子隨著水波盪漾逐漸變得模糊。

「你在做什麼？」

「只是點小動作而已。其實不用手也可以，不過我習慣加一點動作集中注意力。」

她手停下來之後，剛剛撥過的地方立刻變得平滑光亮，彷彿不曾遭到破壞。

「你可以試試看。想個你覺得順手的動作，然後抓住自己的心念，編織成你想要的樣子。」

亞儕想了一下，抽出腰包裡的笛子，開始吹奏一首無聲的曲調。真奇怪，他不知道自己什麼時候帶了一個腰包，也沒想到笛子會在裡面。看來心海裡是個能心想事成的神奇世界。所以如果他想要，也能讓笛聲響徹雲霄，甚至鼓動整個美澐鎮來場瘋狂的舞會。不過他現在需要的是安靜，還有遺忘的魔法。無聲的曲調吸引月光落在他們身邊，五世伸出手撥弄水銀般的月光，槍恩和哈耐巴消失在波光粼粼的幻像裡。

「這樣應該能再撐一陣子。」完成後，五世自信地說。

「你真厲害。」亞儕忍不住讚美五世的手法。藍貴和隨從的影線穿過街道，消失在轉角。

「熟能生巧罷了。」五世擤一下鼻子。「先別說這個了，黛琪司一定急瘋了。我們得快點回去，其他人還不知道事情的發展。」

「好是好……」亞儕抓抓頭說：「只是我不知道該怎麼回去。」

「你不知道還跑進來？」

「我只是想著要找藍貴。你能帶我回去嗎？」

「不需要我。」五世看起來還是很想笑的樣子，不過至少沒再發出哼哼唧唧的聲音。「你只要記清楚自己人在哪裡就行了。這是在心海裡走跳的訣竅，記得你的肉身在哪裡，以免迷失了方向。在這邊亂跑很簡單，同時顧著現實和心海才是真正困難的地方。」

亞儕閉上眼睛照著五世的方法想像破舊的旅館房間。黛琪司的聲音、長薄耳兄妹無力地辯駁、哈耐巴身上的酒味……

亞儕睜開眼睛，霉味撲鼻而來，黛琪司叫罵的聲音雖然刻意壓制音量，還是足以把三隻羊人罵到抬不起頭。他們回來了。

「你們可回來了！」黛琪司把砲火轉向他們。「等我學會心靈魔法，看我會不會追你們追到世界的盡頭，拉著你們的耳朵回來打屁股。」

「我們讓藍貴忘記槍恩和哈耐巴了，他們的錯已經修補。」他簡單把施法的前後狀況說了一次，其他的羊人專注地盯著他，耳朵高高豎起。

「我就說會沒事嘛。」故事結束時，槍恩嘟噥了一句。

黛琪司立刻重拾說話能力。「你給我閉嘴。如果不是你們到處鬧事，今天也不用亞儕和五世去收拾殘局。」她轉向亞儕。「你們確定這樣不會有不好的事發生嗎？」

「五世說沒問題。」

「那我就放心了。」

亞儕突然覺得非常不公平。如過是他想出的主意，現在說不定已經被釘在牆上，聽著黛琪司細數計劃中的每一項缺失了。

「聽起來暫時不會有什麼大問題，不如先各自回去休息。」她惡狠狠瞪著惹禍的三隻羊人說：「再敢亂跑，你們就死定了。」

槍恩吐吐舌頭，拉著哈耐巴跑出房間。娜爾妲早就人間蒸發，快到讓亞儕幾乎以為她是躲進心海中了。

隔天早上在餐桌上，宿醉的羊人們頭不斷點著，似乎隨時都有可能把自己的頭掉到桌子下。黛琪司當眾翻出她的背包，不顧鄰桌譴責的視線，開始在裡面摸索，掏出了好幾把其貌不揚的草藥。

「那要做什麼的呀？」槍恩問。

「解酒藥。」黛琪司露出一抹殘酷的微笑，帶著草藥親自到廚房熬煮。等她再次出現的時候，手上捧著一個小燉鍋。其他的客人聞到蒸氣的味道立刻跑得不見人影。她在每個喝了酒的羊人杯子裡，倒了滿滿一瓢土褐色的飲料。亞儕按住自己的鼻孔，等著羊人們把藥喝完。

「不是毒藥吧？」五世問。

「放心，弄不死他們。」黛琪司帶著母性的笑容，盯著每個人把草藥一滴不剩喝完。從他們的表情判斷，地底深淵也許還要愉快一些。

草藥的確有用，不管老的還是小的，馬上就清醒到能聽完亞儕敘述整件事的來龍去脈。

「好主意。」恢復思考和說話能力的老艾草，拉長了臉對亞儕說。「五世說得對，太激烈的手段反而會引起對方懷疑，不如細心巧妙的引導。黑寡婦的……我的頭快炸了。」

「黛琪司的藥沒用嗎？」

「太有用了，有用到讓我懷疑她是不是用心靈魔法，逼我從床上爬起來的。你們這一家三隻羊，個個都深藏不露哪！」老艾草意有所指地說，收到讚美的亞儕害羞地抓抓頭。

「所以昨天的情形很常見嗎？」

「沒什麼好慌張的。我想可能五世進入心海的時候，把你也跟著拉進去了。這種事常發生在初學者身上，等你神術練起來了，這種事就不會再發生了。」

「神術？」

「心靈魔法的防禦技巧。唉，我忘了你們對這些事情一點都不了解，乾脆……」

他突然捧著頭，羊角抵在餐桌上。

「可以之後再說沒有關係。」亞儕說：「你們今天還是好好休息吧。」

「感謝你的大恩大德。」老艾草抬起頭，表情痛苦。「我已經超過三十年沒有宿醉過了。老了連酒量都不行了。」

「我們還要待下去嗎？」槍恩紅著眼睛問，昨天晚上和黛琪司吵架的氣勢不知怎麼了消失無蹤，只剩一個滿身酒氣的空殼。「如果鎮長要殺我們，我們是不是應該盡快離開美澐鎮，直接衝上黑臉山？」

「不行。沒有補給和嚮導，空手翻過黑臉山太危險了。如果我們想趕路，就不能只靠我們自己，要找一個熟悉地形和路線的好嚮導。」

「補給倒不是問題，我能吃路邊的野草。」槍恩悶悶不樂地說，亞儕猜他正在反芻藥水。

「不行。高山可不比平地，有些東西連我們都吞不下去。不過你說得對，我們是得盡快離開美澐鎮，誰知道鎮長什麼時候會突然恢復記憶，想起你們三隻搗蛋的羔羊。」

三隻羊低頭趴在桌子上，木栗老爹咕噥了幾句蠢羊和瘋巫婆之類的話。

「今天我帶母羊們出門，其他人留在旅店和木栗家的學耍棍子。」老艾草說。他撐起自己的身體，膝蓋微微發抖。

「為什麼我們不能出門？」槍恩噘起嘴唇。「昨天娜爾妲也跑出去喝酒，還對著鎮長掀裙子。」

「真的？」黛琪司舉起木杓。

「他背對著我。」娜爾妲連忙說。黛琪司瞅了她一眼，放下木杓。

「我以為你要教我們心靈魔法。」哈耐巴說。

「這個問題的答案也是不行。這裡人太多了，我不知道會不會有人偷偷潛近我們身邊。你們還是初學者，在心海裡遭受攻擊的話就糟了。」老艾草說。

「但是如果我們毫無防備，遭到攻擊不也不妙嗎？」

「這部分我想你能放心，我老歸老，倒也不是毫無用處。只是──大士呀……」

老艾草摀住嘴巴，臉色微微發青。

「我先失陪一下。」他爬下餐桌，黛琪司滿意地看著他狼狽的背影。

「只有母羊出門，是因為你們挑的好旅店。」她接手話題的掌控權，對著槍恩和哈耐巴說：「我可不想在爬山的時候只能啃麵粉塊過日子，住這種鬼店我已經夠委屈了。娜爾妲，你還要一點嗎？」

她對吐舌頭的娜爾妲舉起一勺藥水，後者驚恐地舉起雙手回絕她的好意。等母羊們和老艾草出門了，木栗老爹才抖著腳帶三個小夥子到馬廄旁的空地，看上去好像隨時會因為宿醉倒地暴斃。

破舊的旅店客人等級自然不會太高，而這點也反映在馬廄的成員裡。馬廄裡只有一匹跛腳的雜毛馬，一大清早馬伕也沒上工。木栗老爹對這裡的破舊噴了一下鼻子，表達他的評論。不過巷子後的破馬廄沒有人有興趣圍觀，如果不把令人分心的臭味算進去的話，這對羊人而言是一大優點。

「有一好沒兩好。」木栗老爹丟給槍恩和自己的孫子一人一枝大木棍。「你們兩個，要從基礎練起——不要拿著亂揮！我之後也會教母羊們，到時候你們要對打。

「沒錯，對打，長薄耳家的羔仔，你不用露出那種表情，好像我叫你抱母狗上床一樣。你們要和母羊們對打，如果到時候你們被打成豬頭，也許能給你們一點警惕。我可以告訴你，我可是看過黛琪司在三招內撂倒葛笠法。」

他們從站穩姿勢開始，練習擊打的基本技巧，還有對應的步法。只要有一個小錯誤，木栗老爹的手杖便會立刻揮過去，敲在他們的腿上。一開始兩隻羊人被打得哇哇叫，木栗老爹似乎聽得非常享受。不過後來槍恩學乖了，在木栗老爹揮動手杖前，便把棍子橫在他的攻擊路線上，擋下了一擊！

他沒得意太久，甚至連笑容都來不及跳出來，木栗老爹已經用拳頭賞他一個黑眼圈。

「反應不錯，但是記得要只觀前顧後。」木栗老爹露出牙齒，笑嘻嘻說。槍恩摀著眼睛撿起木棍，氣得不斷咒罵。

亞儕被晾在一邊，除了偶爾指正羊人的動作之外沒事可做。木栗老爹似乎是故意的。

等到他指示兩個年輕的羊人進行一連串的練習之後，才轉向角落的亞儕。

「如果是以前我當兵的時候，像你這樣胡思亂想的士兵會被禁拿武器三天。尖牙齒的羔崽，你在想什麼？」

「我沒有。」

「別想騙我，你們年輕人的煩惱我可是看得一清二楚。」

沒事兩個字噎在亞儕喉嚨裡，怎麼也說不出口。

「有事就說，有問題就問。你現在等於是被逼著長大，臭艾草說過要我多注意你。」

他是對的。亞儕想。

「老爹，你認識很多人對嗎？」

「什麼意思？」

「我——偶然聽見的——我想知道兩個名字。」

「哪兩個？」

亞儕深吸一口氣，鼓起勇氣說：「奧坎，還有墨路伽。」

「這兩個傢伙是誰呀？」

「我不大清楚。」

我懷疑他們是我的母親，還有葛笠法的父親，我在爸爸死前的回憶裡看見他們。

進入過心海之後，他沒花多少功夫就把葛歐客死前閃過他眼前的景象，和心術連結在一起。

那些畫面一定是葛歐客的記憶，存在心海裡等著他隨時提取。那兩個名字現在變成他的隱私，光是說出口就讓他渾身不舒服。

他不想讓黛琪司知道自己在偷偷追尋身世的事，只有白鱗大士才會知道她的反應會多大。他想為自己保留這兩個名字，想知道自己是誰，為什麼會被送到山泉村。那兩個啼哭的幼崽，想必就是他和葛笠法。

想起葛笠法，亞儕恨不得現在就能奔上大路去追他，要他把自己的擔子拿回去，不要全部都丟在自己身上。但是亞儕不知道方向，只能仰賴一份舊地圖，還有老山羊對世界模糊過時的認知，猜測豬人佈下了怎樣的詭計。他需要耐心和時間——剛好都是他欠缺的東西。

「我沒聽過這兩個名字。他們大概是什麼時候的人？這兩個名字，聽起來和斷腳鹿的故事很像。」

斷腳的墨鹿加，描述一對因為家族對立互相殘殺的兄弟。如今想起這個故事，只會讓亞儕背脊發涼，以前和葛笠法一起模仿劇中橋段的日子如今已經變調了。

「不要太勉強自己，沒有任何一隻羊能在一夜之間長大。」木栗老爹拍拍他的肩。「等你狀況好一點了，我叫他們兩個和你對練。希望他們至少在出發前，能練到你一半的程度。」

他又噴了一下鼻子，不知道是針對槍恩跳舞一樣的腳步，還是哈耐巴像捧著蘿蔔一樣的持棍姿勢。亞儕想笑，可是卻笑不出來。木栗老爹也許是對的，但是亞儕卻隱隱覺得自己在三天之內長大的程度，遠遠超過過去十六年。

扣扣急響的腳步聲傳來，亞儕動了一下耳朵，認出是五世的腳步聲還有味道。

「亞儕！」五世匆匆奔入，頭髮上不知道為什麼黏著一根麥稈。她看起來很害怕。「黛琪司要我回來告訴你，有三個帶著劍的怪人在街上亂跑。」

「所以呢？」木栗老爹插嘴。

「他們在問一個名叫鐵蹄歐客的羊人，還有一隻鹿人的下落。」

整個奧特蘭提斯，符合這個敘述的組合，只怕只有那唯一的一組。日正當中，亞儕卻感覺背上一陣惡寒竄起。

「你真是一個令人頭痛的奴隸。」

葛笠法沒有睜開眼睛，他還認得這個聲音，這個聲音幾乎是他記得的最後一樣東西了。

「我愈來愈不懂為什麼會是你，預言想必是錯的，但是智者不會有錯。」

他們在城市裡，可能是買賣奴隸的地方，也可能是另外的旅店。血和髒汙的味道充斥著他的鼻子，他聞不到任何東西。

「如果不是智者需要見你，我早該殺了你。」呂翁夫人對他說：「不要再挑戰我的權威。你想想，只要你貼耳順服，不只我會對你好，未來甚至整個樓黔牙都要為你歡呼。不要在意鞭打，鞭打只是為了砥礪你；不要在意苦痛，苦痛會使你的成長，一如預言所言。」

有隻手摸他的臉，葛笠法被冰冷的觸感嚇得睜開眼睛。呂翁夫人的臉就在他眼前，兩隻手垂在身側。

「看看你，把你自己折磨成什麼樣子。臣服吧！你知道你在打一場沒有勝利的戰。鹿人，你終歸是帝國——」

虛弱的葛笠法把一口血混著口沫噴在她臉上。呂翁夫人的臉上沾了一點一點粉紅色，有種莫名的滑稽。他咧開嘴笑，血水從嘴角的傷口滲出。

「我懂了。」呂翁夫人沒有打他，她從來不做這種有失身分的事。戰慄猛然鑽進葛笠法的腦子裡，他全身的肌肉彷彿偵測到了心智的異狀，猛烈扭曲試圖掙脫束縛。

「為什麼不呢？反正智者只說你要活著，也沒說你要怎麼活著。我會折磨你，直到你低頭的那天為止。」

她離開了。她離開之後沒多久，有人過來把葛笠法綁在一根大木棍上。他就被這麼綁著上路，鐵籠裡的奴隸又驚又怕地看著他。

葛笠法在自己的心智裡隔出一個角落，從那個角落看著折磨進行。在那裡沒有人能傷害到他，就算是呂翁夫人也一樣，集她和兩名豬女之力，也碰觸不到他封閉的角落。這需要技巧，葛笠法愈來愈熟悉箇中關竅。

在那裡，他還是葛笠法，是個快樂的羊人，無憂無慮唱歌跳舞，在山林草原間漫步。鐵欄的陰影蓋在他臉上，朱鳥銀色的眼睛在天邊閃耀。

亞儕還好嗎？黛琪司呢？爸爸會因為他不告而別流淚嗎？還是他們也像他一樣，早就沒有眼淚可以流了？

第三天，第十三天，第三十天，他不知道哪個長哪個短，日月交替對他而言失去了意義。小空間裡的他，正在思考什麼時候能結束折磨。他知道他們都死了，豬女沒有放過葛笠法，沒有放過陌生人，又怎麼會有理由放過他們？多久了？他沒聽見亞儕，沒聽見黛琪司，沒聽見任何羊人漫不經心，哼哼哈哈的歌聲，他腦子裡的洞把這些聲音全部蠶食殆盡了。

他昨天聽見呂翁夫人和隨從們討論，卻不知道路線的意義。他心中的小角落期待生命的終結。

又抵達一個新的地方，他像個破桶子一樣被丟在地上，人類奴隸躲在暗處偷看。保鑣們被豬女逼著輪班看守他，他們不喜歡這個工作，又不敢違背豬女，只好窩在馬伕的小屋裡賭骰子殺時間，時不時對著葛笠法丟雞骨頭確認他的死活。葛笠法沒有反應，他知道今天是赴死的好日子，他不管身心靈都準備好了。

有個東西在碰他，他沒力氣去看是什麼東西。剛才依默和埧絲拉輪番上陣，指揮保鑣塞東西給他吃，逼他把吐出來的食物一滴不剩吞回去。但是都沒用，他快死了，連那些聚集在他身邊的蒼蠅都知道，骯髒的漏斗丟在他的嘴邊。

煩人的東西不肯放棄。那東西在做什麼？點他的鼻子？

這是什麼意思？他只記得自己被人丟在地上，這一點能從他剛才肩膀上的衝擊證實。他記不清楚自己是第幾次被拾起又拋下，像鐵匠在測試鍛鐵的強韌度，每日每夜反覆拋丟敲打。豬女看待他就像看待一件必須送到定位的廉價貨品，肯忍受他佔空間，純粹是因為契約上註明必須送達。

但是沒關係，快要結束了，不管是她們的麻煩還是葛笠法的生命。

他真的不是在作夢嗎？

不是，的確有東西在點他的鼻子，一個小小圓圓的東西。他呼了一口微弱的氣，小東西停頓了。

是做夢，也可能是蟑螂，最近纏在他身邊的蚊蟲多到嚇人。

感覺又回來了，這一次是下巴。堅定，規律，碰觸他的下巴，再頂頂他的鼻子，然後是耳朵下，還有脖子上覆著毛皮的地方。

「醒醒。」

他在作夢？還是噩夢終於結束？太陽出來了，他終於能清醒了嗎？為什麼是在今天，等他終於決定放棄一切的時候？或許噩夢就像發燒一樣，要到最可怕的時候才能獲准清醒。

「醒醒。」

也許……

帶著希望，葛笠法睜開眼睛，一對人類的眼睛正對著他，鼻尖頂著葛笠法的嘴巴。

「我還在想是不是被騙了。」人類亮出笑容，葛笠法看不清他的臉，而且對他而言那些人類都長得一個樣。「我趁著沒人試了一下羊人的方法，希望你不要見怪。」

葛笠法沒有說話，眼淚卻不爭氣地盈滿眼眶。他還以為自己沒有眼淚可以流了。

「先喝水，喝了水我們再談。」

葛笠法垂下眼皮，拒絕他遞過來的水。這個人類，他根本不知道自己做了什麼。

「別這樣。」他用鼻子去撞葛笠法的嘴，虛弱的他只能任人宰割。奴隸沒有放棄，但是葛笠法也沒有接受。僵持了一陣子，人類換了套方法，把水倒在一塊破布上，幫葛笠法清理骯髒的口鼻。

「如果我有時間和足夠的水，一定會幫你洗個澡。你身上的臭味，比豬人的窩還恐怖。你快死了，但還在掙扎。要讓你死很簡單，我隨時能抹斷你的喉嚨，像給那些動物解脫一樣。」

葛笠法不確定自己聽見了什麼。人類停了一下手，似乎在思考要怎麼說下去。他腦子運轉的聲音，大到葛笠法能聽見，可是問題是葛笠法看不清楚他的臉。

「但是在你死之前，我有幾句話你該聽一聽。」

葛笠法模糊的眼睛，幾乎分不出他和月亮的差別。是了，月亮，朱鳥的銀色眼睛還沒把光芒洩盡，現在諒必還是深夜，他在做夢。他其實什麼都沒看見，一切都是幻覺作祟，是夜鴞帶來死亡的瘋狂把戲。

「想不想知道，我怎麼不動一根手指，殺掉所有殘害我們的人？」

他瘋了，葛笠法一定是瘋了，這是唯一合理的解釋。但即使如此，他還是睜大眼睛，想看清楚來者何人。他的傷讓他視線模糊，灰色的瞳孔難以聚焦。

「我就知道你有興趣。」人類笑了一聲，把一小片冰涼的東西塞進他手裡。「我把東西留給你，你自己好好想一想。是像個奴隸一樣死在籠子裡，還是聽我說話，試試看我的提議。我們聯手，會是連女神都怕的大麻煩。」

聽他說麻煩兩個字，就像聽羊人說五月舞會一樣，帶著懷念和憧憬。葛笠法握了一下他手裡的東西，是一小塊刀片。

「想看看，解脫很快。」人類的聲音在笑他，葛笠法很清楚。

他的手在發抖，他不知道該怎麼辦。

「我不會替你動手，但是你能自己來。這片刀子很利，利到能割斷豬女阻止你自殺的束縛。不過……」人類把嘴巴湊近他的耳邊，用非常非常輕的聲音說：「但是機會總等在你不知道的地方。」

機會的樣子跳進葛笠法心裡，鮮明得令他全身戰慄。這是興奮的感覺嗎？他不懂。葛笠法握緊刀子，慢慢將手縮回胸前。那甚至不算刀子，只是一小片斷裂的刀片。他不敢發出聲音，生怕這一刻和其他的夢一樣成了幻影。

「我懂你。」人類說：「我叫不解，和你一樣也是個奴隸。不過，我自有一套自由的方法。」

月亮被烏雲擋住了。黑暗中，一隻羊人用嘴巴含住水囊，大口大口吸吮珍貴的清水，雙眼熊熊燃燒。

隔天保鑣把他拖出去的時候，沒有看到半點其他人來過的痕跡，連他身上多了什麼都一無所悉。但是葛笠法知道；雖然還不大確定，但是有什麼正在改變，他非常清楚。

第八章　夢中

老艾草認為他們應該冷靜，畢竟這三個人還不知道他們就在美澐鎮，而且和豬人應該不是同路人。

「豬人已經在鎮上佈下暗樁了，沒道理再叫人問東問西。」老艾草如是說，但是他也同意亞儕和黛琪司的直覺，畢竟沒有人敢肯定敵人的敵人，就一定是自己的朋友。

「有可能是更凶惡的人。」知道消息的槍恩問亞儕：「你覺得他會不會把我們全部都抓去賣掉？」

亞儕沒有說話，反而是娜爾妲聽到後，大聲笑說抓槍恩去當奴隸，是她聽過最賠錢的一樁買賣。

拜黛琪司的藥水之賜，破到嚇人的小旅店只剩下他們這批客人，得以霸佔整個餐廳，免掉不愉快的刺探。只是老闆娘隔天見到亞儕的第一句話，就是質問他們什麼時候滾蛋。

「沒看過服務品質這麼差的地方。」生平第一次住旅店的黛琪司如此表示。「人類果然都是不會賺錢的笨蛋。我們的嚮導今天早上會到，所有人做好準備，他一到我們就出發。我們已經把錢花光了，不能再住下去了。」

聽見沒錢了，長薄耳家的兩兄妹，下巴都要掉到地上了。

黛琪司說的嚮導，是一個叫作奇科羅波莫・尼古斯拉・岡薩古鷙奇的鼠人。這個名字羊人們至少都試了五次，才能說出稍微正確的發音。

「啊呀！」這是奇科羅最喜歡的發語詞。「如果念不出來，你們可以叫我敏捷俐落能幹的岡薩古鷙奇——或者是奇科羅就行了。」

最後一句是在葛家長姊的逼視下加上去的。

奇科羅和亞儕印象中的鼠人不大一樣，比亞儕看過的鼠人都要高上許多，視線幾乎能直視他的眼睛。

以前也有行商帶著鼠人奴僕經過山泉村，那些鼠人大多矮矮的，不比亞儕高到哪裡去。亞儕會跟在葛笠法身邊接近他們，趁他苦思如何戲弄人類時，偷偷觀察這些矮小的人們。鼠人們通常都會樂意配合葛笠法的惡作劇，時不時發出緊張的笑聲，用來表示開心或是靈光一閃的情緒。有時候也只是笑一笑，打發一下被人使喚的時間。

奇科羅有著一身淺灰色澤的皮膚，尖細的鼻口配上招風耳。他的皮靴手套泛著耐用的光澤和氣味，如果不是長尾巴出賣了整齊的服裝，他把耳朵蓋著偽裝成人類也沒有人會懷疑。

「啊呀，討生活不易，當然要培養第二專長啦。」他們忙著把東西堆上驢子的時候，奇科羅這麼對亞儕說。「這年頭鼠人是愈來愈少。真奇怪，照隔壁岡薩奇鷙拉表親一家對妖精打架的愛好程度，你會以為他們生的小鼠人應該早就爬滿了賀力達才對。」

「什麼是妖精打架？」亞儕問。

「長尾巴的少爺，你不知道什麼是妖精打架？像您這種健壯的體格，充滿男子氣概的毛皮和爪牙，我還以為早就有數不清的母狼排隊到您床前了。」

亞儕知道自己一定臉紅了。「我才沒有什麼健壯的體格。」

「健壯的體格可和身高無關，我說的是您纏腰布適合的長度。」

「這和體格無關。」亞儕感覺口乾舌燥，瞄了一眼其他的母羊，他們正忙著討論到底要不要多帶一袋石頭麵包。「你最好不要讓黛琪司聽到這些話。」

「這當然。」奇科羅做了一個把嘴巴縫起來的動作，露出一個橫過整張臉的微笑。你實在很難不喜歡他的笑容。

他們出發的時間也許奇怪，但是黛琪司顯然付了夠多的錢要奇科羅閉嘴，不問其他敏感問題。

「這個時候上山其實很不好。秋風來了，誰也不知道明天黑臉山會不會突然變得像崑崙海一樣恐怖。」不問問題和閉上嘴巴，對奇科羅來說顯然是兩回事。他不斷和槍恩說話，和五世說話，似乎沒有一秒能停下不說話。不是忙著讚美娜爾妲的頭髮，就是問老艾草為什麼不像木栗老爹一樣帶手杖，問哈耐巴是怎麼養出一身肌肉。

他跳過黛琪司——這倒不是因為他沒有嘗試，而是黛琪司背包裡的鍋子足以讓所有鼻子靈敏的種族，一路逃到諸海深處。她沒有花多少功夫，就說服了老闆娘出讓鍋子。

「葛家小姐真是個令人印象深刻的女性。」心有餘悸的奇科羅在驢子背上告訴亞儕，他好多年沒有這種心跳加速的感覺了。亞儕懷疑這種加速，應該和他看見楓牙的那種加速相去甚遠，反而和看見豬女那種貼近一些。

狼人不知道哪裡去了。雖然希望嗜殺的惡狼們離羊人愈遠愈好，可是明知他們潛伏在暗處，又看不見人影的感覺更令人難受。

「這年頭能讓人印象深刻的臉不多了。」奇科羅還在說他的話。「到處都是長得一模一樣的人類臉孔，不像以前的鼠人那麼漂亮。我有一張波斯塔妮外曾祖母的畫像，她的尖鼻子和扇子般的耳朵，會讓所有年輕鼠人瘋狂。人牛也是，我小時候看過一個人牛大美女，金色的皮毛會讓你以為自己躺在奶油海裡面，她那對乳……」

他的話突然打住，亞儕看得出來為什麼。藍貴鎮長就站在美澐鎮的出口，帶著過度熱情的微笑送來往的旅客出入美澐鎮。他假裝專心控制胯下的驢子，試著躲避鎮長的視線。

「他是藍貴鎮長，這一帶最恐怖的人物。」奇科羅在亞儕耳邊說。

在白日之下，亞儕總算能好好看清他的樣子。他有一張寬厚的臉，還有帶著黃褐色雜斑的肥大牛軀，和平庸的五官比起來，身上的黃色絲綢衣料更引人注目。人牛的樣子很奇怪，一個人類上半身接在牛身上。亞儕有個衝動想問他四隻腳移動起來會不會不方便？睡覺的時候多出來的腳又要收到哪裡？

他憋著沒有把話說出口，強迫自己把注意力集中在奇科羅身上。他們已經說好了，假裝亞儕和奇科羅是羊人雇來的，好降低外人的戒心。畢竟一隻以為自己是羊人的狼人實在太詭異了，裝成保鑣可信度會比較高一些。他們兩人走在最前方，其他的羊人刻意和他們保持一點距離。

「上一次那隊保鑣——就是稻草榔頭那隊——他們超級糟糕，我聽說藍貴把他們介紹給一隊豬人奴隸販子。我得說憑那群豬人付的錢，能請到他們就算萬幸了。」

亞儕猛然從奇科羅的絮語中清醒過來，倏地豎起耳朵。「你剛剛說什麼？」

「稻草榔頭？」

「不是，他們的雇主。」

「豬人。」

「三個豬女？」

「沒錯，不過你怎麼知道？」

「他們是很爛的客人。」亞儕別過頭，努力把激動的語氣壓平。「他們還欠我們村裡的挑夫錢。」

「我能想像你的反應為什麼這麼大。」奇科羅砸砸舌頭，做出吃到壞東西的表情。「這種奧客最糟糕了。」

「奧客？」

「啊呀抱歉，我忘記你們不會說塔意拉。奧客是塔意拉話，意思是喜歡故意找碴的客人。」

「塔意拉是什麼？」

「塔意拉是鳥語的意思，是東邊金鵲那邊的人說的話。我想應該是笑他們說話像小鳥一樣吱吱喳喳吧。」

亞儕不知道奇科羅居然也有資格笑別人吱吱喳喳，不過他模仿東方人講話的逗趣表情確實好笑。他們哈哈大笑，走過藍貴身邊時順勢帶著微笑對鎮長回禮。亞儕看見鎮長的雙眼下方有很深的黑影。

「照我說，他看起來像家裡死了人一樣，豬女絕對佔了他不少便宜。大鼻子一族每個都是心狠手辣的商人。想想看，上次聽到藍貴鎮長在生意上吃虧是多久前的事了。」奇科羅對亞儕低聲說，亞儕只能苦笑。他向後瞥了一眼，騎在新驢子上的老艾草和木栗老爹嚼著牧草，悠哉地對鎮長揮手。沒有人多注意他們，羊人的隊伍就像其他人類一樣輕鬆通過藍貴面前，亞儕鬆了一口氣。

「在金鵲那邊，要是你通關的時候蓋著臉，會馬上被人格殺。」奇科羅說：「那些瘋子，以為有個扁臉就能橫行天下。好在我們活在人牛的地方，再差至少也還有點尊嚴。即使貴族都躲在力達堡裡吃香喝辣，看都懶得看我們平民百姓一眼。」

亞儕很納悶一個能綁架人當奴隸的地方，算得上有什麼尊嚴，但是他不知道怎麼反駁奇科羅，只能繼續保持沉默。他想聽奇科羅繼續說話，好從中知道更多消息。有些事情對其他人來說或許微不足道，卻有可能是葛笠法行蹤的關鍵。雖然五世偷偷檢查過奇科羅的心，確認沒有豬人的手腳，亞儕和黛琪司還是一致同意奇科羅不需要知道他們此行的目的。

「他是個大嘴巴。」黛琪司一句話就把理由解釋得一清二楚。

出了美澐鎮之後，大多數的行商和旅人都向東而去，路上行人逐漸變少了。再往北走一段路，放眼望去便只剩他們了。四周的農場上都是剛收割完的痕跡，麥桿一堆堆整齊排列，頭對頭腳對腳圍成塔狀。已經派不上用場的草人拿著生鏽的草叉站在一旁目送他們。西風吸飽了秋老虎的溫度，吹過田地，刮起沙塵撲上他們的臉。羊女們早有準備，拿出面紗圍在臉上，幸災樂禍地嘲笑不明所以的公羊。

依照奇科羅的說法，黑臉山之所以稱為黑臉山，主要是因為大片的峭壁背對東南，白天看起來就像一個壞脾氣的黑臉老人一樣。

「這些人真是想像力豐富不是嗎？啊呀，在這邊等我一下好嗎？」

他們停在進入山區的入口旁，有處小小的水塘，水塘邊立著一個灰色的人類女子石像。奇科羅爬下驢子，單膝跪在石像面前，雙手合十。隊伍突然安靜下來，亞儕一時間反而有些不適應。

「那是什麼？」五世問。

「魚仙娘娘，人類的白鱗大士；他們認為大士是個溫柔的白衣女人。」老艾草說。

「還真是非常人類的觀點。」黛琪司扁著嘴說。

奇科羅像沒聽到一樣專心祈禱，良久後才站起來爬回驢子背上。

「讓各位久等了，我們繼續往前。」

進入山區之後，奇科羅突然變得安靜許多，神態也不像在鎮上時那般毛毛躁躁。

「山很偉大。」奇科羅這麼回答亞儕的疑問，他對鼠人虔誠的舉動非常有興趣，或者說鼠人的每一個動作，都讓他覺得非常新奇。「我還稱不上是個泛靈教徒，但是我知道山有神靈在保護，就像萬事萬物都有靈性一樣。」

「萬事萬物都有靈性？」亞儕覺得這個觀點很有趣。葛歐客對他們的教育，在宗教這一塊基本上是空白的，因為他自己根本不信這一套。對葛家的孩子而言，每個月記得到泉水邊獻一次花給白鱗大士，就算盡了宗教義務。其他雜七雜八的歡送黑寡婦、迎接朱鳥誕生、祈求四福神降下好運這些儀式，等好吃好玩的端上桌子，舞會和音樂開始的時候再行通知就可以了。是故亞儕從來沒聽說過什麼泛靈教徒、虛無論者，還是黑地真教。奇科羅告訴他，這麼多東西都圍繞著三個神祇，黑寡婦、魚仙、朱鳥，只是各流各派的詮釋不同。

奇科羅最近的興趣是研究泛靈論。

「萬事萬物都有靈性，就像我們東西用久了，也會產生感情一樣。像我這雙手套，就是藍眼睛的伊薩奇妮司送我的定情物，我已經用了十五年了，始終不能對這份感情忘懷。當然，我也沒忘記送我皮靴的美莉多尼亞，只是那雙靴子已經穿破扔了，永不回頭了。」

亞儕忍不住笑了一聲。一方面是笑他說話時誇張的表情，一方面是覺得憑物品的耐用度判斷感情深厚，未免也太有趣了。

「這麼說來，如果有女孩子送你石頭，你不就要愛她到海枯石爛？」

「這是當然的。」奇科羅正經八百說：「我走過這麼多地方和國家，最欣賞的就是百虎部落的傳統。他們會送自己的另一半昂貴的寶石，只要寶石繫在心頭旁，他們的感情就永遠不會變質。」

「我們的村子裡每次有人要求婚，公羊就會特別去摘桃子來送給喜歡的母羊，母羊如果接受求婚，就會當著公羊的面把桃子吃掉。依你的說法，如果東西完蛋了感情也會跟著結束，我們村子裡應該到處都是孤單的羊人才對。」

「如過是這樣，就表示桃子的靈氣轉移到母羊身上了。小少爺如果收過禮物，就會知道那種紀念意義，有時候會一直縈繞在你心中，就算東西已經消失了也一樣。我那多產的華納妮媽媽，她毛皮上的香味我到現在還記著呢！」

「你真是個有趣的人。」

「你也不差。我認識的狼人都很會說話，只是沒什麼耐心聽我扯宗教議題。他們都說這東西很蠢，對他們而言，只要知道黑寡婦編織世界，魚仙保護世界，朱鳥毀滅世界，這樣就夠了。」

「是嗎？」亞儕又緊張了起來，忍不住想奇科羅如果知道他是在羊人村莊裡長大的，又會有什麼看法。羊人的謊話不只騙其他人，也騙奇科羅亞儕只是一個他們長期聘僱的保鑣而已。

「我還以為你們都是集體行動，你沒有夥伴嗎？」奇科羅問。

「我習慣一個人接案子。」亞儕猶豫了一下，又說：「我想你也看得出來，我太瘦小了。是木栗老爹可憐我才給我這份差事，其他狼人都不喜歡和我一起出動。他們覺得我會拖累他們的腳步。」

「這樣啊……」奇科羅打量了一下亞儕，似乎忍不住要附和他這番話。「我得說你還年輕，我看過很多狼人過了成長期之後，從毛茸茸的小狗變成驚人的巨獸。」

「謝了。」亞儕笑了笑，沒再接續這個話題。奇科羅說話的態度看起來非常誠懇，他原先的招風耳和尖鼻子因此變得順眼一些。

「再跟我多說一點鼠人的事吧！」他說：「我很少見到鼠人，知道的事情不多，你們真的會鑽水溝嗎？」

「啊呀，這可太汙辱人了。」奇科羅的樣子可沒有生氣的意思。

他們一路說說笑笑，耐不住寂寞的槍恩後來也湊到他們身邊，纏著問他們說些什麼，娜爾妲自然不會讓哥哥專美於前。黛琪司陪著兩隻老羊落在後頭，和哈耐巴有一句沒一句搭著聊天，不時偷偷握一下對方的小手。五世坐在驢子上發呆，老艾草好幾次及時拉住她，才沒摔下驢背。山裡的空氣變得涼爽許多，風吹在臉上帶著些許老樹皮的味道，讓他想起了小溪旁的林場。

在朱鳥的銀眼升起前，奇科羅動動鼻子，沒花多少功夫就找到了一小片水邊的空地，作為當晚的營地。

「晚上可能需要有人守夜。不過別擔心，這附近窮到連盜匪都懶得上來，守夜只是要防範野獸而已。」奇科羅趕忙安慰他們，因為羊人們一聽見守夜，樂觀的笑臉馬上全部垮掉。

「你們真是一群好玩的羊人。」晚餐開始前，鼠人脫下靴子洗腳，原先預計看見爪子的亞儕，帶著些許納悶看著那百分之百屬於人類的腳掌。

「你的腳不是爪子。」

「我也不知道為什麼。」奇科羅聳聳肩說：「我們這一代就出了三個。大家原本還以為我們是怪胎，後來才發現這種腳好處多多。沒錯，我們沒辦法鑽水溝，但卻能騎著馬跑遍整個世界。」

他露出開朗的笑臉。不知道為什麼，亞儕覺得自己可以聞到笑臉後的辛酸。他們都是異類，不同於群體。他很幸運，有一群樂觀的羊人陪伴他，奇科羅要在城鎮與城鎮間努力討生活，想必要加倍辛苦才能活到今天。亞儕留給他一點隱私，轉而去幫羊人們生火。他們只要拿到樹枝和火種這些東西，就會忍不住玩鬧起來，不介入的話只怕等今夜月光洩盡了還喝不到一碗熱湯。

但是烹調的火焰才升起沒有多久，亞儕立刻聞到了一股毛皮燒焦的味道。不多，但是足以告訴亞儕誰來過這附近。

「誰去撿的柴？」

槍恩舉起手。「怎麼了嗎？」

「沒事。」算了，他們沒必要知道。

「你們有沒有聞到？」娜爾妲大聲接口說：「槍恩撿的柴火燒起來有狗大便的味道？我猜他一定在哪裡偷吃了好東西，才會沾得到處都是。」

所有人哄堂大笑，槍恩哇哇怪叫抗議，兩兄妹又吵起來了。黛琪司一邊笑，一邊用銳利的眼睛偷看亞儕；她總是知道亞儕情緒起伏的瞬間。

亞儕對著夜風吸了一下鼻子。沒有他尋找的跡象，但那只表示她隱藏得很好。他不知道楓牙為什麼跟著他們，狼人沒有理由千里追殺三個路過的豬人，或是追蹤一隊萍水相逢的羊人。或許他們需要食物，但是亞儕敢肯定他們不會選擇羊人，特別是亞儕已經宣示過地盤之後。

也許……

在亞儕心裡，突然有個小小的角落，暗自希望奇科羅的話成真，畢竟美麗的狼人可不是天天能見到。黛琪司又看了亞儕一眼，嚇得他趕緊低下頭；他可不想被姊姊看見自己望著月亮偷笑。如果問奇科羅，他大概會回答說這是月亮獨有的魔力，加上楓葉帶來的聯想。

有好一段時間，葛笠法看不透不解在夢裡的身影，不解他虛無飄渺的話意。他的出現像是一抹掠過天際的雲影，匆匆回首的瞬間什麼也沒留下。但葛笠法可不是輕言放棄的人，他的肉體雖然被困住了，但心靈卻是自由的。他在心海中找了好久，好不容易才捕抓到一絲殘影。不解起先也不肯接近他，不斷強調他們只要說說話就行了。但葛笠法可不會輕易放棄，他不斷甜言蜜語，拿出以前對付亞儕鬧脾氣的硬功夫，好不容易才哄到不解現身。

「怎樣？滿意了吧？」

我沒想到你是這種樣子。

「我一直是這種樣子。」

這葛笠法可不敢確定。他本來以為不解是隻小麻雀，或是體型更小的鳥類，否則怎麼有辦法躲進那麼深的心海，卻不引起任何波動。他很確定不解現身的剎那，心海輕輕晃動了一下——那是幻像出現前常有的徵兆。

不解是隻烏鴉，一隻髒兮兮，羽毛凌亂的烏鴉，住在心海深處。葛笠法知道他其實可以讓自己看上去光彩奪目，只是為了某種原因故意讓自己看起來其貌不揚。沒關係，反正葛笠法現在也是一副半瘋的恐怖模樣，瘋子搭上髒鬼不正是最好的組合嗎？

望著那片灰濛濛的世界，葛笠法真恨不得自己也能身在其中，隨著思緒的浪潮漂流到天涯海角。而既然被召喚現身了，不解一改躲藏的習性，索性天天站到葛笠法肩膀上，在他耳邊輕輕說話。葛笠法有時候會回答，有時候不會，但是不解說的每個字他都聽得非常仔細。不解會站在葛笠法肩上，附在耳邊告訴他這一天的所見所聞。有不解在身邊，沒有光明的日子漸漸變得可以忍受。

呂翁夫人的奴隸商隊離開城市，踏上山野間的道路，山林落在他們的道路兩旁。

豬女指示人類保鑣把大籠子換成三個比較小的鐵籠，將重量分散到三台牛車上。分配籠子的時候，人類大聲抗議，因為沒人想和羊人關在同一個籠子。呂翁夫人由著他們去擠另外的籠子，葛笠法和不解得以獨享一個孤獨的籠子。

「陰險的人牛。」這是不解的評語。他是呂翁夫人抵達力達堡之後買的奴隸，替補藍貴大人的貨品中死掉的那些。至少他是這麼告訴葛笠法。

他也告訴葛笠法，藍貴的確沒有賣給呂翁夫人頑劣的人馬，但也沒說不會賣身染惡疾的人類。人牛賣給呂翁夫人的商品，只有少數撐過前半段旅程，但呂翁夫人絲毫不放在心上。葛笠法猜想也許只有羊搔症大流行，才會逼得她改變亂買奴隸的心意。

「羊搔症？」不解呵呵笑，彷彿看見了什麼有趣的景象。

你在這些人之中？葛笠法沒有把問題說出口，他似乎只要用想的，不解就能聽見了。

「當然。」

你也是奴隸？

「以前是，但是我找到自由的方法。」

為什麼？

「一點點心術技巧，如此而已。」

你是說想像自己是自由人這樣嗎？

「差不多，你想學的話我可以教你。」

教我什麼？

「怎麼活在心海裡面而不發瘋。」

真的嗎？

兩人哈哈大笑。心海裡有許多耳朵聽不見的聲音、眼睛見不到的光影、回憶中的氣味、幻想中的觸感，是種種虛幻編織而成的世界。至少根據不解的說法正是如此。

要怎麼活在虛幻裡而不發瘋？如果你看到的全是假的，又要怎麼知道真的是什麼？

「難道你覺得我騙你嗎？」

沒有。

「那就沒錯了。我可不想失去你，你是這群人裡唯一好玩的傢伙。學學我的榜樣，我告訴你什麼是心術，超好玩的。」

葛笠法往另外兩個籠子裡望了一眼，籠子裡都是雙眼空泛，瞪著前方的奴隸。

「看到了吧？一群沒有思想沒有心靈，連掙扎都不會的傻瓜。」

我也是。

「有了我，會不同的。」

為什麼？

「我已經證明過，我的存在會害死很多人了。」

你笑得好奇怪。

「我今天算正常了。你知道我是被逐出家門的嗎？」

逐出家門？

「嗯……嚴格來說，被逐出家門的是另外一個人，我只是跟著跑出來而已。」

聽起來很不好。

「是很不好。但如果你把一切都看作一場遊戲，就無所謂好不好了。」

葛笠法沒有說話。

「怎麼了？」

我瘋了對不對？

「怎麼說？」

我在和自己說話。

「不對，你在和我說話。」

你不是我嗎？我在心裡和我自己對話。

「技術上來說，我的確是在你心裡和你說話，不過這種分類太籠統了。如果你不喜歡的話，不如在那些奴隸裡選一個，假裝是他使用心術和你對話。這是學習心術的第一課。」

葛笠法看了一眼奴隸籠子。每個人類看起來都一樣，又髒又瘦，全身散發著恐怖的臭味，衣服像是覆在身上的灰綠苔蘚。

我選坐在籠子裡那個小人類。

「你說哪個？」

坐在兩個大鬍子後面，張著嘴巴流口水那個。

「為什麼是他？」

他看起來——葛笠法嚥了一下口水——他看起來和我年紀差不多。

「我想也是。」

所以我在和自己說話？

「當然不是，你不是選了一個奴隸和你說話了嗎？」

葛笠法笑了，從喉嚨深處透出咯咯笑聲。人類保鑣騎著馬圍到籠子邊，對他破口大罵，用木棍戳他要他閉嘴。但無所謂，他瘋了，就算呂翁夫人正騎著馬，走在前方也無所謂。對一個瘋子而言，發生什麼事都沒有損失了不是嗎？

葛笠法哈哈大笑，他好久沒有這種心情了。不解說他的心怎麼了？

「我見過最糟的。」

當然，當然是了，因為我瘋了嘛！

「這裡有兩個洞。」

是嗎？我看不見。我笑得好累，讓我停一下再說。

「可以。我說，你聽就好，上課不都是這樣？你看看這裡，被人挖了兩個洞，只要你想回去或是自殺，這兩個洞就會反過來吃掉你的心。你的心害怕被吃掉，就會回過頭來逼你自己不准想到這兩件事。」

聽起來很玄。

不解伸出一隻腳爪，輕輕刮著黑洞的邊緣。「他們想必練習很久了，才能把洞挖得這麼精準。」

所以你之前說要回去，還有自己解脫的事都是騙人的？

「不然我怎麼騙你活下來？」

你剛剛才說沒有騙過我。

「哈，所以我又騙到你一次了。」

壞傢伙。

「這算我聽過最棒的評價了。況且沒辦法，這是為了救你。」

像老爸一樣。

「對，像老爸一樣。」

你覺得他還活著嗎？

「他死了，豬女不可能放過任何人。我清楚得很，他們這種人都是這麼辦事。」

你很了解他們嗎？

「不需要什麼深入了解，我一眼就能看穿他們。」

你來晚了。

「都救你一命了，不要太苛求太多。」

葛笠法沒有說話。

「怎麼了？」

我們還有機會回去嗎？

「我會試著幫你補這些洞，但是這種事我不熟悉，可能需要一點時間。比起做東西，我更擅長破壞東西。」

是嗎？

「不要用這種懷疑的口氣說話，質疑我對你沒有好處。記得我說的話嗎？」

享受他。

「沒錯，就是這個。要享受痛苦，不要排斥它。你試過隔離自己，但是到最後只有愈來愈慘，把自己逼到發瘋而已。你應該享受痛苦，讓痛苦激勵你變強壯。人家不都是這樣說嗎？好時光過得特別快。一旦你享受痛苦，痛苦就會變得珍貴，可遇而不可求。」

聽起來很變態。

「沒殺死你的，讓你更強壯。」

這是哪齣戲的台詞？我不記得我看過這部戲。

「有，你看過，只是忘了。我們遺忘太多東西了。」

奴隸男孩被他旁邊的男人趕進籠子的深處，讓出曬得到太陽的位置。向晚的秋風變冷了，每個奴隸都想要多一點餘溫照在身上。這是一個強者欺凌弱者，下層被上層吞噬的世界，現在只是開始。

葛笠法看著太陽，好像太陽也看著他一樣。他有不解作伴，他不是一個人，想到這一點似乎能給他多一點力量，使得豬女的折磨變得可以忍受。如果葛笠法倒下了，不只是他會死，不解也會變得孤苦伶仃，再沒有人能聽見他的聲音。

他摸摸不解的羽毛，陷入沉思，直到眼前的色斑把他弄昏為止。他活在夢中，像對罌粟上癮的人類，耽溺於虛幻無可自拔。

第九章　虛幻的武器

「聽。」一天，不解在深夜時對葛笠法說，心海裡隱約傳來說話的聲音。他們這幾天行腳落後，秋老虎像故意嘲笑他們一樣露出大大的笑容，曬得所有人心煩意亂。

好不容易，在呂翁夫人的強迫下，他們今天被趕著走完預定的行程，豬女才點頭答應紮營。現在豬女已經休息了，奴隸們也都安頓完畢。人類保鑣頭子，稻草頭的榔頭還有三個副手，南瓜、甲昂、爾文圍在火堆旁搓著手，細細低聲說話。

「我愈來愈覺得這樁生意賠大了。老大你也說句話吧，再這樣下去兄弟都要喝西北風了。」南瓜說。他身材壯得可怕，據說他的稱號來自他和大南瓜一樣沉重的拳頭。不解討厭他；不解討厭任何看起來稍微有些體重的人類，還有會說話的、喜歡喝酒的、愛吃肉的、瘦巴巴的……等等。

「賠大了。」狐狸臉爾文附和，他喜歡說話。「一隻瘋羊人、一群半死不活的奴隸，這些東西賣到的錢，還不夠付我們自己拿出來的。」

榔頭和甲昂還沒有說話，他們看起來才是做決定的人。

「我不知道該說什麼。」甲昂說：「我原本以為豬人會是好買賣，他們有錢是大家都知道的事。」

「可是他們是群吸血蟲！」南瓜忍不住提高音量，立刻換來甲昂的拳頭。他縮了一下腦袋躲開拳頭，小聲說：「哪有人只進不出的？我們自己負擔的費用，早就超過預付的錢了。」

「真妙。」這是不解的聲音。

為什麼？

「他們根本什麼都不敢做，只會像一群走投無路的老鼠，聚在一起舔傷口。」

葛笠法覺得他說得沒錯。

「你覺得呢？」

我覺得？

「對呀，一群小老鼠。」

有什麼好玩的嗎？

「我說過了，我能不動一根手指殺光他們全部。你等著看。」

不解從他肩頭飛走，嘴巴裡不知道含了什麼，輕巧地飛過四人圍成的圈圈。等他回到葛笠法肩膀上時，嘴巴裡已經沒有東西了。

你做了什麼？

「看著。」

四人間的火焰開始跳動，這是一個無風的夜晚，但是他們似乎一點異樣的感覺都沒有。火星跳上榔頭的衣服。

「我們……」榔頭的嘴巴扭曲，似乎是因為說話突然變得困難。「我們應該做點事情了。」

爾文和南瓜睜大眼睛，火星也跳上他們的衣服。

「榔頭老大，你指的該不會是……」

「幹啥這麼驚訝，以前又不是沒做過。」榔頭的衣服燒起來了，不過他一點感覺都沒有。

「老大，他們可是豬人哪！」甲昂躲過他身上的火花。「要是事情傳出去了，帝國絕對不會放我們善罷甘休的。還記得上次闖進帝國的人牛嗎？連他們對豬人士兵大小聲，心肝都會被掛到荒涼山上哪！」

「那又怎樣，只要不被發現，在這野外我們想做什麼就做什麼。」榔頭身上的火愈燒愈旺，甲昂的的話似乎有加催火勢的功能。「去他黑寡婦的，我們為他們流血流汗，換到的髒錢連肚子都填不飽又算什麼？我告訴你，等我們做了這三隻豬，再把他們的貨物轉手出去，絕對馬上撈一大票。想想看，一大筆錢，三個月不愁吃穿，天天抱著窯子裡的騷貨過夜。」

甲昂吞了吞口水，他是個好色的傢伙，榔頭知道怎麼把他褲子上的火點燃。爾文和南瓜對視一眼，露出得意的笑臉，他們的褲子也燒起來了。

哇！

「怎樣？」

你真厲害。

「一點點小東西而已。」不解傲慢地膨起羽毛。

「可是豬人……」甲昂身上的火不夠旺。「豬人有心靈魔法，我聽說他們連一隻手指都不用動，就能叫一個大男人自己咬掉所有的手指。」

「喉嚨被割開的豬能有多少魔法？我告訴你，我的計畫是這樣……然後……」

月下的心海火光沖天，不解嘎嘎叫了兩聲，火光從外面看過去變得模糊，但是圈圈裡就像艾媽媽烤餅的爐灶，正把成品燒得焦香乾脆。

「豬女可能會發現。」

聽起來你不是很在意。

「你會讀我的心哪！」

他們真可憐。

「什麼？」

我們隨隨便便就能玩弄他們，然後他們再轉過身去，被豬女玩弄。不管怎樣，他們始終沒有翻身的機會。

「我想，如果這次他們能活下來，應該叫他們好好聽一下你說的話。」不解嗤了一聲，葛笠法不知道烏鴉也會發出這種聲音。

你很容易生氣。

「也不想想是誰害的。」

好啦，不要這麼陰沉。我們來跳舞好嗎？

「跳舞？」

對呀，我們以前不都會在月光下，圍著火堆跳舞嗎？

不解望向四人，他們的確是現成的營火。葛笠法說的沒錯。

「那你得教我舞步，我以前從來沒跳過舞。」

那有什麼問題？

葛笠法露出大大的笑容，讓不解站到手指上，踢著腳步跳到營火旁。他教他以前常和亞儕一起跳的踢踏舞，小小的鳥爪在他手掌上躍動，爪尖在肉掌上留下愉悅的傷痕。不解教葛笠法揑造火焰，太陽般耀眼的團焰、絲絨一般纖細的餘燼、四處爆散的星焰閃現在夜空。他們唱歌，用烏鴉尖銳的聲音，被人掐住喉嚨的哀鳴合音。現實的苦痛離他們而去，只剩幻影圍繞在身邊。他們腳上拖著一串串的鎖鍊，叮鈴聲和著葛笠法脖子上的竹節，為他們打響舞步的節拍。

在歌舞間，營火愈燒愈旺，燒遍整個營地，直到所有的理智都燒成了灰燼。

呂翁夫人全身雞皮疙瘩，想必是這幾天露宿野地，讓她睡得不舒服導致的。她知道依默和垷絲拉也一樣，只是她們絕對不會在她面前表現出來，僕從自有僕從的驕傲，這點兩個侍女做得非常好。

「夫人。」

回到營帳之後，垷絲拉端了一杯熱茶給她，香醇的茶湯絲毫不遜於樓摩棼的茶館。

距離塔倫沃愈來愈近了，他們快要達成目標了。等穿越終端之谷回到帝國，身為任務的策劃執行者，呂翁夫人將得到所有樓黔牙子民不能想像的榮光。狂魔預言的揭示者、預言的第一見證人、預言執行者、預言……喔！有這麼多的可能性，但偏偏是她，一個受到八足女神眷顧的女人。

幻想的榮耀讓她全身戰慄，舌頭舔著茶的餘香打顫。

呂翁夫人不是她的名字，但是在任務完成之前，她必須隱瞞自己的真實姓名。如果她的姓在賀力達傳開了，會讓很多事變得複雜。在此之前她還是呂翁夫人，反正未來多的是時間讓她的名字閃耀在九黎大陸的每個角落。

智者交代過，不論手段，只要能將預言中的鹿人帶到山關戰境，自然會有人接手一切。呂翁夫人不必費心保障他的健康，只要確定他的性命無虞即可，畢竟預言明白揭示，狂魔要受盡苦難，才會為他的真主燃燒生命。給他苦難，就是預備他未來的榮光。

誰知道呢？在遠離帝國視線的小村莊裡，居然藏了這麼一個鹿人孽種，因緣際會之下呂翁夫人成了預言所指示的人選。想必創始之神，過往的諸王諸聖特別厚愛她吧！

依默走進帳篷中，外面的人類和奴隸都安置好了，一天一夜過去，她們又更接近帝國一些。

「外面那些渣滓都休息了嗎？」

「都休息了。」

「四處檢查過了？」

「回夫人，都檢查過了，沒有人跟在我們後面。」

呂翁夫人對著茶湯吹了一口氣。「心海裡呢？」

「巡視過了，沒有異常。」

「很好。」她給依默一個讚許的笑容，依默謙恭地領受獎賞。

她的思緒又回到鹿人身上。那個奴隸想必瘋了，呂翁夫人加在他心裡的創傷，能把最堅強的人逼成懦弱的殘廢，將最勇敢的戰士貶成低下的溝鼠。智者特別在出發前教她這一手，讓她有武器能面對未知的危險。雖然鹿人看起來弱小又悲哀，但是呂翁夫人還是遵照智者的指示下手，絲毫不敢大意。弱小又悲哀的奴隸，發起狂來也能徒手掐死一個大漢，呂翁夫人親眼見識了那一幕。

不對。

奴隸被掐死了事小，如果再發生任何意料之外的狀況，那才是大問題。他們已經如此接近帝國了，如果功虧一簣，她不敢想像智者的怒火會多嚇人。除了智者教她的技巧之外，她自己也在鹿人心中多加三道鎖，從看不見的地方封鎖住一切的可能。

有備無患，呂翁夫人又提醒了自己一次。未來，就算鹿人的實力超越了她——呂翁夫人懷疑有沒有這個可能——只要她掌握這些暗鎖，就算他真的化身狂魔也要屈服在她腳下。夫人精於計算，這可是她在帝國裡慣於享受的名聲。她扭扭鼻子，放下空掉的茶碗，準備入眠。帳外的人類又開始怪聲怪叫了，這些低等生物只要一喝酒就是這副德性。依默跳起來，想出去制止他們，呂翁夫人慵懶地舉起一隻手擋下她。

讓他們吵一下不會有事，這一點噪音呂翁夫人還能忍。畢竟，當你的未來有無限的榮寵，誰還會去在意眼前的小麻煩？

他們即將抵達山關戰境的暗道了，在那裡豬人有一條路能穿過人虎和人類的防守，和獅人秘密接觸。他們需要獅人替他們掩過人虎的耳目，才能成功把鹿人送進帝國。過程中免不了一點骯髒事，比如說那些看到他們交易的人類，自然不能留在世上。不過比起輕易殺掉他們，呂翁夫人比較偏愛獅人的提議，畢竟不是每天都有免費的奴隸送上門。據說獅人在邊關絕境的戰情告急，每天都需要大量的奴隸兵投入戰事。

下賤的漂流之人正四處探望，把他們猥瑣的視線探進所有不該去的地方。當年墨路伽便該實現預言，卻因為這群下流的人類打著魚身女妖的名號，硬生生破壞智者計畫好的一切。奧坎，他們當初低估了奧坎的影響力，才會造成後來的失敗。

不過這次，呂翁夫人都安排好了。豹獵人瓦棘禮會早她一步在山關戰境安排好一切。鹿人將在神不知鬼不覺的情況下送進帝國，獅人會得到他們要的奴隸。呂翁夫人付了豹獵人一大筆錢算是值得了。

智者最後一次回覆的時候顯得語焉不詳，呂翁夫人敢打賭他們還有其他的計畫，沒有讓她這個準智者知情。沒關係，編織世界的八足女神會庇護她，等這次任務完成，她就會成為黑智者的一員，諸王諸聖也要聽她號令。

這個自稱為呂翁夫人的女人，滿心期待踏在道路上——她有些自嘲地想——現在呂翁夫人只是個普通的奴隸商人，見到獅人時可別忘了這一點。

她和衣就寢，難得一夜好眠，好得像有人在她耳邊輕唱催眠曲一樣。

黛琪司如果生在戰亂的時代，絕對是個絕世女英豪。雖然母羊柔軟的線條扣了不少分數，但是葛家兩兄弟都知道她有著足以媲美烈女努比雅，單槍匹馬對抗天關神朝的堅強勇氣，還有足以嚇退百萬大軍的爆裂脾氣。不過目前為止，她的成就僅限於山泉村的小圈圈裡，未來還有整個奧特蘭提斯等她開疆闢土。

身處於黑臉山嚴峻的氣候，這位山泉村的女英豪，也不得不穿上厚重的外套和羊毛裙，抵禦來自四面八方的寒風和細雪。隊伍中穿著皮料的只有亞儕和奇科羅，其他羊人都說自己受不了皮革的味道，不過羊毛衣料也不是全無缺點。

「我的衣服聞起來有那個綿羊色老頭的味道！」娜爾妲在分配衣服的時候，突然喊道。五世拿到一件黑色的外套，不由分說便喜孜孜地披在身上。黛琪司完全沒有追問原因的動力。

他們最後左哄右騙，槍恩還指天發誓那件衣服和綿羊色老頭沒有任何關係，才終於說服娜爾妲把裝備乖乖穿在身上。

「事實上，我認為那不是色老頭的味道，而是他兒子的毛。」後來亞儕嚴肅地告訴黛琪司。奇科羅和他兩個人現在儼然自詡為整個小隊的領導人了。每天一大早催著大家出發，然後三兩下跳上驢背，騎在最前頭趕著他們加快腳步。

「他黑寡婦的，他們以為自己是誰呀？」這是木栗老爹的評語。裹著褐色的厚重衣料，讓他看起來就像一顆長角的巨大栗子。長薄耳兄妹已經為這個畫面編了不少小曲，黛琪司也提供了他們幾個意見，修正了歌詞的韻腳。事實上，槍恩現在嘴巴裡哼的就是其中一小段，這一小段足以讓亞儕的臉紅得像十月的番茄。

幸好他沒在學心靈魔法時哼這首歌，要是他不小心把這段歌詞放進黛琪司的心海裡，那他就會知道黛琪司還有多少手段沒在羊人面前施展。不過想到他們刻意支開奇科羅，圍著營火學習心術的成果，卻讓黛琪司不爽到了極點。

「要學心靈魔法，就要先學會塔意拉的用語。畢竟傳說中，心靈魔法就是從塔意拉變來的。

知道塔意拉，才能了解心靈魔法中幽微的分類。」老艾草告訴他們。奇科羅倒也配合，乖乖答應自己找地方休息，留下空間給他們。

五世和亞儕分別在現實和心海中確認了一次，他的確遵守承諾，沒有躲在樹叢裡偷聽。黛琪司得說他們這次請嚮導的錢花對了，甚至連槍恩都不能否認這一點。

「塔意拉？鳥語？」

「沒錯。不要告訴我你們已經忘記朱鳥創造語言的故事了，如果需要的人可以找黛琪司複習。」

所有的羊人立刻揮手表示他們把故事背得滾瓜爛熟，就算要現場分配角色搬演也沒問題。

「好，我們回到塔意拉上。」老艾草摸摸鬍鬚。「傳說以前的塔意拉，光念出口就有無限的威力。當然這是神話裡說的，現在的塔意拉只是一種語言而已。但因為它古老的特性，所以和心靈魔法這種古老的魔法有了關係。現在的塔意拉稱心靈魔法為心術——這不是很精確的分類，因為心術本身又分為心術、神術、還有體術。我們今天要學的，就是心術和神術，你們可以想像這是在戰鬥中的矛和盾，心海就是進行對決的競技場。」

「矛和盾？」

「沒錯，長薄耳家的小母羊。看過武士對決的戲碼嗎？武士會拿著矛攻擊別人，同時用盾保護自己。心術就是矛，把意念型塑之後丟進敵人的心中，藉此達到攻擊的目地。我想，小亞儕和五世都很有經驗了。」

亞儕有些不好意思地低下頭，五世則一副什麼都沒聽到的樣子。這些基礎課程對她而言想必乏味得緊。

「矛不只能攻擊。有些人也會利用心術進行遠距離傳音，隔空交換訊息。」

「你是說我們能在山泉村，和終端之谷的人說話嗎？」槍恩插話。

「當然不行，不然我們早就找到葛笠法，把他帶回家了。」老艾草潑他冷水。「你們這些羔仔，安靜把話聽完很難嗎？

「接下來我要說的是防禦技巧，在塔意拉裡稱為神術，也就是決鬥時盾的部分。神術的技巧在於知道自己是誰，在心海裡進行防禦，將敵人的心術攻擊擋開。

「使用神術的時候，心術的力量相對會減弱。這和天賦有關，說簡單一點，就像每個人的體力都有極限，如果你選擇又長又沉的鐵矛，自然就拿不起過重的盾。我聽說過，曾經有人在過度使用心術之後，隔天便隨即衰弱而亡。」

羊人們緊張地對望一眼，老艾草的表情在火光中像個惡鬼。

「這不是嚇你們的怪談。心術會消耗體力，而神術則是消耗心念，兩者加成，沒有過人的體力和天賦，你絕對撐不過任何一次心術戰鬥。我要求你們練習防禦技巧，又要你們跟著木栗家的老頭練棍術，絕對不是閒著發慌找碴。」

「你還是沒說為什麼我們不能坐在這座山裡，隔空把葛笠法帶回家，或和帕帕亞問晚安。」槍恩咕噥道。聽他的語氣，你會以為和性命攸關的心術使用限制比起來，能不能和遠方的母羊打情罵俏，才是真正影響整個世界的重大關鍵。

「我馬上就要說了，稍微有點耐心。」老艾草先吐出一大口煙，嗆得所有人皺起鼻子，才甘心開口說話。「防禦心術的唯一手段就是神術，神術的發動關鍵就是意志力，就算是世界上最卑微的動物，心中也存著對自己的一份微小認知。只要有這份認知在，心靈就會在某種程度上獨立於心海之外，而空間和時間的阻隔同樣適用於心海之內。因此豬人不能在樓黔牙帝國用心術威脅在山泉村的你，山泉村的你也沒辦法隨便用心術跨越崑崙海。」

「可是我對付藍貴的時候，並沒有接近他不是嗎？」亞儕提出疑問。「豬女也是；他們離開了小渡口，可是小渡口的人沒有因此逃過一劫。」

「豬女不是在現場操作。這又是心術另外一個奇妙的地方。你能在人心裡挖一個陷阱，設下觸發條件。這個陷阱可能馬上就會發作，也可能受害者終其一生都不會發現，也沒有觸動陷阱。又或者，像那些傷好又痊癒的舊疤，突然在某一天裂開來，要你痛得死去活來。」

老艾草這次的解釋具體多了，想到小渡口那些人類死去的慘狀，羊人們不禁打了個寒顫。沒有什麼比鮮血和惡臭更能留下回憶了。

「至於槍恩說的，又是和天賦與練習有關了。有些人強大到能跨越一整個國境，發出心念給遠方的人，有些人卻甚至連面對面都不一定能順利傳送心念。這是與生俱來的差異，就像每個人有高矮胖瘦一樣沒得挑。但是好消息是，只要肯練習，幾乎每個人都能把神術練到很高強的境界。」

這算不算鼓勵，黛琪司可不敢確定。老艾草在五世的幫忙下，測試他們每個人的心術天賦。黛琪司沒弄懂他們的標準在哪裡，因為五世只是看著她，過了整整一分鐘之後才問她有沒有聽見什麼聲音。黛琪司告訴她，除了槍恩一直碎碎念的聲音之外，什麼也沒聽到。五世垂下了肩膀。

亞儕輕易就能拿到了高分，老艾草測試的時候槍恩雖然不斷抱怨，但是眼睛卻突然發亮，然後馬上像偷吃到奶油的貓一樣，舔著嘴唇退到一邊。哈耐巴說他聽見了聲音，但是不管他怎麼努力嘗試，就是沒辦法回覆老艾草的心念。娜爾妲的能力時好時壞，這讓她非常沮喪。

「沒有什麼是能一步登天的。」木栗老爹打哈哈說。老艾草私下告訴他們，他曾經和老巫婆一起在心海裡喊破了喉嚨，木栗家的老頭還是一點反應也沒有。

「他的神術防禦強大到無法想像。」老艾草的口氣聽起來可不像稱讚。

「那什麼是體術？」亞儕問。

「我剛沒說到體術嗎？」

所有人搖頭。老艾草裝傻的功夫有時候也是會失靈的，黛琪司等著看他怎麼脫身。但是他沒有迴避，反而嘆了一口氣。但出乎羔仔們的意料之外，回答問題的是木栗老爹。

「你們最好一輩子都不要碰那個東西。」他的語氣非常陰暗，好像有什麼惡魔藏在體術這兩個陌生的塔意拉音節裡。

「為什麼？」槍恩追問。

「臭艾草說的還不夠明顯嗎？」木栗老爹撇下嘴舉起手杖。在那一瞬間，大家還以為他打算痛扁槍恩，嚇得多嘴的羊人急忙跳開。結果他的目標只是槍恩腳邊的沙地而已。

他在沙地上點了一個點。「這是塔意拉的神話。一個點，是心念的開始，對應到心術。」

他又畫了三圈波紋。黛琪司發現要皺著眉頭，看得很用力才能看清楚波紋的走向。

「心術轉為神術，代表是波紋，對應到自我，對應到神智。

「最後是體。」

波紋收攏成一個圈，把所有的圖案包在裡面。

「體的圖騰是圓，代表現實，代表力量。」

他的話說完了，黛琪司嚇得抓緊脖子上的圍巾。不是每個人都像她一樣有所警覺，亞儕眨眨眼睛看看長薄耳家的兄妹，又看看哈耐巴和老艾草，似乎不知道自己該表現出哪一種表情。他看的人也是一臉茫然，只不過老艾草的茫然，多了一點因為絕望，所以刻意置身事外的味道。五世從頭到尾沉著臉，躲在火光的陰影裡。

「用你們的破腦袋瓜想一想。心術要消耗體力，神術要消耗心念，那體術要消耗什麼？」木栗老爹說：「這個怪模怪樣的圈圈，是塔意拉信仰的玩意兒，名字叫作輪迴。輪迴的意思簡單來說，就是所有的事物到頭來都要轉一圈回到原點，付出應付的代價。體術消耗的東西，就是和神術相關的力量——自我和清醒。失去自我的人，最後只會變成一把見血不掉淚的屠刀。」

火堆邊的氣氛一下子跌到冰點。

「我在金鵲那邊看過一種人。」老艾草淡淡地說：「那種人叫作兵奴。他們的工作就是鍛鍊體術技巧，等要上戰場的時候再把自己交給指揮官的心智，讓將領們在遠方遙控他們作戰。」

「真噁心。」娜爾妲說出所有人的想法。

在他們把奇科羅叫回來之前，老艾草幫他們分配功課和練習對象。

「我和哈耐巴還有槍恩一組，你們要想辦法對我說話，並且聽清楚我在心海中的一字一句。娜爾妲，你和亞儕一起，他能無師自通，應該也能幫你做到這一點。至於黛琪司，你和五世一起練習。」

「為什麼？」黛琪司想都沒想便脫口而出。

老艾草看著她好一段時間，才緩緩開口說：「我想你有心理障礙。」

只有大士知道那是什麼！

黛琪司用力踢了一下驢子，已經習慣她欺凌的驢子只是扭了一下屁股，便繼續緩慢的步伐，絲毫沒有追過其他同伴的意思。黑臉山初秋的細雪雖然美麗，但卻沒有美到讓黛琪司忘掉所有的煩惱。

她煩惱亞儕。這臭小子——小羊、小狼、小狗，隨便任何一個！——以為他三不五時對著半空中猛吸空氣的動作沒有人會注意到，更別提他低下頭就陷入憂鬱，抬起頭又偷偷傻笑的奇怪舉止。如果不是知道整件事的來龍去脈，她一定會斷定亞儕瘋了。

只要一吹掛在脖子上的短笛，他兩隻眼睛的眼淚就不住打轉，好幾次差點仰天長嘯。而那該死的月亮更是一點幫助也沒有，如果不是夠清醒，她會以為那隻名叫楓牙的騷母狗，躲在朱鳥的銀眼中偷窺他們。

亞儕正在迅速長大，就連少一根筋的五世都看得出來。他在背袋裡放了滿滿的肉乾火腿，躲著其他羊人放口大嚼。他的體型正在改變——這倒不是說他的身高體重超越了哈耐巴，不過當五世的驢子失足快要滑進泥水坑的時候，亞儕迅速出現，一掌扶正驢子腳步的畫面還是非常驚人。他以前可是連走在草地上都會摔跤呢！

黛琪司不知道該說什麼，也許小羊總算長出角來了。

「你有心理障礙。」五世後來對她強調第二次。「你的狀況和我之前不想說話的樣子很像，只是你的表現剛好相反。我是不肯接觸現實世界，而你是不肯走進心海裡，我能隔著神術感覺到你的波動，但是你卻自己把波動封鎖起來，不肯踏出防禦。」

黛琪司又扯了一下韁繩，把驢子趕回到路上，要牠遠離路邊的雜草。也許她該聽奇科羅的建議，為這些牲口準備束口帶才對。

大士明鑑，她剛剛在想什麼？束口帶？看看這些可憐的動物，韁繩和嚼子還不夠嗎？不行，她絕對不會聽奇科羅的建議，就算他是白鱗大士的化身也是一樣。隱約之中，黛琪司就是沒辦法喜歡鼠人，即使他多能花言巧語，能告訴亞儕和槍恩多少世界各地的奇聞，黛琪司依然沒辦法喜歡上他。他們是用錢建立關係這件事，讓黛琪司怎樣都放不下。有他在隊伍裡，就像放了一隻老鼠進穀倉，叫磨坊主人夜難安枕。

他的確是隻鼠人。黛琪司刻薄地想，一隻賊頭賊腦，卻扮作老好人的老鼠。他們後面有人跟著，黛琪司很好奇這和前面那隻老鼠有多少關係。騎驢子騎到無聊的五世又開始敲她的防禦，黛琪司昂起頭，用力把她擋在神術外面。不管老艾草說什麼，這種戕害身心的危險魔法，她死也不會學。

第幾天了？黛琪司在心裡計算他們上山的時間，覺得非常詭異。

第十章　瘋狂邊緣

豬女要保鑣們把隊伍停在一處樹林旁。幾個奴隸被拉出籠子，替豬女和保鑣們打點雜務。籠子裡的奴隸呆望著同伴被人呼來喝去，替每天鞭打他們的人細心調理食物。葛笠法挑中的小奴隸也在裡面，不過他實在太瘦了，站在人群中像隱形了一樣。

亞儕。葛笠法吞了一下口水。小奴隸吃力地捧著熱騰騰的鍋子，低著頭走過依默面前，小心翼翼把食物盛到木盤裡。豬女對他露出笑容，男孩羞澀地低下頭，像得到什麼天大的讚美一樣。葛笠法轉過頭去，豬女也是，他沒看漏豬女笑容消失的一瞬間。

「怎麼？看不下去嗎？」不解問。

他很開心，就算他是個奴隸也一樣。

「我想沒人不喜歡受到讚美。」

葛笠法閉上眼睛，背靠著鐵欄杆，不知道的人只會以為他又出神了。他時常如此，連豬女都開始有些懶得監視他。

豬女們說話的聲音傳進葛笠法耳裡。她們的心術或許用得駕輕就熟，卻沒發現在那個世界裡，葛笠法強壯又自負，豬女的聲音不管藏得多好都逃不過他的耳目。

「我們的腳程超前了。」呂翁夫人說：「我想智者如果知道自己能提早見到預言之子，一定也會非常高興。」

「桂瀧南的事如何？」依默問：「智者原先要我們一併處理，但是如今要從跳馬關進入桂瀧南，已經不像以前那般輕易了。」

「桂瀧南有智者親自處理。」

依默和垷絲拉散出一波訝異。

「不用這麼驚訝。沒錯，智者人在金鶺皇朝領地之中，這條消息甚至算不上新聞了。」

「智者掌握了誰？」依默的聲音露出大為動容的情感。「是誰？」

「只怕我只能告訴你們這是秘密。」呂翁夫人冷笑一聲。「獅人以為自己是戰爭天才，真的能兩邊開戰。據我所知，百虎部落開始厭倦提供援助給他們了。只要他們一收手，帝國就能輕而易舉切斷他們後方。當然，這要等他們攻破邊關絕境。一群蠢貓，還真以為金鶺皇朝會把朱鳥交給他們。羽人絕不會承認自己背誓，更不會承認自己知道朱鳥的意義。金鶺皇朝妄想無視所有的徵兆，躲在他們的城牆後度過末日，帝國會讓他們知道這是癡人說夢。」

「有一天帝國會把所有人的命運再次握在手中。」垷絲拉說。

「說得好。」

葛笠法真不知道這些對話有什麼意義。

「很無聊吧？當萬事萬物都注定毀滅的時候，他們居然還為某個無足輕重的帝國感到歡欣鼓舞。八腳妖女也沒有他們這麼蠢。」

葛笠法沒有說話，只是抓著欄杆看著熟悉又陌生的世界。無止盡的幻影四散變化，鐵欄的束縛變得虛假，彷彿只要跨出腳步，他就能走到世界的任何一個角落。

八腳妖女？

「你一定知道她，編織整個世界的蜘蛛魔女，心海就是她網中的空隙。」

我還以為她是個女神。

「她是嗎？」

葛笠法有個奇怪的直覺，不解說話時在迴避說出黑寡婦的名字，提到她時語氣帶著濃濃的怨恨。心海逐漸穩定下來，痛楚爬回葛笠法身上，欄杆的觸感變得踏實，豬女的聲音也逐漸淡去。被指派工作的奴隸們拖著沉重的腳步，收拾保鑣和豬女的餐具，替他們遞上今日酒類的配給。呂翁夫人在這方面意外大方，有時候甚至還願意與保鑣隊的小隊長坐下來小酌幾杯。

他們有求於她，而她很清楚如何把人類脖子上的繩子放鬆一點，好換到他們更多的忠心。不過今天那個稻草頭榔頭隊長，隨著一杯杯酒下肚，態度也愈來愈不客氣，甚至還膽大包天說了幾個人類的低俗笑話。呂翁夫人捧場地露出禮貌的微笑，依默和垷絲拉嘴角抽了一下，表情和勉強自己下場跳舞的人牛一樣倔。那個喝了太多啤酒的蠢蛋，連他們的站姿愈來愈僵硬也沒注意到，顧著講只有自己懂的笑話。

「有夫人作陪，又有奴隸倒酒，想不到我榔頭也有這天呀！」等他名副其實，像榔頭一樣扁的大臉泛上紅暈時，他不知死活地說了這句話。

依默和垷絲拉立刻變了臉色；她們陪在呂翁夫人身邊，聽到這句大不敬的玩笑話，陪笑的表情立刻凝成崑崙海上的冰霜。榔頭隊長大概也驚覺自己說錯話了，紅臉霎時變了顏色，青一片紫一片困窘不已，連稻草般的頭髮都染上了一點雜色。他三個副手坐在一旁，呆著臉舉著酒囊，說不出半句話化解尷尬。

「真可惜。」不解嘆了口氣。「你覺得他們會殺了他嗎？我聽說豬人對於階級分寸，看得比人命還重。」

他死定了。葛笠法閉著眼睛，聞到豬女即將動殺的味道。

一聲小小的驚呼，傳進他耳裡，接著是人類破口大罵的聲音。

葛笠法睜開眼睛，飲酒人圍成的小圈圈一團亂。他選中的小奴隸抱著一堆骯髒的餐具，卻不知道為什麼撲倒在地，把油垢潑在榔頭隊長的靴子上。

榔頭隊長破口大罵，跳起來狠狠一腳踹在小奴隸身上。小奴隸整個人飛了出去，倒在地上開始抽搐痙攣，兩隻眼睛在眼眶裡亂轉，嘴巴無聲地開合。他身上有病。

「去他的妖鳥！羊癲瘋！」榔頭隊長和三個副手往後跳開。「我說夫人，你們這次還真是帶錯人上路了。這種賠錢的貨色，倒貼給出去都沒人會要。」

豬女看著小奴隸在地上打滾，沒有半點靠近的意思，依默站到呂翁夫人前方，微微皺起眉頭。她在探測倒地的病人。

幾秒後，依默向著呂翁夫人點了點頭。結果出來了。

「了結他吧，隊長。」呂翁夫人嘆了口氣。「你說的沒錯，這種有病在身的奴隸，無法為我帶來任何好處。如果你願意弄髒雙手，我會非常感激您的服務。」

榔頭隊長現在想必很感激有機會為呂翁夫人服務。他抽出鏽黑的匕首，一步步走近小奴隸。

葛笠法抓著牢籠瞪大雙眼。他說不出話，只能猛力搖動鐵欄，發出尖銳的嚎叫。他不能讓他們動手……好不容易……為什麼要挑這麼虛弱的他……他不能……

「這死奴隸發什麼瘋呀？」榔頭隊長往後退，躲得比誰都快。

營地裡的人們分成三個圈圈，一邊是豬女們和保鏢們，冷眼看著掙扎的葛笠法和小奴隸，另外一邊是籠子裡怒吼咆哮的羊人。至於其他奴隸，則被夾在雙方的視線之間，不知道怎麼選邊站。

「你想救這個小奴隸？」呂翁夫人似乎能讀他的心。「為什麼？你像塊石頭一樣過了將近半個月，卻在今天為了這個小奴隸掙扎怒吼？我的好奇心被激起了，如果我殺了他，你又會有什麼反應？」

她聽起來像是自言自語，但是聲音大到能讓整個營地聽得一清二楚。榔頭隊長的臉色愈來愈難看，其他人類保鏢也是。

「隊長，殺了他。」她命令道，整個人散發出邪惡的光芒。

葛笠法尖叫，豬女甚至連壓制他的意識都不肯，她要他看著這一幕發生。

原本堅決的槲頭隊長現在反而遲疑了起來，只好像替自己激發勇氣一樣用力握緊刀子。葛笠法瞪著他，兩隻眼睛用力得像要把眼珠子從眼眶裡噴出來。豬女留下的黑洞正在膨脹，一點一點替他的心剝皮刮骨。他能看見小奴隸的死狀，喉嚨被割開，紅色的血從黑色的裂縫裡蹦出，再潺潺流了一地，流向地底深淵。

他握住鐵欄，擠出全身的力氣想把頭推出牢籠，瘋狂正鞭笞他去阻止這一切。如果他能擠過這個欄杆，如果這些限制不存在，槲頭已經把刀子伸到小奴隸的脖子旁……

下一秒，一個詭異的瞬間，葛笠法感覺時間為他暫停，現實也離他遠去。他跨出鐵欄，伸手抱住小奴隸，用瘦到像蜘蛛一樣的肢體保護他，像母鳥一樣張開自己的羽翼驅趕敵人。

他好瘦，瘦得能穿過欄杆了。

又一個一秒，幻想成了現實，他正抱著小奴隸，低著下巴亮出頭上的角，舉起手臂擺出防衛的姿勢。這是葛歐客教他的姿勢，也是每次遇上危險時，他擋在孩子面前的樣子。葛笠法鼻翼翕張，從喉嚨深處發出威脅的低吟。

「你是怎麼跑出來的？」槲頭隊長張大嘴巴。「妖鳥呀！快抓住他！」

聽到隊長的尖叫，保鑣們從震驚中清醒，立刻重拾專業態度，從馬鞍旁搶下套索和武器圍住鬧事者。奴隸們驚惶失措，紛紛躲到籠子邊，渴望回到鐵欄的保護。人類保鑣互相呼喚，拿出木棒組成陣形，圍攻半瘋的葛笠法。

太多人了，葛笠法每甩掉一個繩套、躲開一記攻擊，就會有三個補上空缺，從相反的方向壓制他，逼他趴到地上。但不管人類怎麼行動，他的左手始終緊緊抱著死裡逃生的小奴隸，血紅的眼睛死死盯著呂翁夫人，不曾放鬆一秒。

即使是呂翁夫人，也無法對此無動於衷。等保鑣們用大木棍將葛笠法壓制在地上，繩索也牢牢綁住他的時候，她才終於恢復過來。

「夫人，是否這兩個……」榔頭擦擦頭上的冷汗，這大概是他從業多年來最驚悚的一天。「這兩個是否要一起清理掉？」

「不。」呂翁夫人搖頭。「這隻羊人是跟老顧客的約定，不能隨便動。」

她看著俯在地上的葛笠法，表情非常複雜。即使被人打得遍體鱗傷，脖子上套著無數的繩索，葛笠法還是緊緊抱著小奴隸，兩隻眼睛燃燒著兇狠的光芒。剛清醒的小奴隸似乎根本不知道發生什麼事，發病時吐出的口水吊在嘴邊，扭動身體想掙脫令人窒息的擁抱。

「看來你果然有點特殊之處。」如果不是葛笠法看得非常明確，絕對不敢斷言呂翁夫人會露出驚惶失措的表情。雖然只有一秒，但她的確露出了慌張的樣子。她也有弱點，是能被擊垮的。一個瘋狂的笑聲在葛笠法心中響起。

「把他們關在一起。」呂翁夫人最後說：「如果他這麼喜歡有病的奴隸，那我們就來看看，是羊人的瘋狂會先殺了病魔，還是病魔會先找上羊人。」

她的口氣有如宣佈今日娛樂劇碼一樣高昂，保鑣們喜歡這個節目，紛紛露出放鬆的微笑。

但是她沒有。呂翁夫人沒有放鬆，依默和埦絲拉也一樣，葛笠法不需要偷聽也知道，他們的氣味一清二楚。不明所以的小奴隸和葛笠法被丟回籠子裡，其他人紛紛回到剛才中斷的事務上，太陽已經完全下山，朱鳥的銀眼掛上天空。

「在諸海諸島上，有人說黃昏是逢魔時刻，子夜是巫異時分，這兩個時間特別容易發生怪事。」不解的聲音出現。「剛剛很刺激是吧？」

一點點。

「那個隊長是笨蛋，我們救他一命，只是不想要換另外一個人擋路。」

我想也是。

「你要保護這個小奴隸？」

葛笠法沒有回答。

「小心點，你正抓著你不了解的東西。」

他們也是。

「說得好。」不解笑了。

對，他們也是。葛笠法知道自己瘋了，瘋狂的世界中意外藏著神奇的武器，他正摸索著武器的邊緣，準備出擊。

亞儕輕輕移動腳步，多毛的肉掌抓住薄冰，連一絲裂痕也沒有留下。他開始抓到訣竅了，重點在於呼吸。他調整好呼吸，抓住心跳的頻率，感覺力量隨著他的脈搏湧入四肢。神術的要訣是掌握自己的呼吸，看清自己就能看透一切，亞儕慢慢抓到訣竅了。

「誰？」他跳進樹叢裡，樹叢後沒有人。

「發現什麼了嗎？」奇科羅從他背後探出頭。

「沒事。」亞儕搖頭。他太敏感了嗎？

他很確定有人跟蹤他們，但是卻抓不準對方的動機。靠著奇科羅的幫忙，他們能迅速修改路線，躲避追蹤者。亞儕甚至有一次，還大膽地帶著鼠人折回去偷看對方是誰。

跟蹤他們的人類是三個戴著奇怪的兜帽，騎馬，身背長劍的人類。奇科羅看見他們騎馬時，露出了笑容。他告訴亞儕，在黑臉山上騎馬，是世界上最不智的行為之一。

「這裡路有很多石頭，容易傷到這些大牲畜的腳。一匹壞脾氣的驢子，會比溫馴的良馬好上百倍。」他這麼向亞儕保證。

但是不能就此放心，除了這些人類之外，還有一種詭異的氣息圍在他們四周。楓牙自從第一天洩漏行跡之後，就再也沒有出現了。她想必是故意在槍恩的柴火上留下一小搓毛髮，告訴亞儕自己就在附近。

她身邊一定還有其他狼人，因為隨著時間過去，圍繞在他們身邊的狼臭味愈來愈嚴重了。黛琪司本來堅稱是亞儕身上的味道，逼著他——還有所有的公羊人——泡進冰冷的山溪裡，仔細清洗到母羊們點頭為止。

然後日漸加重的狼味，反倒讓所有人更加不安。因為亞儕身上的味道沒了，那若隱若現的狼味就只會來自其他地方了。亞儕不喜歡，其他羊人更是變得神經兮兮的。黛琪司昨天晚上終於受不了，尖聲質問奇科羅他們還要多久才能走出黑臉山。

「天氣太壞了。」一向開朗的奇科羅，聽到這個問題臉色也變得陰鬱。「秋霜讓很多路線變得不可靠，我不敢把你們帶上去，要是發生意外，只會耽誤更多時間而已。」

槍恩後來告訴亞儕，還好他不會因此多收日薪，否則羊人們只能賣身還債了。

「我們的乾糧快吃完了。」娜爾妲替哥哥補了一句。

乾糧倒還不是問題，啃野草維生對羊人來說司空見慣，真正的問題是黑臉山裡恐怖的氛圍。亞儕很確定不只有一方人監視著他們，這種日漸高升的緊張使人不安，甚至連奇科羅嘴裡生動活潑的趣聞和奇譚，都慢慢變得單調乏味。

他今天的主題是朱鳥和黑寡婦的恩怨。

「黑色的蜘蛛女神忌妒朱鳥玄一。她認為蛇髮女神的時間金蛋，不該由青炎之子繼承。所以她利用魚仙的善良，騙到一把用神魚之鱗打造的利刃，再偽裝成絕世美女，用冷漠高貴的假像吸引朱鳥的好奇心。等青炎之子放鬆戒備之時，一刀刺破他的左眼，割開他的身體奪走兩枚時間金蛋。」

聽他講故事本來是種享受，但是驢背上的亞儕卻聽得心不在焉。枯落的樹葉敲在地上，聲音聽起來像驚心的鼓聲。明明太陽還高掛在天空上，但每拐過一個陰暗的角落，他就忍不住手腳發冷。奇科羅的語調不知道為什麼，有種刻意粉飾太平的味道，亞儕知道他也查覺到不安的氣氛，只是不想嚇到他的客人所以刻意隱藏。

「痛徹心扉的朱鳥，全身爆出烈焰，痛苦使他看清真相。他在火焰中詛咒蜘蛛和魚仙，瀕死的他將自己撕裂成三份——孔雀、夜鴞、烈火，並預言當三個化身再次聚集時，便是世界毀滅之日。他讓分身帶著僅存的最後一枚金蛋，進入輪迴轉世，殘餘的神體燒斷了世界之脊，形成了今日的終端之谷。遲來一步的白鱗大士，為了解除惡火之災，打開地底深淵，用天河純淨的神水纏住火焰，打造出死亡的世界。她指派漂流之人，為她尋找朱鳥的化身，不斷嘗試化解萬年前的咒怨。因此，白鱗大士又被稱為通達的覺者，憐憫的守望。啊呀！你們看。」

他指著前方樹林盡頭，有一小片荒涼的高山草地，草地上有一尊看起來很眼熟的石像。

好奇心一下子取代了羊人們的恐懼。他們走下驢子，拉著所剩不多的物資走到石像旁。石像和山腳下的一樣，是個灰衣人類女子。她赤足踩著木栗老爹畫過的法印，左手第三第四指按在大拇指上，捻成法印。右手伸出食指半舉在腰間，食指上用驚人的手工加上一隻石蝴蝶。

「太厲害了！」槍恩讚嘆地說。

「這隻蝴蝶就是魚仙娘娘的使者。」奇科羅說：「雖然不知道是誰刻的，但是能在山裡看見這麼精美的石雕，真的能使人身心舒暢。那種感覺就好像真的有人在這裡照看你一樣。」

他又開始他的宗教經了。亞儕的視線隨著他的話音慢慢往上爬，大士的背上站了一個東西，背對著他們不知道是什麼。他繞到石像的背面，一雙貓頭鷹的石頭眼睛看著他。

「你在看什麼？」黛琪司和老艾草跟了上來。

「貓頭鷹。」亞儕指著大士肩膀上的貓頭鷹。

「鴞鳥？」黛琪司眨眨眼睛，亞儕懂她的疑惑。貓頭鷹是朱鳥的三個化身之一，照理而言不會和白鱗大士的石像放在一起。

「這東西不對勁。」老艾草的聲音突然變得緊張。「我忘了這代表什麼意思，但是人類不會隨便把大士和鴞鳥的石像放在同一個地方。這個地方有問題，我們最好趕快離開。」

黛琪司倒抽一口氣，回頭大聲喊著要所有人準備盡快離開。其他人雖然不解她的舉動，但是亞儕散發冷光的眼睛把他們的疑惑一掃而空。

老艾草說得對，氣氛不對，太不對了。這片荒地瀰漫著惡臭，讓他神經緊張。他的飲食改變了，讓他變得更靈敏。他聞得到這裡到處都是乾涸的鮮血。

「大士呀！」槍恩發出一聲驚呼，他踩到了一小段白色的樹枝。

或者說，一小段骨頭，上面有詭異的裂痕。

「快跑！」亞儕發出吠聲，一行人像驚弓之鳥放足狂奔，哈耐巴和槍恩乾脆直接拉著驢子向前衝。亞儕同樣沒有爬上驢子，抽出和自己一樣高的大木棍握在手上，殿後疾步向前。

遠方傳來狼嚎，是狩獵的號角，他們闖入狼人的地方了！

「不要進樹林！」他對著前方的羊人吠道。火燒黑寡婦呀！這時候他才注意到這片草地有多狹小，四周都是滿布陰影的叢林，圍繞著魚仙的石像。這裡根本不是什麼清淨的祈禱地點，而是一個狼人的死亡陷阱。

第一批突襲者到位，亮出利牙尖爪衝出陰影。亞儕握緊手上的木棍，停下腳步皺起臉孔，從喉嚨中發出威嚇的狺狺聲。他兩手滲出汗水，毛髮倒豎，全身散出恐懼的氣味。恐懼或許曾經撕裂他，但現在是他要證明自己的能力。

如果不成，他們就要死在這裡了。亞儕咬緊牙關，握著武器向前邁開腳步。

他撲向對方，抓住心中的節奏。他踏著步法，像抱著愛人一樣握住他手中的木棍。不要像盲目的狗一樣甩弄棍子，不要像自大的人一樣濫用木棍的長度放開空隙。他步步為營，幾近單調的棍法不斷來回切換，每一下拉回推出，就要換到一聲驚呼。

「集合在一起！」亞儕對著羊人們吼道：「老羊們守住驢子。」

「你休想命令我！」木栗老爹吼回來，老艾草使勁一拉，及時拯救他躲過狼嘴。槍恩一翻身，閃到老羊們面前對著眼前的灰鼻子狠狠踢過去，灰鼻子的主人發出慘叫退下。

「黛琪司。」

娜爾妲、黛琪司拉著五世躲到陣心，木棍揮舞起來的狠勁一點也不輸狼人。

亞儕一個反手劈，掃開一口利齒，哈耐巴的鐵蹄隨即補上一記。

「我們要衝到他們身邊。」亞儕與他背對背。狼人們在短短的幾下呼吸間，已經隔開羊人的隊伍。

「我跟著你。」哈耐巴壓低下巴說。

「很好。」

他亮出尖牙，狼足一躍跳上攻擊者的肩，哈耐巴立刻一擊敲碎擋路者的鼻子跟上腳步。亞儕聽見狼人慌張的聲音，他們沒想過自己的突襲會遭到挫折。他們的鼠人嚮導不見了，看來黛琪司說得沒錯，他肯定哪裡有問題。不過他們現在最大的問題是狼人。

反擊扳回了被突襲的劣勢，但遠遠不夠。滿山的狼人沒有絲毫退卻，前仆後繼想衝破羊人們倉促排就的陣形。幾乎是下意識，亞儕發現自己處在兩個世界中，一個他帶著哈耐巴衝鋒陷陣，另一個灰色的他在心海裡跳躍，綜覽全局指揮羊人們進退防守。

然而，就連心海裡也藏著危機。

大批的狼人正圍著五世。模糊的心海裡，隱約可以看見其他羊人模糊的影像，五世把這些影像通通拉到身邊，編織出層層火花，抵禦狼人四面八方的攻擊。

「五世！」亞儕舞著棍子衝到五世身邊。

「亞儕？你不是在——」

「先別管了。你在做什麼？」

「我編織幻象擋著他們。」

亞儕看見了，不斷爆出的火花打亂了狼人的腳步，阻礙他們的攻勢，但這遠遠不夠。穿過火花的狼人，冷不防揮出腳爪或亮出牙齒，不論得手於否都立刻撤退，用車輪戰消耗羊人的體力。五世身上出現很多傷口，如果這是在現實世界，她早就已經死了。狼人在他們看不見的深處重整攻擊隊形，沒有浪費一絲一毫的時間，攻擊輪替沒有半點空隙。五世黝黑的臉逐漸變得蒼白難看。

「這樣不行，我們要換個戰術。」

他集中精神，既然上次水的意象讓他們逃過一劫，那這一次想必也行。他和五世周圍的土地開始融化，層層波動混著濃厚的編織向外擴散，誤觸陷阱的狼人立刻陷入泥淖之中不得動彈。

五世大吃一驚。「你是怎麼做到的？你編織這麼大的幻象，會把你的身體搞垮的！」

「別管這些了，快幫我！如果我們不擋住他們，大家就死定了。」

五世一咬牙，順著亞儕的編織開始動手，把他不成熟的粗糙編織織得更細，藏進周圍的沼澤中，增加泥淖的深度與濃度拖住狼人的腳步。陷入泥淖的狼人無法脫身，車輪戰的節奏終於被打亂了。

有了五世幫忙，亞儕的負擔頓時降低，現實中的他再次動起來，幫助哈耐巴擊退強敵。

但時間終究不是站在他們這邊。泥淖中的狼人開始摸清該如何鑽出陷阱，和經驗豐富的敵人一比，首次戰鬥的羊人根本不堪一擊。

他們扳回的情勢才剛到手便開始流失，他們死定了。

亞儕沒有時間思考這個，他只知道戰鬥，如果放棄了，又有人要死在他面前了。羊人們沒有放棄，他們不能死在這裡。還有一個兄弟正在受苦受難，等待他們的援手。

突然，心海中颳起一陣怪風，三隻鴞鳥拍打著羽翼撲進戰團，掀起旋風拉起亞儕和五世的編織，把所有的狼人掃出心海之外。

「住手！」三隻鴞鳥並在一起，利眼一亮，亞儕頓時被擋出心海。

跌回現實的他眨眨眼睛，不大確定發生了什麼事。戰鬥停了，三名人類出現在戰團邊緣。

「汗魯魄在嗎？」這三個人類都穿著一襲灰色的斗篷，背著毫無裝飾的長劍。站在中間的那人拉下兜帽，露出一張蓄著大鬍子的蒼老臉孔。他和兩邊的人在說話的同時伸出左手，露出掌中三葉浮萍的烙印。

「漂流之人。」除了一隻淺褐色的狼人之外，其他狼人都退進樹叢中。亞儕知道他們在等待時機，確認局勢發展的方向，而不是因為害怕。只要有機會，他們還是會把所有獵物的喉嚨通通撕裂；不過眼前這三個人類似乎一點也不在意站在近百頭的狼人面前。

「我們帶著和平，希望得見汗魯魄。」老人說：「還請通報。」

「不必了。」一隻黑色的狼人踏出樹叢，淺褐色的狼人退回陰暗的角落。巨大的黑色狼人身上沒有戰鬥的痕跡，亞儕懷疑如果他剛剛加入戰鬥，羊人們還能撐持多久。

「名字？」

「在下潮守命。」老人抱拳，彎腰行了一個怪模怪樣的禮，另外兩人也是。

「浪無機。」

「浪無滔。」

「汗魯魄。」汗魯魄沒有回禮。「我很好奇，漂流之人為什麼踏上黑臉山。你們的足跡，這幾年不是都被困在金鵲裡嗎？」

「我們的追尋還沒結束。」潮守命說：「踏上此地實有原因。」

「你少拿金鵲裡那一套咬文嚼字的功夫對付我。」汗魯魄說：「不管你們追尋的是什麼，都不在我的山裡。」

「事實上，我們的目標的確在你的山裡。這些羊人，就是我們這次旅途的目標。」

「藉口！」汗魯魄發出兇狠的吠聲。「這群亡命之徒進入黑臉山，踏進了狩獵區，依法我們能狩獵他們，即使是漂流之人也不許多嘴。」

「聽聽你自己在說什麼，汗魯魄。當整個世界遭到帝國威脅的時候，我們曾經並肩作戰，但是虛假的和平反而讓我們針鋒相對。豬人不敢踏過你們的土地，為什麼這群羔羊卻敢？因為他們追尋的，是比自己性命更重要的東西。他們腳步的延誤，很可能就要千萬人賠上性命去補。」

「所以你要我放過他們？放過一群我們唾手可得的肥羊？放過一個自甘墮落，和羔羊廝混的狗崽？漂流之人，你們未免把我想得太仁慈了。」

「他不是普通的狗崽。」潮守命的口氣出現一絲上揚的跡象。亞儕不懂，可是他好像正等著汗魯魄說出這句話。

「看看他藍灰色的毛皮，汗魯魄。如果我所知的不錯，世界上還有這種毛色的狼人已經死絕了。除了一支驕傲的血統，被一個仁慈的羊人保留了下來。看看他的毛色，別讓你忘恩負義的名聲傳過荒涼山崑崙海，使整個奧特蘭提斯嘲笑你的愚蠢。」

汗魯魄沒有說話，只是把視線移到亞儕身上。他的眼睛還是跳動著殺意，彷彿只要亞儕一開口，就要撲上去割斷他的喉嚨。

「你的母親是誰？」汗魯魄亮出牙齒。

亞儕不知道答案，但是他注意到汗魯魄並沒有再叫他狗崽。也許……

他只有一半的機會。奧坎，還是墨路伽，他的養父只留給他這兩個名字。所有人盯著他，等待他的答案。

亞儕啞著喉嚨說：「奧坎。我是奧坎之子。」

汗魯魄的肩膀垂下，整個人像洩了氣一樣。「你沒有證據。」

「證據？」

另外一個輕快的聲音插入他們的談話。楓牙扛著昏迷不醒的鼠人，走進他們的談話圈中。

「汗莎羅之女。」汗魯魄對她亮了一下利牙。「我該追究你的罪責，因你私闖我的領土。」

「你可以叫我楓牙，而我也不是私闖你的領土。我是汗奧坎之子的保鏢，我是隨他上山的。」楓牙順手把奇科羅摔在地上，彷彿鼠人只是一只空麻袋。「我的母親驗證了他的身世，所以要我隨行保護他。我想光憑汗莎羅三個字，在你的土地上還能保有一點尊嚴吧？」

亞儕看得出來汗魯魄非常不想讓步，但是楓牙和潮守命的話讓他退縮。但事實上——亞儕不確定——他說出的名字，才真的叫他膽戰心驚。奧坎？你到底是誰？

「你們有三天的時間。我不會招待你們，但也不會阻擋你們前進。三天，等三天後，我不會放過獵場上任何的獵物，就算是隻只剩骨頭的羊也一樣。」

他大手一揮，無數的窸窣聲從樹林中傳出，狼人的味道消散遠去。幾秒後，汗魯魄丟了一個憎惡的眼神給三個人類，然後跟著消失在黑臉山深處。

等汗魯魄的人馬都離開了，潮守命才緩緩轉向楓牙和亞儕。

「我想，我們有很多事情要說。」

第十一章　漂流的血脈

潮守命說他們在黑臉山裡暫時沒有問題，汗魯魄雖然以兇殘著名，但不是言而無信之輩。

「但是三天後我就不敢說了。」聽見他們說話的楓牙故意大聲說，嚇得其他羊人又把驢子拉遠一點，巴不得騎上驢子一路衝下山，只求離她愈遠愈好。他們稍早才毫無畏懼地面對滿山遍野的狼人，現在卻對一隻收起爪牙的母狼戒慎恐懼。亞儕真不知道該哭還是該笑。

羊人們奇蹟似的沒有人受到重傷，公羊們腿上多了幾個爪痕齒痕，老爹拐了一隻腳。娜爾妲把黛琪司留在包包裡的乾酪用熱水化開，哄著頭昏目眩的五世吞下整整一大碗。

在黛琪司勉強到不行的同意下，潮守命和他們共用營火。但是亞儕注意到他們也搭起了自己的柴堆，看到柴堆的黛琪司用鼻孔重重噴了一口氣，背過身去假裝沒看見。

「我們沒預期到有人會願意和我們共用營火。」潮守命對亞儕說，他的聲音聽起來是個和藹的老人，和剛才全身散出恐怖氣場的模樣完全不同。他整個人看起來就像他的名字一樣，像株在潮水邊守望的枯木，老朽的身體守著堅韌的內心。

「為什麼你不覺得我們會和你們共用營火？」亞儕很好奇為什麼他會有這種想法。在山泉村裡，如果不是因為場地太小，絕對不會有羊人放棄擠成一團取暖磨蹭的機會，就連灰頭鐵匠都有個專屬的位置。

「漂流之人是注定飄泊的民族。我們的祖先背棄了白鱗大士的信任，所以子孫只好扛下她的詛咒與祝福，世世代代漂流在九黎上，尋找時間的足跡。」

這番話亞儕是有聽沒有懂。

「很多人不懂我們的使命，而現在，甚至連我們自己都開始懷疑了。」潮守命顯然能體諒他的困惑和沉默。「我們的故事，未來說不定還有時間讓你了解。在那之前，你只要知道我們是服膺在大士足下的信徒，不為任何世俗的權力指揮就夠了。」

「什麼意思？」亞儕又問。

「這表示我們有很多事要說，而我認為你們所有人都該聽。」潮守命的口氣給亞儕一種危機感，一如身邊看似平靜的針葉林地，四處都藏著無名的毒草和野獸。

滿盈的月亮升上天空時，羊人們已把營地安置好，依照木栗老爹的話，借漂流之人的長劍砍了好幾層樹枝圍在四周。對於殺敵用的劍被拿來當斧頭用，姓浪的兩兄弟都沒任何表示，倒是潮守命很有技巧地回絕了槍恩借劍的要求。

楓牙把奇科羅頭上腳下吊在一棵松樹上，自己窩在一邊生火煮水。奇科羅自從醒來之後就不斷掙扎，但楓牙把他的嘴巴塞得緊緊的，連一點空氣都透不進去。她蹲坐在松樹下的草地上，漫不經心地擺弄尾巴，時不時把兩脅下的匕首拿出來磨得更亮，再露出月牙般尖銳的笑容。奇科羅無聲驚呼。

亞儕不知道為什麼要煮水，不過他直覺還是不要問的好，楓牙的皮毛雖然漂亮，一嘴尖牙依然不可小覷。他很想把奇科羅解下來，先痛打個兩拳，再好好問清楚到底是怎麼一回事。看槍恩和娜爾妲的臉色，亞儕懷疑如果不是楓牙守在一邊，他們早就撲上去把他身上的錢通通搶回來了。不過現在沒時間考慮這些事了。

「楓牙？」亞儕舔舔嘴唇，思索著該怎麼開口。「你能幫我們看住奇科羅一陣子嗎？」

「當然可以，不然你以為我在做什麼？」楓牙把匕首收回鞘中。「放心，不管是現實還是心海，我都把他綁得牢牢的。憑他的功夫，掙脫束縛至少要一個月，你們今天晚上可以放心講話，我不需要偷聽。」

「你不用偷聽？」亞儕覺得這句話好像有言外之意。

「你以為是誰帶他們過來的？」楓牙又笑了。「是說你們也真遲鈍，在這座山裡繞了一個星期，難道一點懷疑都沒有嗎？」

亞儕不知道該說什麼，他們的確一點懷疑都沒有。奇科羅是個很好的旅伴，見識廣博又健談，待人開朗和善。除了把羊人帶進狼人的獵場之外，亞儕實在找不出他半分缺點。

「我會找機會問他，問清楚他為什麼要把我們引進黑臉山。」亞儕說：「現在我必須先弄清楚漂流之人的企圖。」

「你們呀，學了心術，就忘了有些人根本連心術都不需要，就能把人耍得團團轉。莎羅媽媽總是說防人之心不可無，特別當對手是豬和人的時候。這些雜食動物，你能信賴他們什麼？」

亞儕乾笑兩聲，不確定她口中的人是否有把潮守命一行算進去。

「麻煩你了。」他把話說完，轉頭返回羊人的營地。

羊人們圍著營火，身上的衣服和裝備都換掉了。暴力和鮮血的味道令他們痛苦難當。亞儕低頭看了一下自己身上的血跡，雖然不多，但足夠證明他剛剛經過一場艱難的戰鬥。他沒有換衣服的打算，他得先知道引來這些傷口的原因，才能丟下這些血淋淋的印記。

潮守命和浪姓兄弟坐在一起，稍稍離火堆遠一點點，好像生怕溫暖會危及他們千錘百鍊的強健身軀。相較之下羊人們幾乎是一個挨著一個，緊緊圍在一起，身體之間半點隙縫也沒有，對剛剛的血戰餘悸猶存。

亞儕踏進火光中，兩眼直視潮守命。

「你的問題。」潮守命對他說：「我想你應該知道該問哪個問題了。」

「奧坎。」亞儕把這兩個字推上喉嚨。「奧坎是誰？」

潮守命嘆了一口氣，一口氣沉到像座山，從無人得見的回憶深處，捲著滾滾塵浪湧出。

「她是誰？」

「她是狼人上個世代的傳奇。第一個挺身對抗帝國的狼人部族首領，也是樓黔牙境內的整肅活動中第一批受害者。她淪為奴隸，在我們碰觸不到的地方戰鬥了好多年。等我們得知她的下落時，她已經成了帝國的兵奴，被黑智者的心術剝削殆盡。」

兵奴，這個字眼讓亞儕心中某個地方隱隱顫抖了一下，年輕的羊人們抬起頭，大眼睛露出驚恐。黛琪司對他抖了一下嘴唇，似乎本來想說什麼，但是用舌頭捲回嘴裡。

他的母親是兵奴。亞儕握緊拳頭。

「傳出消息的是一個狼人，他全身傷痕累累向漂流之人求助。透過他我們才得知，原先以為會被送上前線的狼人兵奴，其實是被關進樓摩棼的地下格鬥場，為帝國貴族提供慘忍的格鬥表演。狼人傷勢太重，沒有撐過治療，但是他給了我們新方向。

「當時帝國中最著名的格鬥表演者，是血角墨路伽還有鐵蹄歐客，當然還有名聞遐邇的惡狼奧坎。我們的愚昧使我們的眼睛盲目，沒看見眼前血淋淋的活廣告。」

亞儕的心漏跳了一拍。潮守命的故事繼續，對他紛亂的心緒一無所知。

「我們透過死去的狼人留下的線索，冒著極大的風險與格鬥場內部進行接觸。我們只能透過層層關係，想盡方法蒐集情報，再將情報透漏給抵抗帝國的反動組織知情。雖然極力搜救，但是等找到汗奧坎的時候，我們還是慢了一步。整個救援，最後只換到了兩個倖存的嬰孩，其中之一就在我面前。」

潮守命看著亞儕，說得更精確一點，是看著他身上的毛皮。

「奧坎一族引以為傲的藍色毛皮，今日有了繼承者。

「當時我是少數有幸看著她的遺體，以厚禮送出帝國的人。即使十七年過去了，我還是無法忘記她那身藍色的光芒。她為她的理想和信念，付出了比生命更大的代價，也激勵了無數的人投入對抗豬人的戰爭。她死後，榮耀的名字傳遍狼人部族，整個九黎大陸有好一陣子，不斷迴盪著她的名聲。」

亞儕低著頭握緊拳頭。這是他的母親，但是不知道為什麼感覺好遙遠。如果是父親來告訴他這一切，口氣一定會比潮守命更柔軟，知道亞儕想了解的是什麼。那兩個嬰兒，會是他在回憶裡看見的那兩個幼崽嗎？是他還有葛笠法嗎？黛琪司當時又在哪裡？

「原本，漂流之人只想把倖存者送到適合的人家撫養。但是，這兩個嬰兒的出身，注定他們無法享有平凡的命運。」

潮守命的故事還沒有結束，夜晚不知不覺中多了一份寒氣。

「帝國設立地下格鬥場的傳統，源自一個古老的豬人預言。我相信你們對漂流之人追尋朱鳥轉世的宿命應該不陌生。我們世代追尋朱鳥轉世，希望將朱鳥的力量引導到正確的方向，以防末日降臨。但是在豬人的預言裡，卻會誕生一個人物，此人將會掌控朱鳥的神力，為他的主人贏得終結一切的聖戰。」

「豬人的瘋話。」木栗老爹啐了一聲，但有氣無力。

「我們也很希望這只是豬人的瘋話。」潮守命一時間好像老了十歲，肩膀像枯木一樣萎縮。

「但是他們全心相信這個預言，甚至還為了這個預言打造了地下格鬥場，蒐羅奴隸投入其中。在他們的預言中，榮耀將誕生於卑賤的血脈，淬煉自苦痛與煉獄的牢籠。

「他們稱呼此人為狂魔，預言孕生的狂魔。狂魔預言的文本經過多方流傳，早已失去原貌了。豬人唯一能確認的，只剩下實現預言者，必定來自帝國最底層的種族——鹿人。他們用最殘忍的方法，在格鬥場中一代代淘洗鹿人的血統，最後最惡名昭彰者，就是血角墨路伽。

「這個殺手鬥遍天下無敵手，不論擋在他面前的是誰，總能輕易將其撕裂擊敗。一個愛好和平的種族，卻能孕育出如此可怕的殺手，漂流之人一度擔憂是否預言真要實現在此人身上。不過，當奧坎與墨路伽同歸於盡時，世界上最後的鹿人死了，這個預言似乎要落空了。」

亞儕感到一陣惡寒襲來。世界上最後的鹿人，有可能嗎？黛琪司的眼睛同樣閃爍著疑問的光芒。柴火堆裡爆出一陣星焰，然後又消逝在夜風中，兩人趕緊躲開彼此的視線。

「我必須承認，當時漂流之人鬆了一大口氣。雖然汗奧坎的死令人痛心疾首，但狂魔預言落空卻是福音一般的好消息。我們太樂觀了，以致於當那個鹿人孩子出現在我們面前時，所有人都慌了手腳。

「一個鹿人嬰兒，誕生在血腥與暴力之中，血管裡流淌著瘋狂和火焰。這個嬰兒讓漂流之人出現了少見的分歧，多數人主張一勞永逸，但是也有人認為不該剝奪一個幼崽的生命。此時同樣自格鬥場脫逃，為我們擔任內應的鐵蹄歐客，自告奮勇收養這個孩子，承諾會將他帶到遠離所有血腥的地方，確保狂魔預言會因為他的善良而落空。

「夜鴞守望者會議爭論了許久，才終於肯首他的提案。當時獠牙戰爭已經進入最後關頭，為了保護奧坎血脈不被豬人注意到，我們也把奧坎之子交給了他，由他將這兩個孩子帶到世界的另一端。然後……」

他的目光落在亞儕身上。「奧坎之子亞儕，能看見你平安成長，是我苦難的一生難得的安慰。但是另一方面，我怕你的兄弟，也就是墨路伽之子，即將再次落入豬人手中，重新踏上他們族類共同的末路。」

「葛笠法。」

「什麼？」

「他的名字是葛笠法。」

如果潮守命方才的聲音是和火焰共舞的悲慘故事，那亞儕現在的口氣便可媲美暴雪來臨前的平靜。他的耳朵像刀子一樣豎立在兩側，雙眼因氣憤而酸澀難當。過去那段布滿鮮血與淚水的道路，如今又成了鹿人的旅程。他們有什麼權力篡改他人的生命？

「他的名字是葛笠法。」亞儕又強調了一次。「他不是什麼殺人魔的子孫，他就只是葛笠法，我的羊人兄弟。」

三個漂流之人臉結成冰霜。亞儕才不管他們，就算他們救了羊人一命，也不表示他們能把自己的意志強加在羊人身上，這點傲骨羊人還有。黛琪司、哈耐巴還有長薄耳家的兄妹，通通站到他身後，五個人的影子被營火拉得長長的，直要攀上黑臉山的頂峰。

「我認識葛笠法。」哈耐巴說：「我曾經不小心捏死了他的瓢蟲，他為此難過了三天。」

「我也認識他。」娜爾妲跟著說：「他拉傷了我的耳朵，把我弄哭了。葛先生罰他幫我做三天工，當作對我的道歉。他多做了兩天，還摘了一大把奶油花給我，乞求我的原諒。」

「我也認識他。我騙了他三個銀鈕扣，他知道之後也沒有扭斷我的喉嚨。」槍恩說。

「我總算知道我的鈕扣去哪了。」黛琪司把嘴裡的棗核噴進火堆裡，嚇得槍恩縮起脖子。不過黛琪司現在的目標不是他。

「潮先生——我能這樣叫你嗎？——無論如何，潮先生、潮老大，隨便都好。我不管葛笠法的父母是誰，他生在羊人中，養在羊人中，他就是我們的一份子。我們會把他帶回山泉村，不是為了那個噁心的預言，只因為他是我們的一份子。他是被人強迫帶走的，所以我們會去救他。我們山泉村的法律明明白白寫著，除了憑自由意志離開的羊人之外，沒有人能強行帶走我們任何一隻羊。請問我這樣說得夠清楚了嗎？」

「我們有這條法律嗎？」亞儕聽見槍恩偷偷詢問娜爾妲，得到的答案只有一個白眼。

一時之間，潮守命只是看著羊人們，不發一語。羊人的陣線如此堅決，和剛才怯弱畏縮的樣子完全兩樣，甚至連五世和兩隻老山羊，也坐在原地瞪大眼睛，用嚴肅的眼神逼視他們。

半晌後，他露出微笑。

「看著你們，我好像又看到當初的鐵蹄歐客。他當時也是這樣，孤身一人面對所有的守望者，挺起胸膛保下幼崽——你們說他叫葛笠法是吧？他帶走了葛笠法，明知道這麼做會為他帶來危險，他也沒有辦法拋下友人的幼崽，獨自一人過著偷安的生活。」

「你不會阻止我們？」亞儕沒想到他們這麼好說話。

「為什麼要？我們的任務是追尋朱鳥，而不是狂魔。我想你們已經把尋回葛笠法的任務，當作自己的天命了。誰知道呢？也許到最後，狂魔的預言真的會因為羊人的善良，而落得一場空。」

亞儕放鬆肩膀，其他羊人吐出一口長長的氣。他們不習慣與人針鋒相對，卻在一日之內連續展現兩次驚人的勇氣。

看見漂流之人被羊人圍著大聲說話，似乎讓木栗老爹和老艾草非常開心。

「現在知道我們的羔仔不是好欺負的吧！」木栗老爹笑嘻嘻說：「你們三個——對，就是你們三個沒長角的人類傻蛋，既然你們不打算阻止我們，那你們又要做啥？」

「我們會保護你們，直到找到葛笠法為止。」對於木栗老爹的調侃，潮守命大方露出笑容。

「只是，我想在我們出發之前，你們還有些事要處理。」

「沒錯。」亞儕點頭。「希望你能讓我們私了。」

「當然，這是你們的權力。我們會在這個營火旁待到天明。希望到時候，奧坎之子會將雜事處理完畢。」

「我會的。」被稱呼為奧坎之子，讓亞儕全身不自在。槍恩和娜爾妲又開始咬耳朵了，他知道明天這些羊人一定會拿這個稱號嘲笑他。這是他應得的，因為他的粗心，老鼠潛進他們的營地中，必須去把事情做個了斷。

除去嚴肅的話題，其實漂流之人也很好玩。他們身上沒有樂器，但是每個人都有一副好歌喉。當無機和無滔一起合唱出一首悠遠山歌時，亞儕幾乎要以為歌唱是漂流之人訓練的一部份了。

「我們以前都是奴隸。」潮守命告訴亞儕。「不用驚慌，這是事實。依照各國的法律規定，我的族人不能擁有財產，所有的孩子都必須送入農家當奴隸，等成年之後才能自由選擇踏上我族的道路，還是繼續當一個農奴。當奴隸的時候得找些方法自娛，唱歌是最簡單的一種。」

「可是……」亞儕不知道該怎麼形容這種怪異的人生。「為什麼這些國家要這麼對你們？你們又要怎麼繁衍後代？而且，如果國家真的這麼恨你們，為什麼不直接把你們都殺了？」

「他們不行——這倒不是說他們沒試過。」潮守命老邁的臉上擠出一個促狹的笑容。「曾經有個叫天關神朝的國家，打算捕捉所有的漂流之人，結果白鱗大士在他們頒布旨意的前一天，讓國內所有的水源一夕枯竭。」

「大士？白鱗大士？」亞儕差點錯手把手上的湯碗丟到火堆裡。慈悲的大士會做這種事？

「你說呢？」潮守命摳摳鼻子，笑容變得非常神秘。「漂流之人也不全是笨蛋。我們送出去的孩子，大多都是男性，女孩則由守望者秘密扶養，以防我們的血脈斷絕。這是大士與我們的協議之一，只是很少有人能窺破其中的奧秘，而有了天關神朝的前車之鑑，其他人也不敢輕易跨過界線。」

「但是這些還是解釋不了為什麼他們會這麼痛恨你們。」

「我想，這是因為漂流之人代表著一股他們不能控制的勢力。這群人每日每夜都在告訴他們，不管擁有多榮華富貴的日子，總有終結的的一天。他們不明白白鱗大士給我們的任務，是為了提供他們一點機會，給他們更多時間去修正自己。」

「修正？」

「沒錯，修正。在千萬年的歷史中，朱鳥一次又一次轉世，一次又一次放過這個世界，難道你從來沒想過為什麼嗎？如果你認真思考，就會發現我們能活著，看見今天的世界是非常幸運的一件事。只要還有一絲希望，毀滅的烈火便不會降臨，就好像朱鳥本身也不願看見世界毀滅一樣。」

「聽起來我們還是有希望的。」

「這是當然的，朱鳥代表著未來，未來除了毀滅之外，希望也是一種選項。漂流之人的信仰一向如此，擁抱當下的信念，珍惜未來的可能。奧坎之子，你想過你未來有其他的可能嗎？」

亞儕得承認他從來沒有想過這一節。老人說起這些話的時候活力十足，感覺上好像憋了很久，找不到一個好學生仔細聆聽這些古老的教誨。現在，他身邊總算有個人，能夠好好聽他說話，他自然像羊兒追著紅蘿蔔一樣積極。

「萬事萬物都有其深意，這是大士的智慧，奧坎之子。」潮守命問他：「你知道你的名字是什麼意思嗎？」

「我的名字？」亞儕從來沒有想過這個問題。他的名字除了發音怪了一點之外，從來沒有給他帶來任何困擾，至少不會比大鼻子帶來的困擾多到哪去。「我的名字有什麼意義？」

「儕。」潮守命莊重地念道，除了葛歐客之外，亞儕沒有聽過有人用這麼嚴肅的語氣念這個字。「儕這個字的發音，來自一種名為劭達拉的古語，意思是與我同在之人。」

「與我同在之人。」亞儕默默咀嚼這句話。

「我相信葛歐客給你這個名字不是沒有原因的。」

亞儕沒有回話，他不確定自己是否能說出一個明智，或是明確的答案。他曾經短暫握在手上的自信，現在似乎又消失了。與他同在之人？他只知道要找回迷途的兄弟，好把身上的責任卸下，從來沒想過這之間還有這麼複雜的故事。

潮守命似乎也不期待他回答，低頭喝他早已冷掉的菜湯。

羊人的料理沒有半點葷腥，但是三人沒有絲毫的抱怨。亞儕真是羨慕他們，對任何問題都能淡然處之，用大士的智慧看待一切，他真希望自己有一天也能像他們一樣。但是現在，他要戰鬥和追尋，無法抱著淡然的態度。

結束對話前，他問了潮守命另外一個問題。「那葛笠法呢？葛笠法又是什麼意思？」

「我很抱歉，我從來沒有聽過這種名字。」

亞儕嘆了口氣，答案從來不會如他期待的一般簡單。他稍稍整理了自己一下，在羊人的視線中走向楓牙的營火。

楓牙一看見亞儕出現，立刻把刀子收起來，露出欣喜的表情。

「你可終於來了。我還在想如果你不出現，我現在放了血，明天早上就能吃烤鼠人了。」

驚嚇過度的奇科羅閉著眼睛，整張臉漲成豬肝色，看上去好像隨時都會爆炸。

「把他放下來。」亞儕平靜得令自己訝異。他還以為自己會火冒三丈，可是他現在心中對鼠人只有憐憫。也許是潮守命的故事，讓他對無奈這兩字有了新的感觸。楓牙挑起眉毛。

「把他放下來吧！他現在這種樣子，我沒有辦法問話。」亞儕希望最後不用自己跳起來爬上樹解繩子，他可不想讓好不容易營造出來的氣勢消失。楓牙暗罵了一句，跳到樹上解開繩子。

奇科羅砰的一聲摔在地上。亞儕蹲下來，拿出他嘴裡的布團。鼠人睜開眼睛，正好看見亞儕的牙齒。

「不要殺我……」他全身發抖，臉上沾滿草屑和小樹枝。「我只是照他們說的去做而已……」

「沒有你說話的餘地！」楓牙亮出利齒。「我們問話你回答就好，再多說一句我馬上殺了你。」

她的威脅非常有用。奇科羅本來還想開口應是，見到那口利牙便嚇得連聲音都發不出來，只能拚命點頭。亞儕很不喜歡這一幕，看見曾經是朋友的人淪落成這個樣子，讓他非常難過。

「他們是誰？看著我的眼睛回答。」亞儕兩眼鎖住奇科羅的視線問：「吩咐你做事的人是誰？」

「鎮長，是藍貴鎮長。他要我們這些嚮導一旦接到羊人的案子，就要想辦法拖延客人的腳步，使他們走上迷途至少三天以上。」

亞儕就知道美澐鎮鎮長沒有這麼容易打發。接到豬女命令的藍貴或許沒有認出槍恩或哈耐巴，卻早早布下陷阱，羊人終究還是慢了一步。

「你讓我們在這裡遊蕩了七天。」亞儕學楓牙露出牙齒。「你有別的企圖。」

「沒有！」奇科羅整張臉刷地一聲變白。「我發誓沒有！的確，我帶你們在山裡亂轉，但是三天之後，我就帶你們走上正確的路。黑臉山這個季節，本來就不適合急行軍，我已經盡量縮短你們的路程了。我保證只要再兩天，再走兩天之後，我們就能離開山區了！」

「那狼人又是怎麼一回事？」

「我不知道，真的不知道！我從來沒有帶過客人到山的這一邊，是為了帶你們快速穿越山區，不得已才經過那片空地。我不知道那裡是狼人的獵場，只知道前輩們都說非萬不得已不能穿越，我可以發誓我不是故意要害你們陷入險境。」

「但是你跑了，丟下我們跑了。如果不是楓牙，你現在說不定已經拿了錢，在山下嘲笑我們的愚昧了。」

奇科羅慘白的臉，又變回豬肝的顏色。

「我……我……」

「你不知道該說什麼。」亞儕替他接完話。「你是個懦夫。」

「的確。」奇科羅露出悽慘的笑容。「這點我不否認。我不像你有利牙和尖爪，也沒有人威脅著要把你趕出故鄉的小鎮，捏造罪名叫整個賀力達的警衛隊追捕你，把你套上籠頭賣給豬女。」

「他這麼威脅你？」亞儕感覺腳下一空。

奇科羅的聲音聽起來像某種垂死的動物。「面對事實吧，我可沒有親戚在貴族堆裡幫我說話。那些豬人和人牛，只要覺得價格合理，連你媽都要買回家。」

亞儕看著他躺在地上，不知道自己該是一刀了結他，還是看在微薄的情份上鬆開他的繩子。這麼多年來，他活在山泉村，卻從來不知道離村子幾天遠的小鎮，其實就和老巫婆鬼故事中的大城市一樣恐怖。他真不知道此時是該感謝葛歐客的保護，還是憐憫鼠人的悲哀。

「起來吧，我不會殺你。」

「真的？」楓牙和奇科羅兩個人都不相信自己的耳朵。

「叛徒應該用鹽醃起來——活生生醃起來。」齜牙咧嘴的楓牙說：「沒有任何理由能原諒叛徒，他們的血連沾上大地都是一種汙染！」

「你不殺我？真的不殺我？我不是……」奇科羅嘴裡念著一連串的魚仙保佑、大士垂憐，兩隻眼睛瞪著眼前的草地。

「我沒有原諒你。」亞儕強調。「我也不會把你交給楓牙，長薄耳家的兄妹會負責你的處罰。你必須帶我們走最快的路徑直奔塔倫沃，如果我們到時候還趕得上補救錯誤，也許你還有機會活命。」

他知道羊人們心裡其實巴不得把他當賠罪禮送給汗魯魄，或是剝掉他全身的衣物裝備，放他在黑臉山中自生自滅。但是亞儕不能這麼做，他們需要奇科羅，葛笠法能不能獲救現在全靠他了。比起葛笠法可能遭遇的命運，他對鼠人的憤怒只能算是一個必須眨眨眼睛，接著拋在腦後的小麻煩。

「我們明天上路。」

「你真的要放過他？」楓牙跳了起來。

「我們明天上路。如果你要跟著我，就要照我的方法做事。」

「你好大的膽子！你只是一隻什麼都不會的崽子，居然敢命令莎羅之女。我現在就能割斷你們所有人的喉嚨，就算是漂流之人也阻擋不了我的腳步！」

她比亞儕還要高，跳上跳下怒吼時氣勢更是驚人。奇科羅縮著身體，彷彿恨不得黑臉山開個口把他吞下去。但是亞儕毫無畏懼，他會做該做的事，而不只是自己想做的事。如果要用暴力才能說服楓牙，那他也準備好了。

一塊柔軟的白色毛皮順著楓牙不斷爆出粗口的聲音上下晃動，出於直覺亞儕張開嘴巴，在她反應過來之前撲上去。罵到興頭上的楓牙起先還沒會意過來，但是本能催促著她快速反應，頂起膝蓋用力撞在亞儕的肚子上。木栗老爹的搏鬥訓練此時發揮了作用，亞儕柔軟的腹部躲開這一擊，改用側腰承受攻擊，順勢化消衝勁。

痛苦猛然襲來！亞儕倒抽一口氣，但是楓牙猶疑的反擊已經失去效用，他得手了。雖然很輕，但是他現在的確含到了楓牙的脖子。楓牙拉長脖子，露出柔軟多毛的下巴，全身僵硬一動也不動。

營火邊頓時陷入靜默，沒有人知道下一步該做些什麼。亞儕覺得自己的腰痛死了，呼吸也亂七八糟。他應該說些什麼，但是嘴巴裡含著一大團毛皮，他實在不知如何開口。

「你不說話嗎？」楓牙的聲音。亞儕的眼睛瞥了她一眼，她的嘴巴並沒有動。

「你該不會要這樣趴在我身上，直到青炎之子張開毀滅之翼吧？」

對話氣氛不知道什麼時候變了，兇殺的氣味不見了，取而代之是另外一種尷尬的情境，顏色像楓牙胸腹間的紅白軟毛一樣。

亞儕花了好一番功夫想起該怎麼從心海裡說話時，已經全身汗流浹背了。「不要殺他。他虧欠於我，所以應當由我決定如何處置他。」

「好吧，如果這是你想要的……」

如果楓牙的聲音不要這麼甜膩，亞儕說不定會願意多趴久一點。楓牙話還沒說完，亞儕立刻像被火燒到一樣從她身上跳開，全身發冷手腳發抖。他很高興自己還穿著登山用的全套衣褲，不是山腳下那種見不得人的纏腰布。楓牙躺在地上，一點都不急著起來。

「我還在想，你什麼時候會撲到我身上。」她挑起沾在耳後的樹葉。「你在美澐鎮的時候可不敢這樣對我。」

「現在是現在，那時是那時。」好險，他沒有結巴。「你……你不要殺他，他、他很重要。」

「知道了。明天早上來這裡接他，到時候你可以數一數他的指頭有沒有缺。」

亞儕豎起耳朵。

「如果他指頭有缺，你大可以再撲倒我，缺幾隻就給你撲幾次。」

他的耳朵絕對燒起來了。大士明鑑！就算是朱鳥身上的烈焰，也不會比他的臉更燙了。楓牙的笑容令人不寒而慄，亞儕走回營地時，得拿出比面對狼群更多的勇氣，才不至於拔腿狂奔。

槍恩問他是不是病了，臉色很怪。黛琪司要他閉嘴，快點去幫娜爾妲洗碗。

第二天一大早，槍恩和哈耐巴跟著亞儕前往楓牙的營地。營地裡除了被綁在樹上的鼠人之外，只剩一架垮掉的火堆。看樣子，楓牙顯然把奇科羅一個人吊在樹上之後，便自己一個人揚長而去了。

被解下來的奇科羅，紅著臉對亞儕說：「她要我告訴你，下一次要換她主動……」

「閉嘴！」亞儕厲聲吠道，嚇了所有人一跳。

「主動什麼呀？」槍恩歪著頭問。

「昨天晚上——」

「我說了住嘴。」

槍恩閉上嘴巴，但是眼睛骨碌碌地轉，哈耐巴看上去則是正在沉思等會回到營地，該怎麼向其他人描述這件事表情。

就讓他們去傳吧，他才不會……

好吧，事實上他什麼也不敢保證，只求楓牙再次出現之前，能整理好自己紛亂的思緒。又一次，他開始羨慕漂流之人不管面對多可怕的事，都能淡然處之的冷靜。山風吹來一絲詭異的燥熱，薰得亞儕不得不張開嘴巴，把多餘的熱氣吐出體外。

「我們得出發了。」亞儕說，哈耐巴和槍恩押著奇科羅跟在後面。兩人偷問了兩句亞儕的八卦，又突然想起自己應該拒絕和鼠人交談。

亞儕現在沒時間煩心那隻風騷的母狼，他還有一個兄弟，和整個奧特蘭提斯要救。

「你在看什麼？」

你。

這麼說倒也沒錯，只是葛笠法不是盯著不解的羽毛，而是盯著現實世界那個骯髒不堪的替身。

小奴隸穿著破破爛爛的骯髒衣褲，身材就算以人類的標準來說也太小了一點。身為羊人，葛笠法雖然分不清楚人類的美醜，但也知道一張沾滿汙泥，每天對著天空發愣的臉孔，無論如何都和俊美兩個字沾不上邊。葛笠法試著數過他的牙齒，就像以前和亞儕玩的遊戲一樣，但是不管怎麼數就是數不出個所以然。他看見不解之後，連數數都有問題了。

小奴隸最有活力的時刻，能讓沉睡中的山泉村看起來像是精力過剩的狂歡派對。他一天的日常行程大概不脫吃喝拉撒，有時候甚至可以隨意免去其中幾項，端看豬人和人類保鏢的安排。他好瘦，肩膀還不到葛笠法四個掌幅寬，直立起來可能才剛到羊人的胸口。他整體給人的第一印象，就像隻營養不良，遭到人類遺棄的牛犢。

當然，用葛笠法自己當標準不大精確。一個月的苦難折磨和飢不擇食，正把葛笠法變成一個怪物。可以裝下五個，甚至硬塞七個人類奴隸的大鐵籠，對他和小奴隸來說已經有些擁擠。

葛笠法正在快速成長，手腳都用驚人的速度向外延伸，骨架像豬的膀胱一樣膨脹成嚇人的尺寸，再凝固成岩石般的粗糙形狀。他也開始長角，時不時敲在欄杆上，發出叮叮噹噹的聲音。他曾經故意在路上敲一整天，惹得所有的人類保鏢對他怒目而視，卻又不敢對他下手。上次葛笠法闖出籠子的恐怖景象，到現在所有人還印象深刻。

不過稍晚休息的時候，他分到一塊發了黴的恐怖麵包，上面還有一塊青色的肉片。葛笠法興高采烈吃下肚，等到晚上再通通吐出來，不解為此樂不可支。嘔吐物的味道薰得整個營地雞犬不寧。

葛笠法可得意了，他以前曾經背著葛歐客偷偷從人類行商的馬車裡偷了一片火腿塞進嘴巴，換來一整天上吐下瀉的淒慘回憶。如今這段回憶派上用場，搏得不解震天狂笑。

不解的烏鴉笑聲難聽到了極點，在整個心海裡不斷迴盪。那天晚上沒有人可以休息。人類保鑣全員出動，用套索把葛笠法團團綑住拉出籠子，奴隸們則被派進籠子裡，仔細把所有的嘔吐物用清水沖乾淨。豬女的鼻子皺了起來，呂翁夫人的表情足以使新鮮的桃子一夕腐壞。

光這一眼就值得了。當晚興奮過度的不解和葛笠法鬧得整個營地夜不安枕，隔天早上所有人都在抱怨，籠子裡的臭味就算隔了一夜依然刺鼻得嚇人。

他們沒有懷疑過自己的夢境是否出了問題。

只是不管外面風吹雨打，還是天翻地覆，小奴隸似乎都沒有感覺。他癡癡望著前方，做人類和豬人派給他的任務，像支日晷一樣活潑。現在和葛笠法關在同一個籠子裡，他連被指派任務的機會都變少了，因為最近除非逼不得已，否則根本沒有人想打開葛笠法的籠子。

每當月亮洩盡光芒，太陽又還沒升起之前，他總會變得狂躁不安，像害怕黑暗會吞噬他一樣。他會尖叫，或試著像葛笠法一樣擠出籠子，抓得自己滿身是血。這種狀況時好時壞，人類習慣把他當成每天的起床號，多半見怪不怪。只是當他變得特別暴躁的時候，不解也會展現出焦慮的一面。

「難道你就不能不管他嗎？」小奴隸有次鬧得特別嚴重的時候，不解厭煩地說。

這可不行。葛笠法搖搖頭。小奴隸這麼小，又這麼虛弱，如果人類煩了把他殺掉怎麼辦？如果他想到可以自殺，那葛笠法又該怎麼辦？葛笠法會試著抓住小奴隸的手，不讓他傷害自己。有時候只要緊緊抱著小奴隸一下，狀況就會停下了；有時候小小的拳頭，又非要把倆人打得遍體鱗傷才肯罷休。

「隨便你。」不解丟下這句話，飛進心海深處躲起來。

你該對人多一點同情心！葛笠法對著他掉下來的羽毛喊道。

今天又是另外一個顛簸的日子，葛笠法開始他日常的休閒活動；盯著小奴隸，用學者研究經典的審慎目光觀察他身上的每個細節。這個娛樂玩起來不大順遂，因為他的眼睛得同時看著心海和現實，攪得他有些眼花撩亂。

「你在做什麼？」

我說了，我在看你。

「有什麼好看的。」不解知道葛笠法指的不是自己。「髒兮兮的，醜死了。」

我們也髒兮兮的。

「拜託不要又是瘋鬼配髒鬼那句，我聽到有些膩了。」

不然你喜歡哪一句？那些人類的反叛計畫？我已經開始懷疑他們有沒有膽動手了。

「放心，我點下去的火絕對會燒起來，只是在等適當的時機而已。我要說的不是這個，是我偷聽到一個名字，豬女們一直在念。」

說來聽聽。

嘴巴上這麼說，但是葛笠法的眼睛完全沒有移動，小奴隸也是。

「狂魔。」

什麼？

「說什麼和預言有關的鬼東西，我不知道，我從來沒看過那種怪東西。」

所以到底是什麼？

「我不知道。我有幾千個名字，卻從來沒聽過這一個。」

你有幾千個名字？

「你也知道，當烏鴉的生活還滿無聊的。」

葛笠法興趣來了。接下來一整天，他們拿不解那幾千個名字編造各種難聽的綽號，笑得嘴巴發酸。在他們的笑聲中，一條平坦的大道在豬人眼前延伸，前方扭曲的山嶽像大地焦黑腐爛的傷口，用上千萬年的時間也無法療癒。

第十二章　扭曲世界的陰影

在亞儕的堅持下，奇科羅每天都被逼著向前衝，漏夜趕路直奔塔倫沃。有天奇科羅抱怨他再也走不動的時候，黛琪司從亞儕手上接過尖刀，削斷三條紅蘿蔔的蒂頭，再把刀子還給他。槍恩和娜爾妲接過紅蘿蔔，在驢背上大嚼特嚼，弄得嘴巴紅通通的。

奇科羅之後就連一句怨言也沒有了。

他們的行程雖然趕，但是還足夠亞儕詢問潮守命一些問題。

「我用來把你和那個叫五世的小姑娘擠出心海的力量也是心術的一種，塔意拉裡慣稱為逆術。」潮守命一邊催促的馬匹，一邊告訴急奔的亞儕。「心術的種類又分為正法和逆術。你們所學的心神體就是所謂的正法，我所使用的則是逆術的一種，又稱為逆神術。」

「逆術和正法有什麼不同？」亞儕問。

「我這麼說好了，正法與逆術其實是一體兩面。正法是使用自己的心念，而逆術則是強迫其他人使用心念。以逆神術為例，我其實沒有編織心念，而是強迫你回到神術之中，封鎖你發出心念攻擊的可能。而這麼做通常會同時對現實和心海產生影響，逼迫敵人停止兩邊的動作，擅於逆神術的人甚至可以做到暫停時間的假象。」

「這麼神奇？」

「不要以為這是多神奇的事。正法和逆術如果有共通點，那就是都必須付出代價，而逆術付出代價的循環，和正法正好相反。也因此，正法的代價你能感覺得到，逆術的代價通常都是在無形中流失，我見過太多人濫用逆術而造成無可挽回的結果，希望你不要步上他們的後塵。」

「那你為什麼又要告訴我？」

「學習心術的人遲早要接觸到逆術。」潮守命說：「與其讓你接受一個半吊子的老師，我寧可在這馬背上替你建立觀念。逆神術只是逆術中較普遍的一種，其他種類的逆數，到現在還沒有人能一窺全貌。」

亞儕躍過一個坑洞。他想起葛歐客在出事當晚對他做的事，那想必就是他強迫他和黛琪司進入神術防禦，以免被外來的心術惡夢滋擾。他付出了代價。

「我父親也會逆神術。」亞儕說。

「鐵蹄歐客是我見過最厲害的高手之一。」潮守命說：「奧坎之子。不論你有什麼想法，但是未來如果你再次面對殺父兇手，請你務必多加留心。他絕對受過豬人的訓練，心術上的修為有可能不遜於你的父親。對上這種對手，我自己也沒有必勝的把握。」

「我會注意的。」

另外一個問題五世比他早注意到。

「為什麼你們的神術意象和你自己不一樣？」

「因為我們是人類，貨真價實的人類。我也不知道為什麼，我們和其他各族不同，自從人類有學習心術的紀錄以來，就是沒有辦法凝成和自己一模一樣的神術意象，反而必須虛擬不同的形象。」

「所以你們都選貓頭鷹？」五世問。

潮守命露出微笑。「不，我知道你困惑的癥結在哪裡，不過不是這樣。有很多人選擇不同的樣貌，花鳥蟲魚都有可能。只是對漂流之人來說，夜鴞是我們的象徵，代表著白鱗大士的守望者。」

亞儕想起在山中看見的石像。

「那是大士陰暗面的化身。」潮守命告訴他們說：「她背上的夜鴞為她守望人世，大士則是對著黃泉伸出憐憫之手。你提到她手上有隻蝴蝶，蝴蝶就是靈魂的象徵。」

「所以如果看得懂那座石像代表的意義，根本不會踏進那塊空地嗎？」

「沒錯。」潮守命點頭。亞儕覺得自己真是天字號第一大白癡。

「我以為貓頭鷹是朱鳥的化身之一。」

「有些時候，傳說與神話會隨著時間而變得模糊。先專注在我們的旅程吧！我相信，我們明天就能看見塔倫沃驛站了。」

他說的沒錯，逐漸平緩的地平線證實了這一點。

塔倫沃驛站說是驛站，但是規模卻一點也不輸美澐鎮，往來的車馬數量更是有過之而無不及。他們從遠遠十幾里路外，就能看見排隊進入驛站的群眾。擠在入口的車隊裡，有聚在一起不斷討論稻穀價格的豬人，也有和藍貴一樣穿著絲綢衣服的人牛領著人類保鑣。羊人和狼人列在同一個隊伍裡，尖聲向對方叫囂，一個表情陰鬱的人馬站在隊伍的最前方。亞儕的心不住向下沉。

如此龐雜的來往人車，又怎麼會有人費心記住一小隊奴隸販子？

「人馬，傭兵保鑣。」奇科羅對羊人們說：「這裡的主事者不簡單。」

人馬的體型和人牛差不多，但是身上明顯散發出鍛鍊出來的剛強味道，跟人牛身上懶散的贅肉完全不能比擬。人馬帶著弓箭，腰際繫著長刀，臂環上插著許多歪七扭八的金屬尖刺。

「毒箭頭。」老艾草咕噥一聲，亞儕沒問他為什麼知道這種事。三個漂流之人不知道什麼時候，戴上了騎馬用的皮手套。

「你們之前沒有戴手套。」亞儕說。

「我們之前也沒在這裡看過人馬。要小心他們，千萬不要以為他們四肢發達，就認為他們頭腦簡單。我想，我們最好假裝不認識對方。」

亞儕同意。一隊羊人也許不足為奇，但是身邊跟了三個疑似漂流之人的人類，這種組合想不引起注意都難。

人馬沒有多注意他們，只當羊人是普通的行腳商，反倒是亞儕引起幾個人類皺起了鼻子。漂流之人順利走過他們面前，沒有引起任何特別的注意。亞儕摒住呼吸，老艾草催著他們走到一條小巷後，躲開入口監視者的視線。羊蹄敲在石板路上，每一聲在亞儕耳中聽起來都像是警鐘一樣響亮。

「他們人呢？」一拐進陰影裡，亞儕立刻抓著走在隊伍最後的木栗老爹問。

「來了。」木栗老爹用手杖頂著他的肋骨，要他把長鼻子收進陰影裡。

漂流之人走進一家旅社。兩分鐘過去，抽完菸的木栗老爹才點點頭放行。

「我和葛家兩隻羔仔進去就好，人多怕引來注意。」

黛琪司對亞儕瞥去一抹憂慮的眼色。

為什麼他們走這麼慢？葛笠法說不定此時此刻就在某個角落受苦受難，他們卻還在這裡浪費時間。旅店裡正如亞儕所預想，濃厚的臭味包含廚餘、汗酸、酒氣層層疊疊，還有一股木頭的霉味。

漂流之人站在吧台旁，和一個滿臉皺紋的女人說話。

「沒聽說過。」那女人用一種不耐煩，刻意提高的聲音說：「如果你們找的是豬，那我建議你們到豬圈裡去找，不要來打擾我哈嘉莎大媽的生意。」

憑她這種口氣，亞儕很懷疑能有什麼生意可以打擾。潮守命瞥了亞儕他們一眼。

「是自己人。」他說。

「真的？」哈嘉莎的口氣一點也沒有變好。「什麼時候你們也和狼人混在一起？」

「這是有原因的。」

「誰知道你們這些到處亂跑的小夥子有些什麼原因。濊生這個月已經經過這裡兩次了，卻死也不肯告訴我他到底在找什麼。」哈嘉莎顯然把這個濊生的隱瞞，當成是對她人格的汙辱。

「濊生有他的目標。」亞儕注意到潮守命提到濊生，還有他的目標時，氣味突然變得很奇怪。

「總有一天，守望者最好把一切對我解釋清楚，否則我就把店收了自己殺進漂流議會。」哈嘉莎狠狠哼了一聲。「如果你們想找什麼異象就去苦蔭坡。要不是怕引人懷疑，我早就親自去一趟了。每個從那邊來的行商，或是蠢到去探險的小夥子，都嚇得魂不附體。那裡……」

哈嘉莎大媽的臉更皺了，全身散出恐懼的氣味。

「他們用了一個字眼形容——歪了。」

「歪了？」

「沒錯，他們說歪了。除了可怕、嚇人這些被濫用的字眼，他們每個都說歪了。」

「我會去察看個究竟，感謝您。願朱鳥照耀您的前程。」

哈嘉莎對他比了一個手勢。那個手勢看起來像是趕人一樣，又像一隻飛舞的蝴蝶，也像是哈嘉莎大媽突然來了興致，憑空畫出三片萍葉。

他們一走出哈嘉莎大媽的店，潮守命就衝著他們說：「其他人先住進去，另外挑兩個人往苦蔭坡。」

「不用挑了，就我們兩個。」黛琪司立刻接口，亞儕用力點頭。「我們連驢子都不用。跳上你們的馬，告訴我們方向，我們自然會跟上你們。」

潮守命指著西北方說：「出了驛站往西北，往森林深處走去就是苦蔭坡。我們會隨時留一個人在心海裡。」

「我們也是。」亞儕皺起眉頭，心海的景象映入他眼中。

「出發！」

亞儕和黛齊司不消吩咐，雙足一躍像箭一樣衝出驛站大道。

葛笠法。亞儕咬緊牙根向前奔馳。希望是別人，他沒有聞到任何味道，葛笠法說不定還沒有抵達。他踏入心海，焦急的目光望向前方，天空中一隻灰色的貓頭鷹拍著翅膀滑過。是浪無機。

「跟著我。」灰鴞對他喊道。亞儕猷足一躍，跟著他跳上一段濃密的林中坡道，前方就是……

一片狼籍。焦黑扭曲的痕跡把整個心海弄得一塌糊塗，到處都是斷裂的編織留下的黑洞，汙穢的血跡像毒瘤一樣沾黏在裂縫邊緣，濃厚的紅黑色調連光線都要扭曲才能通過。

他們說的沒錯，歪了。這片坡地，沒有一處是正常的。

「這裡究竟發生了什麼事？」浪無機降落在他手臂上，另外兩隻貓頭鷹一前一後跟著滑下。

「這裡……」

現實中的奔馳到了目的地。亞儕停下腳步，握緊手中的木棍。黛琪司也是，渾身散發出緊張的氣味。

現實的苦蔭坡沒有比心海裡的畫面好到哪裡。

「現場被破壞了。」潮守命說。

亞儕看得出來。在現實中，現場只剩雜沓的腳印，還有乾涸的血跡依稀重現事發時的慘烈景況。許多氣味和腳印來來去去，覆在原有的痕跡上，把能追蹤的線索破壞殆盡。

「發生過戰鬥。」浪無機蹲下，端詳四散的足印。「有人類的靴子，還有馬蹄。」

「人馬？」

「不是，這些馬蹄比較小，是常見的雜種馬。」

「獅人。」無滔指著一顆被掃倒的小樹，樹幹上留有爪痕。

這裡到底發生了什麼事？亞儕努力想用鼻子在地上找出蛛絲馬跡。這裡有許多亂七八糟的味道，但是他還是能聞到一點，如果葛笠法出現過的話……

「亞儕！」黛琪司突然驚呼一聲，亞儕立刻趕到她身邊。

「怎麼了？」

她沒有說話，只是伸出腳，把蹄印在地上。在她的蹄印旁，有另外一個幾乎一模一樣的印子。很像，卻又不大一樣，亞儕和黛琪司兩人原本能輕易分出兩者之間的差距，可是如今另外一個蹄印大到一個可笑的地步，顯而易見的答案反而說不出口。

「怎麼了？」漂流之人聚到他們身邊。黛琪司什麼都沒說，只是指著地上的蹄印。浪姓兄弟倒抽一口氣。

「世界上沒有這麼大的鹿吧？」

「有。」出乎所有人意料之外，潮守命點頭。他趴到地上，用力張開手掌，姆指和小指只能勉強碰觸到偶蹄的兩側。「我看過一頭鹿的蹄長到與這相似的尺寸，留下足跡的這頭鹿，相較之下有過之而無不及。」

他說的是誰，亞儕一清二楚。血角墨路伽。

「怎麼可能？」黛琪司的嘴唇無聲吞吐，兩隻耳朵搧得像風車一樣。亞儕不認為她驚慌失措很奇怪，不管留下蹄印的是不是葛笠法，想到世界上有這麼一個龐然巨物四處行走，任誰都會驚慌失措。但是這裡沒有亞儕要找的味道。

「我沒聞到任何東西。」他說：「也許這不是葛笠法。」

潮守命和黛琪司不約而同看了他一眼。漂流之人眼中帶著疑惑，而黛琪司則是滿滿的憂慮。如果不是葛笠法，那又會是誰呢？亞儕心亂如麻。他不知道是承認這個蹄印才好，還是承認自己弄錯方向，往錯誤的地方追蹤葛笠法才好。

「我聞到豬人的血味。」黛琪司突然說：「和沾在爸爸身上的一模一樣。」

亞儕抿起嘴唇。

「你也聞到了？」

亞儕點頭。沒錯，是那個叫垷絲拉的豬女。他用手指沾了一點泥土放進嘴裡，然後再用力吐掉。激情、暴力、恐懼、興奮……對，有人非常興奮，甚至沉浸在恐怖的舞蹈中。亞儕的舌頭發酸發苦，很後悔自己居然這麼大意，把來路不明的血漬放進嘴裡。

「有人在這裡大開殺戒。」潮守命站在蹄印旁邊，所有的腳印似乎都是隨著這個蹄印起舞，團團圍繞在四周，畫成一個漸漸擴大的同心圓。離圓心稍遠一些的地方，有一大灘血漬。

「從這裡開始。」浪無滔踏到血漬旁，蹄印在那裡最淺，然後一路加深直到黛琪司發現的蹄印旁。亞儕趴在地上，用鼻子順著他說的路線嗅了一次，確認他說得沒錯。那一大灘血漬和垷絲拉的血味道相似。

他從土裡撿起一片刀片。刀片上沾著黑色的血，還有一種說不出的恐怖。漂流之人皺起眉頭。

「心海。」潮守命說，亞儕隨他再次潛入心海。

在心海裡，這片不起眼的刀片變得像太陽一樣刺眼。色調單薄的心海因這片刀片有了顏色，噁心的赤紅像是有人用暴力抽出空氣的編織，蠻橫地鑄出這片斷刀。

他們退出心海。

「逆體術。」潮守命說：「傳說中，能扭曲八腳織女的編織規則，以意志強迫心海凝結物體的禁術。」

「有人做得到這種事？」黛琪司大吃一驚。

「我們過去也只有聽過這種禁術，從來沒有親眼目睹。使用逆體術需要強大的意志力，致命的特性對自己還是敵人都是一樣的。就我所知，即使是豬人，也無法完全掌握這種禁術。」

亞儕聽見他在說豬人這個字眼的時候，語調稍稍遲疑了一秒。他想起了什麼，和豬人有關，卻又不完全相符。他陷入沉思，浪無滔和浪無機突然伸手抓住亞儕和黛琪司的肩膀。

「不要回頭。」浪無機低聲對亞儕說：「不管你們看見什麼，發生了什麼事，都不要回頭。」

亞儕寒毛倒豎。野獸的腥臭從他們背後傳來，一股龐大的壓力，成千上百的警戒目光——他們被包圍了！他們五人現在都面向同一個方向，潮守命也停下沉思，緩緩舉起表示身分的左手。

「漂民。」

一個口音很重，恍如雷鳴的聲音從樹林裡傳出。亞儕睜大眼睛，看著人虎沉重的身體踏出陰影。

巨碩。亞儕只想得到這個形容詞，如果是槍恩或奇科羅在場，說不定就能想出上千個詩意形容。她的下半身幾乎和一匹矮種馬一樣巨大，黃黑條紋在肌肉的律動之中不斷交錯閃爍，人類形狀的上半身沙色的肌膚也隱隱帶著條紋。

她臉上圍著一條金橙色的面紗，面紗從鼻子以下一路延伸到她的胸腹之間，只露出眼睛和額頭。額間有美麗複雜的黑色花紋，向上盤旋成一頭及肩的黑色髮辮。

亞儕發現自己不自覺用陰性詞彙在形容眼前的人虎。雖然人虎形似人類的肩膀比在場的人類都要寬闊，但是陰柔的氣味亞儕怎樣都不會認錯。他們背後傳來一股單純的陽剛氣味，在不可見的深處低吟，隨時要爆發潰堤。

潮守命舉著手一動也不動，他的僵硬似乎是禮儀的一部分。

人虎上下打量了所有人一次，速度慢到足以讓亞儕全身浸滿冷汗。黛琪司發出一聲哀鳴，浪無滔要很用力才能抓住她和馬匹的韁繩。亞儕直覺知道，只要黛琪司和馬匹一回頭，人虎會毫不猶豫殺了他們所有人。

像過了一整個世紀，人虎才終於結束她來回盤旋，試探打量的行程。

「漂民，流浪者，漂流之人，無依的旅者。吾乃百虎王母之女，金風的歌頌者，迎來冬雪之女，丹媞。衛思者是我的伴侶。」

她這一連串的名詞讓亞儕不知道該聽哪個才好，不過潮守命似乎胸有成竹。

「王女丹媞。」潮守命收起左掌。「我乃一介漂民，潮守命。這是我的同伴，浪無機與浪無滔。還有這兩位是葛歐客之女葛黛琪司，以及奧坎之子葛亞儕。在此向您致敬。」

亞儕注意到他稱呼他們時是使用全名。

「向汝致敬，白鱗女神的行者。」人虎雙手抱胸，對他微微低頭行了一個禮。「我們為了一則擾動邊境的謠言而來，不期遇上諸位。今日我沒有披上甲冑，此地不會染上殺戮，我雙手的血腥不會蔓延。」

亞儕聽得出來她有言外之意，他們背後的視線一點也沒有放鬆。

「我們也是。」潮守命用非常緩慢的動作，把剛才亞儕發現的刀片放在手上，然後再捧著向前遞出。「我想，這片刀刃能解釋許多事。」

丹媞伸出手拿起刀片，金色的雙眉皺起，露出憂慮的情緒。「逆體術，野豬污穢的扭曲。」

「我們相信，他們至少強行帶了一個可憐的奴隸穿越此地，意圖進入樓黔牙。」

「羞恥。」丹媞放下刀片，誇張地向後跳開。「這麼多年的經營封鎖，邪惡的屏障居然還是出現漏洞。這是王母的羞恥，是人虎的過錯。」

她那聲音和表情，幾乎像要拿出匕首來自戕謝罪了。丹媞劇烈地喘息，雙手抱在胸口上。亞儕不覺得她在演戲，她的氣味不像，但是過度展露在人前的情緒又讓他感覺非常不踏實。

「請丹媞王女不要自責。我們願意提供一切情報，與您交換資訊。」

「我們沒有任何資訊。」丹媞搖著頭，表現出悔恨的樣子。「我很抱歉，但只怕我們幫不上任何的忙。衛思者為我找來了許多線人，但是沒有人能解答我的疑惑。但是你們——」

亞儕只看見人虎的身影一閃，下一秒丹媞的眼睛已對上他的視線，近到亞儕足以看透她的面紗。亞儕下意識向後退，卻發現自己的腰不知道什麼時候被一隻虎掌緊緊摟住。面紗下的心形鼻翼翕張兩下，虎牙在笑容中嶄露。虎掌非常柔軟，亞儕感覺不到敵意，但也容不得他拒絕。

「我聽說過你的事。」丹媞盯著他的眼睛說：「藍月下的獵者，金眼的孤兒。我認得出來你美麗的毛皮，百王酋中不知道有多少畫師想重現汗奧坎的毛色，卻只能每日每夜對著空白的紙張嘆息。你很幸運，美麗的小狼。你那些急躁衝動，只會對著烈日喘息的族人，他們都沒有你身上的美，也沒有你沉靜的氣質。啊……這身毛皮……」

在他們反應過來之前，丹媞又離開亞儕，四足踏在黑影的邊緣。

「你們知道什麼？」她用冰冷的口氣問：「為何漂民會與汗奧坎之子同行？莫非汝等掀起了無謂的戰火，想不自量力向骯髒的野豬挑戰？」

「我們的目的正如我們所說的，我們試圖拯救一個被強行帶走的可憐人。」潮守命口氣平靜，好像剛剛的插曲不曾發生。「豬人為了他不惜掀起血浪，挑動戰端，我們試圖撥亂反正。」

「命運的軌跡已然展開。」丹媞說：「八腳織女編織的命運無人可擋。漂民，汗奧坎之子，我們不會為難你們，但是我們的職責是守衛疆土。

「不要試圖越過雷池，代價你們償還不起。墮入黑暗的奴隸終會由人虎制裁。人虎會用上一切手段阻止狂魔預言實現，應允付出一己之力的漂民也不該忘卻承諾。青炎之子轉生了，我們會更加密切注意九黎上的風吹草動，絕不允許任何人走入黑暗。漂民，汗奧坎之子，願女神垂憐汝等。」

人虎踏入陰影之中，無聲穿過樹叢。亞儕不知道她是怎麼辦到的，他甚至連毛皮擦過樹葉的的聲音都沒聽到。

他們背後的視線消失了。良久後，浪姓兄弟放開手。黛琪司全身發抖，投入亞儕的懷抱中。

「這到底是怎麼一回事？」亞儕抱著姊姊問。

「我們回塔倫沃再說。」潮守命的臉色一點都沒有因為人虎離開而好轉，反而變得更加擔憂。

對於招待他們這件事，哈嘉莎大媽做得心不甘情不願。亞儕很想知道她是否也是這麼對待來

往的客人，還是為了漂流之人才特地留下這個經典表情。她當著其他客人的面，把一群窮酸的羊人，還有喝不起烈酒的漂流之人趕到後面的小餐廳，以免他們身上的窮酸味嚇跑了有錢客人。

這齣戲看在亞儕眼裡，就像人虎誇張的情緒一樣好笑。但是漂流之人非常配合，一點怨言也沒有。他們進到小餐廳的時候，除了槍恩和娜爾妲，其他人已經等在裡面了。

「他們去賣驢子了。」木栗老爹挖鼻孔挖到一半停下來回答亞儕的問題。黛琪司還在發抖，哈耐巴衝上來確認她沒有缺角損傷。

「我們需要有人去監視前面的大廳，確保不會有人打擾我們。」潮守命說：「還有兩個心術能手幫忙一些事。」

木栗老爹瞥了一眼正在安慰黛琪司的哈耐巴，一把揪住奇科羅的袖子。「我想我去外面喝杯麥酒不會有人反對吧？要是有誰想亂來，我會唱老巫婆最愛的那首歌嚇死他。」

亞儕握了一下他的手臂，老爹嘀咕著什麼老屁股和小崽子的新把戲，一路嘟嘟噥噥走出昏暗的小餐廳。

「老巫婆最愛的那首歌？」奇科羅一看到亞儕的表情，就知道還是不問的好，摸摸鼻子乖乖跟進大廳裡。

潮守命繼續正題。「艾草老先生，麻煩你與浪姓兄弟一同在心海中張開屏障。」

「聽起來不難。」老艾草點點頭，眉梢皺了起來。浪姓兄弟坐定位，分別望向不同的方位。亞儕能感覺到心海中升起一股隔離的感覺。

「接下來，是我們的任務。」潮守命從懷中的布包裡掏出斷裂的刀片，鏽紅的刀片和刻意營造出和樂氣氛的餐廳格格不入，像是某種蟄伏的毒蟲，隨時要亮出毒牙。潮守命把刀片放在桌子上，揮手要五世和亞儕靠近一些。

「我們要進入心海，解開這片刀鋒的編織。你們兩人要隨時注意，如果有任何變故，要想辦法把損傷控制在這間餐室裡。記住，這是一項危險的任務，沒有人敢保證散開的編織會不會自行凝結成某種詛咒，或是編織者原先便在其中藏了致命的陷阱。用盡你們每一分想像力，這攸關性命。」

五世沒有說話，只是瞪大眼睛看著白布上的刀片，好像刀片隨時會活過來一樣。

「現在，進入心海。」潮守命一聲令下，三人同時進入心海。

刀片在心海裡蠕動，好像知道有人打算傷害它，弓起身體準備迎擊一樣。潮守命的猴面鴞往前一步，伸出一隻爪子，用爪尖摳著刀片的邊緣。

亞儕起先看不懂他在做什麼，但接著就看清楚他的目標為何——一條鬆脫的鏽紅絲線。刀片的動作集中到絲線上，極力想避開潮守命的攻擊，現實中的他不消多時便滿頭大汗，但是心海中的猴面鴞一點都沒有放鬆的跡象。五世深吸一口氣，然後吹出一股微風，挑動刀片的編織。金屬表面上的一個結因此浮出表面，眼明手快的亞儕立刻伸手抓住。

「接下來呢？」亞儕問，他能感覺到指尖的結掙扎著想脫離他的掌握。

「髒手指小姐，請你小心戒備。割開繩結的時候，會發生什麼事任何人也說不準。記住，準備對付任何狀況。」

鴞鳥伸出利爪，勾住亞儕的指尖與絲線的縫隙。

刀片一瞬間炸開！

火焰從刀片中湧出，直撲三人！亞儕厲吼一聲，拉動心海裡的空氣編織成水幕替三人擋開火焰。五世召來一陣大風，將灼熱的空氣困住。猴面鴞一脫離險境，立刻回過頭來，竭盡全力替兩人固定由風和水凝成的結界。

結界裡，散開的火焰編織交錯映成一幅可怕的圖像。一隻長著犄角的怪物握著火焰起舞，代表死亡的烏鴉為他歌唱。怪物的嘴巴上有個笑容，那個笑容足以把整個世界吸進黑洞之中！

幾秒後，幻象被自己的重量壓垮，向內崩塌皺縮。殘餘的火星發出一陣炫光之後，隨著編織散開爆出的聲音、顏色、圖像，在結界裡緩緩飄落，最後消失得無影無蹤。

「我們回去吧。」等到最後一絲火星熄滅了，潮守命才放下結界，領頭離開心海。

「我想，我們的問題現在只怕有增無減。

「你們現在孤立無援，這一點我希望你們能夠先理解，人虎剛才已經把立場說得很清楚了。他們對於狂魔的態度，長年以來始終如一；只要殺掉狂魔，就能阻止預言，這是他們一貫的立場。

「剛才我們見到的丹媞王女，是百虎部落百王酋王母的女兒，也就是人虎的公主。派出四位公主之一前來關注此事，表示人虎也開始注意到不對勁了。丹媞公主的夫婿，也就是她口中的衛思者，是人虎中最負盛名的戰士。剛才如果我們回頭，或表現出任何一絲可疑的態度，他們會毫不遲疑殺了我們。即使集合我們三個漂流者的力量，我也沒有把握救出你們其中任何一個，或爭取機會給你們逃亡。

「他們是很可怕的敵人，我們唯一可以慶幸的，是他們絕對不會站在豬人身邊。他們把豬人視為整個世界黑暗的代表，而這種態度自然會延伸到狂魔預言上。」

亞儕不覺得這是好消息。五世不知道從哪裡掏出一條手帕塞進哭泣的黛琪司手裡，然後又把視線定在潮守命身上。

「那我們該怎麼辦？」五世問：「你們消失了一個早上，回來就只為了告訴我們事情完了嗎？葛笠法呢？你們有沒有找到任何消息？」

潮守命說：「你剛剛看到的那個怪物，很可能就是葛笠法。」

五世的下巴幾乎掉到桌子上了。

「我不信。」她堅決地說，好像如此一來就能否決掉這個事實。

「我也不信。」亞儕昂起頭，和她一起面對潮守命。「有人在背後操弄這一切，而漂流之人也沒有你自己說的光明正大。我說的沒錯吧？」

潮守命蒼老的臉失去了血色，憂慮壓在他的眉間，亞儕一點都不同情他。這是他自作自受。

「人虎的立場是殺掉葛笠法，那你們的立場呢？」亞儕聞得到羞恥，還有背叛的煎熬，從苦蔭坡一路發酵到現在。「漂民也該盡到一己之力，不該忘記承諾？這是什麼意思？」

他的暗示讓羊女們豎起耳朵。

「你必須諒解，我有我們的責任。」潮守命握緊拳頭。「我們放過他十六年了，局勢漸漸失去控制，漂流之人不能再袖手旁觀。」

「所以如果我沒猜錯，你們跟上我們的腳步，就是想藉由我們的手找到葛笠法，然後殺了他一勞永逸。這才是你們想做的事。你們袖手旁觀了十六年，現在才反應會不會太遲了？」亞儕的口氣利到能切肉了。「難怪你們會被追殺。這麼多年來，你們就是這樣打著白鱗大士的口號，依你們自己的期望，在奧特蘭提斯上到處揩油嗎？」

「我們付出的代價，遠非你能夠想像。」潮守命揚起下巴說：「這是我們的職責。」

「你們的職責就是殺掉我的兄弟？」亞儕咬緊牙關，阻止自己說出更難聽的話。他不想和漂流之人鬧翻，但是眼前老人軟弱的樣子令他憤怒。

「我們的職責是守望。不管你們相不相信，現在整個世界正處在一個恐怖平衡之上，所有的種族都摩拳擦掌，等著和平被打破，好讓他們奪下霸主的寶座。人虎雖然不願意承認，但是他們的勢力的確正在削減。他們被迫與獅人合作，過去扮演對抗帝國前鋒的地位不再，而獅人也不如他們認知中那般痛恨豬人。時間和利益會沖淡所有仇恨，再滋生新的取而代之。

「我可以告訴你，沒錯，我的確是來執行暗殺葛笠法的指令。因為當初就是我向漂流之人擔保，狂魔不會在葛歐客手中孕生。我保下葛笠法的命，代價就是未來一旦事情超出漂流之人掌控，我必須親自完成自己的諾言。我派出汐得，希望能搶在豬人之前帶走你的兄弟，不讓事情走上極端，但是事實證明我太天真了。」

潮守命口氣裡的苦澀不是假的。「我希望我也有你這般勇氣，能夠坦然面對擋在面前的阻礙。但事實上，隨著時間過去，我愈來愈衰老，甚至連完成任務的決心都日漸淡薄。」

「我沒有勇氣，但是沒有羊人會拋下任何一隻羔崽。我們的目標從來不曾改變。」

亞儕從座位上站起來，雙拳緊握。「我不認為那火焰中的怪物是葛笠法，他也許會長出七隻角，或是多了三雙手，但是我不相信他會有這種笑容。如果你們認識他，就會知道他是這個世界上最開朗、最友善的羊人，他的歌聲能使雛菊在冰冷的冬季開出燦爛的花蕊。」

「將有歌，烈火點燃冬季的花蕊。」潮守命淒然一笑，亞儕不知道他在念些什麼。小餐廳裡的氣氛極度尷尬，所有人都不知道該如何延續話題。五世夾在兩人之間不知所措，浪姓兄弟和老艾草好像已經在座位上變成石像，僵硬地望向三個不同的方向。

終於，黛琪司收起哭聲，給了哈耐巴一個保證的眼神，從座位上遙望著潮守命說：「我的名字，是夏日的花朵，一種被羊人稱為黛綠奶油的草藥。而笠法，這是老一輩羊人用的方言，現在更常被稱為燈心草，我想在東方這邊慣稱為藺草。」

亞儕聽過黛綠奶油，只要有跌打損傷，葛歐客總是要黛琪司去採這東西回來給兩兄弟。但是燈心草？葛笠法的名字是燈心草的意思？那種他們用來編籃子的燈心草？

「我聽見你告訴亞儕關於他名字的事。」黛琪司說：「我不知道什麼塔意拉還是劬達拉，但是我的專長是藥草。老爸不會隨便挑了爛名字套在葛笠法頭上。如果他給亞儕命名時連古語都用上了，那我相信他給葛笠法這個幾乎沒人知道的名字，也一定有他的深意。」

黛琪司絞著雙手，雙眼含淚。「亞儕是對的。我也不相信那個火焰裡的怪物是我弟弟，我不相信世界上會有人能被扭曲到這種程度。」

「如果可以，我也不願相信我所看到的事。」潮守命從椅子上站起來，黛琪司往後退了一步。

「我想，如果這就是你們的立場，那該是我們分道揚鑣的時候了。」他說。

第十三章　狂魔序曲

從籠子裡看出去的世界，和從心海裡看出去有多少不同？葛笠法不敢確定，但是愈來愈陰沉的景色，讓不解焦躁難安。

這裡是哪裡？

「終端之谷。」

你怎麼知道？

「你又怎麼會不知道？豬女夢裡念的想的都是這個地方。」

依默催著人類保鑣走快一點。他們經過一個陡峭的山壁，呂翁夫人不顧榔頭的建議，堅持要在入夜前穿過這片山坡。

「但是夫人，再過去便是金鵲的地方，如果被他們發現了，只怕您的商品不好開脫。」馬背上的榔頭絞著手說：「是否先折回驛站，休息一夜之後，等小人打聽完附近的關節。」

「不用了。」呂翁夫人說：「我們不會經過金鵲的地方，我們要去的是人虎的地方。」

這下榔頭強裝鎮靜的表情再也撐不住了。

「人虎的地方？」

呂翁夫人點點頭，用表情把他從身邊趕開。榔頭不肯放棄，但是依默和垷絲拉可不准他放肆。她們護在呂翁夫人身邊的表情，足以嚇退整著金鶻皇朝的大軍。榔頭悻悻然地行禮退下，把馬匹調頭，回到人類的隊伍裡。

「老大，她怎麼說？」他的手下湊上來。

「她要進人虎的地方。」榔頭話剛出口，另外三人隨即變了臉色。

「人虎？那群殺人不眨眼的怪物？」南瓜的嘴巴現在能媲美他的綽號了。

「把你的嘴巴閉上。」榔頭說：「還記得我們上次說的話嗎？我想這次，就是機會了。」

「老大，你說的是……」

「金鶻的地方會有人定時巡邏，但是人虎不會。要到人虎的地方要先爬過苦蔭坡。那個地方因為人虎的惡名，向來不會有其他行商經過。等到了那裡，我們……」

他在半空中比了一個割脖子的動作。

「通知其他人，等我的信號。」

你這壞傢伙，快回來！

葛笠法呼喚著不解，要他快點離開那四個蠢蛋。四個人各自散開，人類奴隸們縮在籠子裡，刮人筋骨的山嵐正對著他們猛吹。不解的羽翼一點也不受強風影響，輕巧掠過四人的肩膀和耳際。

「我們的機會來了。」不解回到他的肩膀上。

你應該好好聽我說話，而不是到處搧風點火。

「你有這個時間管我，不如看看你自己的處境。」

他嘎了一聲，依默催著馬匹到他的籠子旁。

「夫人要我跟著監視這隻奴隸的狀況。」依默對著人類宣布，那個模樣和女王宣布接見臣民一樣傲慢。人類低著頭，模糊應了幾聲，依默沒看見他們眼底的火焰。

「來不及了。」

還不都是你害的！

隊伍繼續向前，依默騎在葛笠法的籠子旁。道路兩旁的樹林愈來愈密，前後望去只有他們一隊人馬。兩名人類保鑣以探路為由，往前急奔了一小段，載著人類奴隸的籠車不知道什麼時候落後了。豬人似乎沒有察覺這些奇怪的跡象，依然故我騎著馬。

不，葛笠法知道不是如此。豬女非常緊張，他們正在等待什麼，他們非常期待。有秘密的不只是人類而已。他和不解看著雙方隨著距離推進，各自在氣氛上互相拉鋸，感覺五臟也緊縮了起來。

「我們有逃跑的機會，只要豬女被他們趕跑或殺掉，人類根本擋不住我們的腳步。」不解說。

沒錯。葛笠法非常清楚。但是豬女除了心術之外，還有其他厲害的地方是人類不知道的。他們需要一點幫忙，才有辦法擊敗這三個不論現實還是心海，都是能手的狠角色。

榔頭握緊他的狼牙棒，偷偷接近呂翁夫人的背後。他顯然以為只要這東西就能料理豬女。要開始了。

「他們完了。」不解嗤了一聲。

他說的沒錯，依默發現異狀了，應該從後面偷偷接近，用刀子割斷她喉嚨的南瓜，蠢到以為只要靠他那大而無當的雙手就能完成任務。南瓜一伸出手，依默立刻回頭利眼鎮住他的動作。

「你——」

她沒有機會說出第二個字。當她回頭的一剎那，葛笠法的手臂穿出鐵欄，一把握住豬女的喉嚨！

「夫……」

她的聲音被葛笠法用刀片阻斷，血如泉湧濺了他一身。靠得太近的南瓜也被噴得全身是血，大臉傻傻地愣在原地。

「你是怎麼？」

他同樣沒有機會把話說完，因為葛笠法露出了笑容。

一瞬間，他在心海裡，下一秒，他踏在堅實的土地上，狂暴的吼聲響徹雲霄。

他自由了！

人類的隊伍大亂，峴絲拉發出憤怒的尖叫。榔頭帶著一群人往她猛攻，爾文的屍體渾身是血摔下馬背，一瞬之間失去馬匹的峴絲拉拿著匕首單槍匹馬對抗她以前的屬下。

葛笠法可沒時間理她，因為有一群人類蠢蛋挑上他當對手。他們團團住他，還以為套索能再次發揮作用。葛笠開始跳舞，這是一首鮮血與背叛共舞的戰歌，由不解演唱。他手上只有一小片刀子，卻足以媲美百萬大軍的長槍尖刀，在人群中揮灑一片片的血霧。

「沒時間浪費在這些蠢蛋身上。」不解在他耳邊尖叫。「殺了他們！」

不行，這些人不是他的目標，他要的是呂翁夫人。豬女跑了，他能在心海裡看見那兩個擋路的人類已經被她放倒，橫死路邊。葛笠法在心海裡發出歡呼，豬女是他一個人的了！

他在現實中舞蹈，在心海中奔馳，追著奔逃的豬女。憑他的腳力，這一點距離根本不成問題。他要報仇，替他的父親，替他失去的東西，還有那些苦難的日子。呂翁夫人猛然回頭，瞪大眼睛看著追上來的葛笠法。她的臉和現實中不一樣，但是葛笠法不會認錯雙面人的味道。

「你是怎麼進入心海——」

葛笠法沒有讓她把話說完。為什麼要呢？她說的話沒有一個字不是謊言，沒有一個字能從汙穢中倖免，那她的命又為什麼能逃過一劫？葛笠法隨手一抽，從心海的空氣中抽出一把大刀劈向呂翁夫人。驚愕只在呂翁夫人臉上出現一秒，她接著抽出長劍，漂亮地轉了一個劍花，用超乎想像的敏捷擋住葛笠法的攻擊。

金屬交擊的聲音震盪整個心海。

「你也學會一點逆術的訣竅了是吧？誰教你的？」呂翁夫人露出惡毒的微笑。葛笠法不理她，抓起刀子瘋狂劈砍，他要砍死這個惡魔，殺了她才能得到自由。

「作夢。」呂翁夫人不斷變換架式，擋下葛笠法每一記攻擊。隨著時間過去，兩人現實間的距離拉開，她很清楚怎麼輕鬆取勝。

「你同時在和多少人戰鬥？和我而已嗎？不對，我聽得見，你正和那些妄想制住你的人類在現實裡戰鬥。你真厲害，居然能……」

葛笠法發狂的揮砍，唯一的作用是擊碎了自己的刀子。刀刃消失在心海中，像是從來不曾存在過一樣。他怒喝一聲，又抽出一根沉重的狼牙棒。

「你的實力令人驚嘆。」呂翁夫人就算受到驚嚇也隱藏得很好。她舉起劍繼續擋下葛利法愈來愈瘋狂的攻勢，一點都沒有退卻的樣子。「你學會初階的逆術，又能在心海裡快速應用。我真傻，上次你鑽出籠子時我就該警覺到了。」

她的廢話繼續，葛笠法一把狼牙棒敲壞，隨即換上另外一把和她一樣的寶劍。

「你想殺我嗎？」

葛笠法用一記特別猛烈的劈砍回答她的問題。

「但是你做不到，你空有蠻力，卻不知道如何使用。你就和你那悲慘的父親一樣，只能在帝國為你們譜寫好的命運中打滾。」

葛歐客，她怎麼能提起葛歐客？他會遠離家鄉，遠離慈愛的父親，遠離亞儕和黛琪司，通通都是她害的！葛笠法怒聲嘶吼，劍刃像雨點一樣攻向呂翁夫人。她要死，她必須要死，必須為她每一筆血債付出代價！他用心念編出一片火牆，隨著揮擊攻向呂翁夫人。

「沒有用的！」呂翁夫人對他大喊，寶劍刺進編織的弱點消去火焰，正面迎擊葛笠法。兩把看似相同的寶劍，卻有了不同的下場。葛笠法的劍承受不了蠻力消散於虛空之中，呂翁夫人的劍依然鋒利如昔。沉重的壓力突然壓在葛笠法身上，呂翁夫人的額間冒出冷汗，專注的臉皺成一團。

「你學不會控制自己，就算再有力量，也只是一團無用的野火。你看看你，連話都不會說了，又要怎麼掌握編織的力量？」呂翁夫人舔著嘴唇，獠牙閃過一抹冷光。「鹿人，不要以為你逃得過命運。我今天迫於現實逃跑了，但總有一天我會再回來收拾你。你注定要踏上狂魔的道路，今天的一切只是證實了智者的預言將要成真而已。瓦棘禮！」

一道修長敏捷的影子掠過他們之間，葛笠法只來得及看見一張長著斑點的黃色臉孔，然後豬女和她的爪牙便消失在心海中。

葛笠法發出怒吼，身上的壓力一鬆，卻再也掌握不到豬人的蹤跡。他知道她離開了，他讓她毫髮無傷離開了。想到這一節，他就恨不得再拿出兩把刀插進胸口，好卸除他胸中的痛苦悔恨。

「快走！」不解的聲音突然傳來。現實中的戰鬥也快告一段落了，人類不是被打倒就是被制服了，沙色的陰影盤旋在葛笠法戰場的周圍。

不解再次催促他。葛笠法他定下心神環顧四周，一條血路已經闢淨了，他只要往前一躍，就能奔向自由。人類與豬人就此……

一道沙色的人影闖進鐵籠裡，尖矛指著小奴隸的喉嚨。

如果他死了，那一切都沒意義了。

「你在做什麼！」

葛笠法回頭奔向鐵籠。

他一把抓住那張貓臉，在不解來得及阻止他之前，徒手把獅人甩開。獅人的臉砸在鐵欄上，發出沉重的回音。

四周安靜下來，戰鬥結束了。范達希古踏著莊重的腳步走進混亂的現場，樹瘤般的五官擠出一幅憂慮的圖畫。他身上穿著長袍，而不是和母獅人一樣的皮甲。師長團的一員除非協議出擊，否則不許輕易著裝備戰。這一點范達希古倒是無所謂，他擅長的是謀略，而不是拿著短矛往前衝。

「這是怎麼一回事？」他問。母獅人圍住他們的俘虜，稍有人輕舉妄動便露出利齒恫嚇。這真是多此一舉，光他們的利矛就足以讓所有人噤若寒蟬了。

「我想我們的任務是來和豬人交易，而不是撿屍吧？」范達希古皺起稀疏的眉毛，他不喜歡自己不能掌控的情況。豬人伸出的手裡總是藏了一枚毒針，好在他沒把交易丟給母獅，而是親自到現場監督。只是——火燒的妖鳥呀，這裡根本一團混亂！看樣子是人類吃了豹子膽打算玩黑吃黑，卻落得人財兩失。

「賈突米娜。」

母獅隊長一個箭步躍到他身前。她的姿態優雅敏捷，臉孔像金沙一樣光彩照人。如果她不是賈突範的人，他說不定會把她納入旗下。不過現在不是考慮這種事的時候。

「范達師長。」

「豬人呢？那個叫呂翁夫人的豬女去哪了？」

「我們沒有見到她，只抓到一個自稱是她隨從的人。」

賈突米娜對身後一招手，她的士兵拖著一個豬女到范達希古面前。

「她自稱垷絲拉，不過我懷疑這是不是她的真名。」賈突米娜兩顆利牙在唇間的縫隙閃爍。

「垷絲拉。」范達希古伸出手，從侍衛手上接過長槍挑起垷絲拉的下巴。每個獅人都知道豬人身上有病，不能徒手觸摸。「假名，為什麼一個豬女需要使用假名，還要偽裝成奴隸販子？名為垷絲拉的豬女，我非常好奇你的目標是什麼。」

「我們沒有其他的企圖。依照我們的協議，我們把人類奴隸交給你，你們讓我們和另外一個商品通過人虎的眼前。」獨眼的垷絲拉瞥了長槍的尖端一眼，又急忙把視線移回范達希古的臉上。

「我很好奇是怎樣的商品，會引得豬人大費周章跨過荒涼山崑崙海，來到世界之脊的這一邊。垷絲拉，你能告訴我嗎？」

豬女吞了吞口水，范達希古看得出她欲言又止。一個祕密，重大且可怕，足以使她拿性命當代價，只求守住的大秘密。

「如果，你們把我和這個商品送到樓黔牙，智者將會非常開心。」垷絲拉舔舔嘴唇，好像她的嘴唇是她妝容的一部份，非得靠這個動作才能確定一切完好。「我所知道的，只有智者非常重視這次交易。」

范達希古嘆了一口氣。「你們豬人都以為其他的種族是蠢蛋是吧？你們自恃擁有古老的歷史，輝煌的時代，但是如今呢？看看你們養出來的好隨從，連謊都不會說了。」

范達希古煩了，懶得再聽豬女辯解。他移動腳步，走過一整排人類屍體，整列人類俘虜，最後來到兩座籠車前。一座籠車裡擠著半死不活的奴隸，個個都像倉皇失措的老鼠擠在一起，倒盡他的胃口。另外一個籠子相較之下空曠許多，裡面只有一個奇怪的生物，緊抱著一個人類奴隸，警戒地看著籠子外的獅人。

「賈突米娜，你剛剛說什麼來著？」

「這個怪物赤手空拳殺了西妲。」

「赤手空拳？」

「沒錯。而且斥候看見他一個人對抗所有人類，如果不是為了回頭救那可悲的奴隸，他早就逃跑了。」

「真的？」范達希古興趣來了。看看這個怪物，身形雖然巨大，但是瘦得不成比例，四肢像蜘蛛一樣從瘦削的身軀裡長出來。這是一個只有磨練，卻沒有受到照顧的戰士，范達希古不喜歡這種感覺。

但是他更在意另外一件事。

「鎖呢？」他問。

「沒有鎖。」

「不見了？」

「我們不清楚，這個籠子似乎從一開始就沒有鎖。」

回答的人是賈突米娜，但是范達希古的視線卻鎖定在娊絲拉身上。她睜大眼睛，嚇傻了。沒有鎖？不對。范達希古能看見心海裡的痕跡，整個苦蔭坡曾經被人粗暴地蹂躪，八腳織女的編織汙穢扭曲得不成樣子，有幾個人類被心術殺得半瘋。祕密，他能聞到秘密的味道，陰謀算計的臭味瀰漫在空氣中。籠子裡的怪物低下頭，用頭上的角指著籠子外的敵人。

角。哈！

「這就是黑智者所謂的秘密商品？」范達希古對娊絲拉說：「我還以為他們早該死光了。如果我的理解無誤，那這個商品的確價值連城。怎麼，黑智者又迷上他們奢華浪費的地下娛樂了？」

娊絲拉沒有說話，全身散出恐懼的氣味。她在害怕什麼呢？范達希古非常好奇。

「也許，在你決定吐實之前，我們應該先招待你一陣子。」范達希古搖搖他一頭沙色的鬃毛，好點子應運而生。「把所有的人類，還有這個怪物帶上，毒龍口需要更多的奴隸兵才行。至於我們來自帝國的客人……」范達希古看著娊絲拉，臉上跳出一個笑容。

「在她願意和我們深入討論之前，把她和怪物關在一起。希望慈悲的魚仙，讓你能活到對我們吐實的那一刻。」

埦絲拉大聲尖叫，奮力抵抗獅人的掌握，但是她一點機會也沒有。范達希古躍上馬背，好整以暇地看著他們把豬人押進籠子裡。

一個鹿人，范達希古很好奇為什麼一個消失了十幾年的種族會突然出現，更好奇黑智者畸形的獠牙後，又藏了什麼陰謀詭計。不過遊戲就是這樣，要雙方勢均力敵才玩得起來，獅人也許錯失序曲了，但接下來的高潮一點也不會放過。

奧特蘭提斯眾生相

【神祇】

青鱗女神

蛇髮鱗尾，人身獸爪，三神之母，在化育三神後重回休眠。

黑蜘蛛

三神之一，又稱地母、黑寡婦、八足神女，以心術編織九黎世界的創世神，善妒而嚴酷。因忌妒朱鳥神力，設計奪取了時間金蛋，造成一連串事件。最後被烈火烙上沙漏印記，不知所蹤。

白魚

青鱗女神次女，和藹慈悲，智慧通達。東方民間普遍尊稱為魚仙娘娘，漂民則稱她為白鱗大士，是三神中信仰族群最多者。雖然民眾習慣將她描繪成溫柔的女性，但是在記錄中，她咒縛漂民世世代代為其賣命，亦曾為了阻止漂民遭到屠殺收回世間所有的水源。

朱鳥

掌管毀滅與未來，又名玄一，誕生於火焰之中。朱鳥因蜘蛛奪取了金蛋，憤而自戕進入輪迴，留下孔雀、夜鴞、烈火三化身，詛咒世界終將走向盡頭。朱鳥在傳說與神話中，多半以殘暴兇狠的面貌出現，但因其透視未來的神力，又被視為掌管機運的幸運神。

【人物】（依種族區分）

・羊人・

葛笠法

葛家長子，是村裡最高壯的羊人，個性散漫天真。真實身分為葛歐客收養之鹿人孤兒，遭豬女綁架後，應驗狂魔預言陷入瘋狂。

葛歐客

收養亞儕與葛笠法的羊人，黛琪司的父親。擁有三個孩子前的過去是一團謎，豬人與人類都和他有難分難解的糾葛。

黛琪司

葛家長女，援救葛笠法的羊人遠征隊召集人。

哈耐巴　木栗家的長孫，石頭般忠實的羊人，與黛琪司相戀，後加入遠征隊。

槍恩與娜爾妲　長薄耳家兄妹，調皮活潑，因為會算錢和識字獲選加入遠征隊。

髒手指五世　同輩中心術天分最高的羊人，遠征隊一員。

·狼人·

葛亞儕　羊人的狼人養子，大多時候以為自己是一頭羊。敏感悲觀，失去養父之後在黛琪司的監督下學著成為一名領袖，率領遠征隊救援葛笠法。

楓牙　亞儕暗戀的母狼人，遠征隊正式名單外的人員。

·人類·

漂流之人　又稱漂民。在世界各地流浪，執行女神秘密任務的一族，被各政權視為麻煩製造者。姓氏因帶有水字邊得名，如潮、浪……等等。

・其他・

黑智者

豬人帝國的實質領導人，擅長從幕後操弄各國局勢。所有黑智者的真實身分都是謎團，據說只有身為黑智者才能辨識彼此。心術技巧高超，每個黑智者都有獨門的祕法，令人防不勝防。

藍貴鎮長

豬人安排在美澐鎮的人牛間諜。

獅人

獅首人身的種族，與豬人結盟。因未知原因與人類發生衝突。

奇科羅

鼠人，羊人遠征隊穿越黑臉山和金鵲邊境的嚮導。

【地理】

奧特蘭提斯

又稱九黎大陸，創世神黑寡婦以心術編織的世界。

山泉村

荒涼山崑崙海下的小村莊，羊人遠征隊的故鄉。獠牙戰爭期間，羊人們為了躲避戰爭，越過世界最高峰後建立的小村莊。

金鵲皇朝

人類國家，統治者為神祕的羽人。近年因為皇位繼承問題，內外紛擾不斷。

樓黔牙帝國

豬人在獠牙戰爭後建立的新王朝。曾有史學家辯論過究竟是新帝國建立結束了獠牙戰爭，還是因為漂流之人與狼人聯手攻破帝國首都樓摩棼，刺激豬人各宗族團結建立新帝國。

荒涼山崑崙海

樓黔牙西南方高原，九黎大陸最高峰所在，世界之脊的起點。從來沒有人能翻越世界之脊的傳說，獠牙戰爭期間由山泉村的先人打破。

世界之脊

綿延整個奧特蘭提斯的山脈系統，神話中蜘蛛女神編織世界時的骨幹。但如今除了荒涼山崑崙海與金鵲邊境之外，大多數的山脈都已被時間消磨，由其他的山峰取代。中心點被稱為終端之谷，據聞朱鳥便是在此處自焚而亡，連帶燒毀了世界之脊的中心。

山關戰境

金鵲皇朝位於終端之谷的關口；守備嚴密，是自塔倫沃驛站進入金鵲皇朝的唯一道路。

【其他】

心海

凡人肉眼不能見之處，傳說為蜘蛛女神蛛網的空隙，宇宙與世界接軌之處。許多窺探者之後回憶，多半認為此處一片廣渺沒有盡頭，是現實世界的灰色對映。

心術

波動的心靈力量，在心海中製造幻象，迷惑他人的法術。心術技巧得當，能不留痕跡操縱他人的想法與情感，唯一的防範方法只有神術。使用心術的特徵是施術者會不自覺皺緊眉頭。心術需耗費大量體力，使用過度有過勞死的風險。

神術

穩定的神智力量，能在心海裡凝成意象，提供使用心術的立足點。熟練神術者，亦能以此防禦他人心術製造的幻覺。神術的使用會消耗心靈力量。民間傳說過度使用神術，會造成思想僵化，腦筋遲鈍，但目前未有確切的文獻與研究，指出此假說為真。

體術

犧牲神智力量，強化肢體力量與技巧的異術，因不明原因被各國列為禁術。

正法

又稱正術，心、神、體三術的總稱。

逆術

逆神、逆體、逆心三術的總稱。

逆神術

逆術的一種，因與正法相對而被貶為逆術。據傳逆神術最初是由白鱗大士親自教授漂民如何使用，因隨時間流逝而逐漸流傳於世。逆神術能強迫他人進入神術狀態，封鎖敵人心術與感官。

逆體術

能將心念幻想之物化為實體的逆術，但從未有人目睹實體。

逆心術

禁忌的法術，犧牲神智窺探未來。一切不明。

寫於終端之谷

言雨

寫下這篇後記的時間剛剛好，從山泉村到終端之谷，一年的時間過去了，本作出乎意料的迅速與各位見面！感謝各位肯將本作捧在手中，隨亞儕踏上探索奧特蘭提斯的道路，一起看看這新世界有哪些風景。而各位應該也發現，這是一段未完成的旅程。

終端之谷後，還有更艱辛的路等著羊人們。有時候我們很難預料到路上會遇上什麼，一如當編輯表示要將原先三十萬字的作品切分出版的時候，鄙人當下腦子一片空白，只想著這是哪個黑智者的鬼點子？

但你不得不說這群人的確有兩把刷子。比起原先略嫌臃腫的文章，與各位相見的故事情節更為緊湊，起承轉合更加明確，原先糾結在一起的主題呈現得更加完整。黑智者？不，這些好傢伙該是羊女和老羊們，沒有他們，小狼的路不可能走得這麼順遂。感謝秀威還有編輯思佑，沒有他們，瘋鹿跟小狼還在網路上流浪，不知何去何從。

也因此，要請各位再多期待一下，且先讓羊人說笑逗罵，等看看下篇狂魔如何展現舞技、豬人的惡毒布局遠到何方、等著上場的人類們手上有什麼驚喜？當然，少不了最後血腥暴虐溫馨感人的結局。

期待再會！

釀冒險01　PG1342

狂魔戰歌
——預言之子

作　　者　言　雨
責任編輯　陳思佑
圖文排版　周妤靜
封面設計　蔡瑋筠

出版策劃　釀出版
製作發行　秀威資訊科技股份有限公司
114 台北市內湖區瑞光路76巷65號1樓
電話：+886-2-2796-3638　傳真：+886-2-2796-1377
服務信箱：service@showwe.com.tw
http://www.showwe.com.tw
郵政劃撥　19563868　戶名：秀威資訊科技股份有限公司
展售門市　國家書店【松江門市】
104 台北市中山區松江路209號1樓
電話：+886-2-2518-0207　傳真：+886-2-2518-0778
網路訂購　秀威網路書店：http://www.bodbooks.com.tw
國家網路書店：http://www.govbooks.com.tw
法律顧問　毛國樑　律師
總 經 銷　聯合發行股份有限公司
231新北市新店區寶橋路235巷6弄6號4F
電話：+886-2-2917-8022　傳真：+886-2-2915-6275

出版日期　2015年7月　BOD一版
定　　價　300元

版權所有・翻印必究（本書如有缺頁、破損或裝訂錯誤，請寄回更換）
Copyright © 2015 by Showwe Information Co., Ltd.
All Rights Reserved

Printed in Taiwan

國家圖書館出版品預行編目

狂魔戰歌：預言之子 / 言雨著. -- 一版. -- 臺北
市：釀出版, 2015.07
面； 公分. -- (釀冒險；1)
BOD版
ISBN 978-986-445-011-4(平裝)

857.7 104007838

讀者回函卡

感謝您購買本書，為提升服務品質，請填妥以下資料，將讀者回函卡直接寄回或傳真本公司，收到您的寶貴意見後，我們會收藏記錄及檢討，謝謝！

如您需要了解本公司最新出版書目、購書優惠或企劃活動，歡迎您上網查詢或下載相關資料：http:// www.showwe.com.tw

您購買的書名：＿＿＿＿＿＿＿＿＿＿＿＿＿＿＿＿＿＿＿＿＿＿＿＿＿＿

出生日期：＿＿＿＿＿年＿＿＿＿＿月＿＿＿＿＿日

學歷：□高中（含）以下　□大專　□研究所（含）以上

職業：□製造業　□金融業　□資訊業　□軍警　□傳播業　□自由業

□服務業　□公務員　□教職　□學生　□家管　□其它＿＿＿

購書地點：□網路書店　□實體書店　□書展　□郵購　□贈閱　□其他

您從何得知本書的消息？

□網路書店　□實體書店　□網路搜尋　□電子報　□書訊　□雜誌

□傳播媒體　□親友推薦　□網站推薦　□部落格　□其他＿＿＿＿＿＿

您對本書的評價：（請填代號　1.非常滿意　2.滿意　3.尚可　4.再改進）

封面設計＿＿　版面編排＿＿　內容＿＿　文／譯筆＿＿　價格＿＿

讀完書後您覺得：

□很有收穫　□有收穫　□收穫不多　□沒收穫

對我們的建議：＿＿＿＿＿＿＿＿＿＿＿＿＿＿＿＿＿＿＿＿＿＿＿＿＿＿

＿＿＿＿＿＿＿＿＿＿＿＿＿＿＿＿＿＿＿＿＿＿＿＿＿＿＿＿＿＿＿＿＿

＿＿＿＿＿＿＿＿＿＿＿＿＿＿＿＿＿＿＿＿＿＿＿＿＿＿＿＿＿＿＿＿＿

＿＿＿＿＿＿＿＿＿＿＿＿＿＿＿＿＿＿＿＿＿＿＿＿＿＿＿＿＿＿＿＿＿

請貼
郵票

11466
台北市內湖區瑞光路 76 巷 65 號 1 樓
秀威資訊科技股份有限公司 收
BOD 數位出版事業部

(請沿線對折寄回，謝謝！)

姓　名：__________ 年齡：______ 性別：□女　□男

郵遞區號：□□□□□

地　址：__________

聯絡電話：(日) __________ (夜) __________

E-mail：__________